일본 탐미주의 단편소설선집

무로우 사이세이 외 지음
박현석 옮김

玄 人

일본 탐미주의 단편소설선집

무로우 사이세이
오카모토 가노코
나가이 가후
다니자키 준이치로
아쿠타가와 류노스케
에도가와 란포
호리 다쓰오
가지이 모토지로

목 차

* 작품 속 단위의 환산
1푼 ─ 0.3㎝
1치 ─ 3.03㎝
1자 ─ 30.3㎝
1간 ─ 1.818m
1정 ─ 109m
1리 ─ 393m.

돈 ─ 3.75g
필 ─ 일정한 길이로 말아놓은 피륙을 세는 단위.

1첩 ─ 다다미를 세는 단위로 1첩은 약 0.5평(1.65㎡)

꿀의 정취

무로우 사이세이(室生犀星, 1889~1962)

　시인, 소설가. 가나자와 출생. 본명은 데루미치(照道). 무사와 하녀 사이에서 사생아로 태어났으며 생후 바로 양자로 보내졌다. 고등소학교를 중퇴하고 가나자와 지방재판소에서 급사로 일하는 동안 상사로부터 단가를 배워 마침내 시인을 꿈꾸게 되었다. 퇴직하고 상경과 귀향을 되풀이했는데 『푸른 물고기를 낚는 사람』(1912)부터 초기 서정시의 꽃을 피웠다. 이후 여러 시집을 발표하여 하기와라 사쿠타로와 함께 시단의 중심이 되었다. 그리고 소설도 집필하여 『유년시대』, 『성에 눈뜰 무렵』으로 유소년기의 체험을 서정과 감성의 세계로 대상화했다. 이후 남녀의 적나라한 생태를 감성적으로 묘사했으며, 제2차 세계대전 후에도 『꿀의 정취』 등과 같은 가작을 남겼다.

1. 나는 죽지 않아

"아저씨, 안녕히 주무셨어요?"

"아, 잘 잤니? 기분이 좋은 거 같네."

"이렇게 날이 좋은데 누구든 기분이 좋지 않으면 안 될 거예요. 아저씨도 상쾌한 얼굴이시잖아요."

"이렇게 아침 일찍 찾아오다니, 또 뭘 조르러 온 게냐? 아무래도 수상한데."

"으응, 아니, 아니에요."

"그럼 뭐지? 말해보렴."

"저 말이죠. 얼마 전에 그,"

"응."

"얼마 전에 소설잡지 권두에 제 그림을 그리셨죠?"

"응, 그렸지. 금붕어 한 마리를 그렸다. 그게 어쨌다는 거냐?"

"그거 말이죠, 아주 잘 그렸어요. 눈도 똘망똘망하고, 아주요. 진짜랑 똑같았어요."

"부탁을 받아 태어나서 처음으로 그림이라는 걸 그려본 거다. 사실은 그림인지 뭔지 모르겠다만."

"조만간에 저한테도 한 장 그려주세요."

"그림은 그리려 해도 좀처럼 그릴 수 있는 게 아니더구나. 네가 보기에는 닮은 것 같더냐?"

"많이 닮았었어요. 그런데 말이죠, 그 뒤에, 일주일쯤 지나서, 잡지사에서 수고비가 등기우편으로 왔잖아요."

"그것도 태어나서 처음으로 화고료(畵稿料)라는 걸 받은 것이다만, 그게 어쨌다는 거지?"

"얼마나 받으셨어요?"

"글이 1장 반 덧붙여져 있어서 말이다, 합쳐서 1만 엔 받았다."

"아저씨는 그걸 제게 솔직히 말씀해주지 않았어요. 얼마 왔는지도요."

"금붕어에게 돈 얘기를 해봐야 무슨 소용이 있겠냐?"

"하지만 그거 사실은 제 돈 아닌가요? 절 그린 거잖아요. 제게 주실 거라고만, 그렇게만 생각하고 있었어요."

"나도 왠지 그런 느낌이 들지 않은 건 아니다만."

"그래서 말이죠, 아저씨. 그 일 말인데요."

"응."

"돈, 벌써 많이 쓰셨나요?"

"1천 5백 엔짜리 옥로1)를 100돈 샀고, 꿩의 깃털로 만든 먼지떨이 하나하고 에담치즈를 1개 샀어……."

---

1) 녹차의 종류.

"저한테는 끝내 아무것도 안 사주셨어요."

"너에 대해서는 까맣게 잊고 있었구나."

"아저씨는 치사해요. 그거 원래대로 말하자면 제 돈이잖아요."

"그렇게 되는 거냐? 너를 보고 그랬을 뿐인데, 그게 네 돈이 되는 거라고?"

"전, 언제 주시려나, 매일 창 쪽을 보고 있었어요. 그러니까 말이죠, 나머지 절반은 제가 받아야겠어요."

"너 대체 뭘 사려고 그러냐?"

"금붕어 친구를 많이 사고 싶어요."

"아, 그렇구나. 같이 놀 친구가 필요하겠구나. 그건 나도 생각지 못했다."

"그리고 금붕어모이라는, 상자에 든 모이를 갖고 싶어요. 거울이 달린 예쁜 상자예요."

"거울이 아니라 은박지겠지. 그걸 거울이라고 할 수 있으려나?"

"물에 젖으면 반짝반짝해서 거울처럼 돼요. 그리고 말이죠, 송사리도 잔뜩 살 거예요."

"그 송사리를 어쩌겠다는 거냐?"

"송사리 꼬리가 아주 맛있거든요. 매일 조금씩 뜯어먹을 거예요."

"꼬리를 뜯어먹으면 송사리가 불쌍하잖아."

"뜯어먹어도, 뜯어먹어도 송사리 꼬리는 금방 새로 나는 법이에요. 그러니까 불쌍할 거 없어요."

"송사리의 꼬리는 예를 들자면, 어떤 맛이냐?"

"미끌미끌하고 입 안에서도 살아 있어서 꼬물꼬물 움직여요. 아주 맛있어요."

"잔인하구나."

"아저씨, 얼른 돈을 줘요. 제 돈이니 우물쭈물하지 마세요. 얼른요."

"어디보자, 1천 엔 지폐가 5장, 거기에 남은 잔돈이 100엔 지폐하고 은화를 합치면, 전부해서 5천 900엔이다."

"좋아요, 그걸로 결산은 끝이에요. 그리고 받는 김에 그보다 더 잔돈도 받을래요."

"동화는 무거운데 괜찮겠나?"

"괜찮아요. 그리고 아저씨, 저 치과에도 가고 싶으니 그 돈도 따로 줘요."

"금붕어가 치과에 간다는 얘기는 들어본 적도 없다만, 이가 어떻게 아프냐?"

"얼마 전에 말이죠, 서두르다가 돌을 씹었어요. 아작아작."

"서두르니까 그렇지. 먹을 것은 입을 일단 가만히 대본 다음에 먹도록 해라. 이빨이 아프냐?"

"아파요. 뼈까지 아플 정도예요."

"뼈까지 아프다니. 뼈라는 건 등뼈의 뼈를 말하는 거냐?"

"등의 뼈예요. 아저씨, 지금 뼈 얘기를 한 뒤부터 아저씨의 얼굴색이 이상하게 변하기 시작했어요. 대체 왜 그러시는 거죠?"

"나는 아직 금붕어의 뼈를 본 적이 없어. 금붕어에게 등뼈가 있는지 없는지도 옛날부터 잊어먹고 있었다. 사람 가운데 금붕어의 뼈를 본 사람이 얼마나 있을까? 정말 커다란 일을 잊고 있었구나."

"어째서 저희들의 뼈가 그렇게 보고 싶은 거죠?"

"보고 싶은 것 같기도 하고 아닌 것 같기도 하고, 또 무서운 것 같은 느낌도 드는구나. 가만히 생각해보니 사람은 누구나 여러 가지 뼈를 보아왔다만 아직 금붕어의 뼈만은 본 사람이 거의 없을 듯하구나. 예를 들어서 너의 부드러운 몸에 뼈가 있으리라고는, 도무지 생각할 수 없는 일이구나."

"흐물흐물하다는 거예요?"

"그런 바늘 같은 뼈가 있으리라고는, 너의 얼굴을 보고 있어도 좀처럼 상상이 되지 않으니까."

"죽고 나서 해부를 해보면 되잖아요."

"사람은 금붕어의 뼈만은 보고 싶지 않다고, 모두가 그렇게 말하고 있단다. 가엾으니까."

"저도 아직 본 적이 없어요. 저, 그럼 이제 슬슬 친구를 사러 갔다올게요. 검은 것하고, 얼룩이 있는 것하고, 그리고 송사리도."

"다녀오려무나. 자동차 조심하고."

"네. 부자가 돼서 오늘은 아주 기뻐요."

"소매치기를 당하지 않도록 핸드백을 조심해라."

"네, 다녀올게요. 아, 날씨 좋다."

"수돗물을 먹어서는 안 된다. 구토를 할 테니."

"네, 금방 올 테니, 아저씨, 얌전히 기다리고 있어야 해요."

"그래, 그래……."

"아저씨가 좋아하는 팥과자도 사올게요."

"그리고 별사탕도 부탁한다. 작은 건 입에 물고 있기 귀찮으니 왕방울처럼 커다란 게 좋다."

"빨간 거하고 파란 게 섞여 있는, 그거면 되죠? 얼마나 사올까요?"

"글쎄다, 300엔어치 정도는 필요하겠다. 아이들에게 나눠줘야 할지도 모르니."

"그 돈은 조금 전에 받은 돈 말고, 따로 받아야 해요."

"그러냐? 자 여기, 이거면 됐겠지? 아주 야물딱지구나, 너는."

"그게 아니고, 전 여러 가지로 생각해서 사는 거라, 아저씨의 별사탕을 살 돈은 없어요. 팥과자는 제가 선물로 사주는 거지만."

"고맙다. 죽다 살아난 기분이구나."

"호호, 그럼 다녀올게요."

"다른 데로 새지 말고, 2시까지는 꼭 와야 된다."

"네."

"뱀장어나 고등어를 가게 앞에서 보고 있으면 어물전 아저씨한테 붙잡혀 팔려버릴 게다."

"알았어요, 알았어."

"다녀왔어요. —아, 무서워라. 하마터면 유괴당할 뻔했어요."

"무슨 일이냐, 얼굴이 새파랗게 질려버렸잖냐. 그렇게 떨다니, 너답지 않구나."

"아저씨, 물을 한 컵 줘요. 이렇게 무서운 일은 처음이에요. 숨도 못 쉬겠어요."

"자, 물이다. 쭉 마시고 마음을 가라앉힌 다음, 뭐가 그렇게 무서웠는지 말해보렴."

"아, 맛있다. 좀 더 줘요. 조금 전에 마셨던 클로로필이 들어간 물보다 훨씬 맛있어요."

"클로로필은 또 뭐냐?"

"저 말이죠, 아저씨. 도중에 생각이 나서 마루비루2)에 갑자기 가봤어요. 날씨도 좋고 해서."

"마루비루에 말이냐? 대단한 녀석이로구나, 그런 화려한 차림을 하고."

"얼마 전부터 저, 이빨이 아프다고 했었잖아요. 그래서 비가 와서는 곤란하겠다 싶어, 7층에 있는 버틀러 치과의원까지 마음 먹고 갔던 거예요."

"거기는 너희들이 가는 치과가 아니다. 너희들은 게 선생을 찾아가면 충분하다."

---

2) 1923년에 마루노우치에 세워졌던 마루노우치빌딩. 저층부에 쇼핑몰과 레스토랑이 있었다. 1999년에 해체, 2002년에 다시 세웠다. 마루비루는 통칭.

"어머, 별소리를 다 듣겠네. 게 선생은 이빨만 뽑을 줄 알았지, 이빨에 대한 기술은 애초부터 글러먹었어요. 아저씨는 맨날 이가 아프다고 하면서 아무것도 모르네요."

"어쩐지 너무 오래 걸린다 싶었다. 하지만 버틀러 씨는 예약만 받아서 갑자기 찾아가봐야 치료는 해주지 않을 텐데. 며칠 몇 시에 오라고 시간을 받지 않으면 안 될 텐데."

"바로 거기에 저의 진가가 있는 거예요. 말끔하게 치료를 받아서 쑤시는 것도 전부 나았어요."

"어떻게 해서 그런 신통한 짓을 한 거지?"

"검은 안경에 **쏼라쏼라** 영어를 잘하는 아줌마가 있잖아요."

"아, 그래, 있지. 오늘도 있더냐?"

"그래서 저, 아줌마한테 이가 아파서 죽을 것 같다고 사정을 했어요. 거의 울음을 터뜨릴 것 같은 얼굴을 했어요."

"그랬더니?"

"그랬더니 선생님한테 저를 데리고 가서 이 아이의 이 안에 새끼 게가 있다고 하니 집어내주세요, 라고 부탁해주었어요. 선생님이 핀셋 끝으로, 전부해서 12마리 게의 알을 찾아 집어내주셨어요."

"12마리라니, 아주 많았구나."

"그리고 일단 이빨을 뽑은 다음, 이빨은 틀니를 하지 않으면 안 된대요."

"금붕어 주제에 틀니를 하다니, 이상하지 않나?"

"저의 이빨은 2천 엔 정도지만, 이번에 아저씨의 이는 금하고 백금을 섞어서 만든대요. 그렇게 하지 않으면 아무리 정성스럽게 만들어도 아저씨의 울화통이 늘 틀니까지 썩어 망가트릴 거라고 선생님께서 웃으며 말씀하셨어요."

"돈이 많이 들겠구나."

"가만히 여쭤봤더니 8만 6천 엔이나 든대요. 그래서 저, 울음을 터뜨릴 것 같은 얼굴을 지어 보이며, 원고료로 막 도착한 수표를 놓고 왔어요. 이건 선금이에요, 아저씨는 워낙 가난한 사람이라서 말이죠, 라고 말씀드려놓았어요."

"쓸데없는 소리는 하지 않아도 된다."

"그런 다음 저, 치료받는 의자에 앉았는데 양치질 기구에 어떤 장치가 되어 있는 건지 표백 유리 기구에 물이 빙글빙글 맴돌며 깨끗한 물이 쉴 새 없이 흐르고 있는 거예요. 그걸 보고 있자니 아까부터 목이 말라서 꼬리도 머리도 전부 바싹 말라버렸다는 사실이 떠올랐어요. 참을 수가 없어서 조수가 안 볼 때 몰래 컵의 물을 마셔버렸어요. 마시고 나서야 사실을 알고 새파랗게 질려버리고 말았어요. 그게 전부 수돗물이었던 거예요. 그래서 서둘러 입을 우물우물했지만, 이미 늦었어요. 구역질이 나올 것 같았어요."

"그래서 집을 나설 때 수돗물은 마시지 말라고 그렇게 말한 것 아니냐."

"저, 바로 조수를 불렀어요. 그리고 이 컵의 물을 마셨는데,

이거 독 아닌가요, 라고 물었더니, 아니요, 드셔도 상관없어요, 라고 말씀하시기에, 하지만 금붕어에게 수돗물은 독이잖아요, 라고 다시 물었더니, 글쎄요, 금붕어에게도 독이라고는 할 수 없을 거예요 지금 어째서 금붕어에 대해서 말씀하시는 거죠, 라고 말하기에, 저 완전히 새빨개져서, 집에서 금붕어를 여러 마리 기르고 있기에 여기에 있어도 지금은 어떻게 하고 있을까 걱정이 돼서 견딜 수가 없어요, 라고 말했더니 조수가, 정말 상냥한 아가씨네요, 라고 말했어요. 아저씨, 저도 밖에 나가면 훌륭한 아가씨처럼 보이나봐요. 놀라셨죠?"

"놀랄 게 뭐가 있냐. 네가 훌륭한 아가씨가 아니라면, 훌륭한 아가씨다운 사람은 세상에 한 사람도 없을 거다."

"아저씨도 그렇게 생각해요? 아이, 기뻐라. 그런데 조수가 이 물에는 클로로필이라는 약이 들어 있으니 금붕어의 비늘에도 듣는 경우가 있을 거예요, 라고 말씀하셨기에, 저 조금 더 마셨어요. 클로로필이란 파란 수초처럼 아름다운 색을 가진 약이에요."

"나의 위장약에도 클로로필이 들어 있어서, 가루약이다만 거의 녹색이란다."

"아저씨, 다음에 그 약, 저도 조금 주세요."

"뭐 하려고?"

"배가 너무 크게 부풀어 있어서, 먹으면 낫지 않을까 해서요."

"조만간 나눠주마. 하지만 금붕어에게 들을지, 금붕어가게 아저씨한테 잘 물어본 다음 먹어야 한다. 새로 나온 약이라 잘못

먹으면 큰일 날 테니 말이다."

"그럼, 잘 물어본 뒤에 먹지 않으면 안 되겠네요. 금붕어가게 아저씨는 금붕어의 의사선생님이나 다름없어서, 무엇을 물어도 다 알고 있어요."

"약 같은 건 함부로 먹어서는 안 된다."

"그렇게 치료를 받은 다음 대기실로 돌아갔더니 커다란 서양인이 2사람 기다리고 있었는데, 2사람 모두 졸고 있었어요. 저처럼 빨간 얼굴을 하고 있었기에 저까지 졸렸어요. 저, 요즘에 말이죠, 빨간 잡지의 표지색깔만 봐도 바로 졸음이 쏟아져요."

"금붕어는 모두 헤엄을 치면서 늘 잠을 자더구나. 입을 닫은 채 말이다."

"그런 다음 택시를 탔는데 성냥을 하나 받았어요. 거스름돈을 받으려 했더니 제 손을 쥐었어요. 변명이라고 하는 말이 가관이었어요. 아가씨의 손은 왜 이렇게 차갑죠, 라는 거예요. 저, 무서워서 안녕히 계세요, 라고 말하고 내렸어요."

"안녕히 계세요, 라고 말하지 않아도 돼. 손을 잡혔으면서."

"그 다음부터 큰일이 시작됐어요."

"뭐냐, 그 큰일이라는 건."

"신바시에서 전차를 탔어요. 타자마자 바로 파란 옷을 입은 젊은 남자가 제 어깨에 손을 대며 어디에 갔다오냐고 말했어요. 저, 이렇게 조그맣잖아요. 어깨에 손을 간단히 놓을 수 있어요. 마루비루의 치과에 갔었다고 대답했더니, 어디에 가는 거냐고 묻기에, 오모리까지 간다고 했더니, 나도 오모리로 가니 차에서 내리면 5분만 시간을 달라는 거예요. 저, 갑자기 무서워져서 그 사람 옆에서 떨어져서 뒤편에 있는 손잡이를 잡았어요. 그때 저도 모르게 실례할게요, 라고 말해버렸어요."

"한심하기는. 그런 순간에 실례할게요, 라고 말하는 녀석이 어디 있어? 그래서 어떻게 됐지?"

"그런데 다음 역에 도착하자마자 바로 제 옆으로 다시 다가와서 손님이 아주 많이 있는데도 천연덕스럽게 말했어요. 치과에서 오는 거라면 앞으로도 자주 다녀야 할 텐데, 다음에는 언제 가지? 그 날짜를 가르쳐주면 마루비루에서 기다릴게, 라는 거예요. 저, 그 사람이 갑자기 아주 무서워져버렸어요. 이런 사람을 불량배라고 하는 거구나 싶어서, 핸드백을 들고 있는 손이 부들부들 떨려왔어요."

"처음부터 말을 받아주지 않는 편이 좋았어. 일일이 대답을 했기에 순진하게 보였던 거야. 넌 언제나 어린애 같은 구석이 있거든."

"그러더니 말이죠, 오모리에 내리면 시라키야 입구에서 기다리라는 거예요. 전 입을 다문 채 더 이상 아무런 대답도 하지 않았어요. 그랬더니 기다릴 건지 말 건지 대답을 하라고 재촉하는 거예요. 전 다른 사람에게 도움을 청하려 했지만, 그 어깨의 손을 뗄 수가 없었어요. 그래서 이번에는 입구 쪽으로 갔는데 바로 뒤따라왔어요. 그 따라온 동작이 너무 민첩해서 승객 가운데 이상하게 본 사람이 아무도 없었을 정도였어요. 유리문에 얼굴을 바싹 대고 있었더니 유리가 뿌예져서 제 마음하고 같은 색이 되어버렸어요."

"그래서 남자는 어떻게 됐지?"

"오모리에 도착하기 전에 다시 한 번 확인하듯 말했어요. 시라키야 앞으로 오지 않으면 가만두지 않겠다고, 언제까지 전차에서 기다리고 있을 테니 그렇게 알라고 말했어요. 저, 차에서 내리자마자 버스 정류장까지 달렸어요. 뒤돌아보면 잡힐 것 같아서 후다닥 달렸어요."

"다른 사람도 많은데 하필이면 너에게 그런 남자가 손을 내밀다니, 기가 막히는구나. 아직도 무섭냐?"

"아저씨한테 얘기했더니 떨리는 게 멈췄어요. 저 그렇게 가볍게 보이나요? 그게 마음에 걸려요."

"너의 소녀 같은 점을 노린 것 같다만, 그건 상대를 잘못 고른 거야. 너처럼 소녀 같은 여자는 쉽게 손에 들어올 것 같으면서도 결정적인 순간에 폴짝 뛰어서 달아나버리기 때문에 쓸데없이 헛수고만 하게 될 뿐이다."

"저, 마루비루 같은 데, 앞으로는 안 갈 거예요. 이젠 지긋지긋해요. 하지만 아저씨 얼굴을 보고 있으니까, 무서운 게 점점 없어졌어요. 아저씨의 이름을 대고, 볼일이 있으면 집으로 오라고 말해주고 싶은 마음이 굴뚝같았지만, 이름을 밝히는 건 좋지 않겠다 싶어서 참았어요."

"이름 같은 걸 밝혀선 안 된다. 말하지 않는 게 현명한 거야."

"그럼, 저, 현명했던 거네요."

"자연스럽게 막는 방법을 알고 있어서 그걸 네가 생각하기도 전에 행했다는 건, 역시 몸을 지키는 방법을 알고 있었다는 거다."

"아저씨."

"왜?"

"저 갑자기 배가 고파졌어요. 차 한 잔 마시지 못했거든요."

"그럼 밀기울이라도 먹도록 해라."

"저, 밀기울은 물컹물컹해서 싫어요. 너무 짜요. 말린 빙어를 뜯어먹고 싶어요. 아, 피곤해라."

"그럼 말린 빙어를 먹도록 해라."

"아, 맛있어라. 아저씨, 우물물을 떠다 주세요. 부드러운 물에 잠깐 웅크려 있고 싶어요."

"그래, 그래. 자, 맛있는 우물물이다."

"수초도 조금 넣어주세요. 오래 된 건 버리고, 빳빳하고 싱싱한 게 좋아요. 아, 깜빡했네. 어때요, 이 이빨, 굉장하죠?"

"있어도 그만, 없어도 그만인데, 넌 멋쟁이로구나."

"하지만 밤이 되면 욱신욱신 언제까지고 쑤셔서 견딜 수가 없는 걸요. 아저씨가 그렇게 냉담한 소리를 하면 귀신이 돼서 나타날 거예요."

"금붕어도 귀신이 될 수 있는 거냐?"

"전 말이죠, 죽고 나서 귀신이 되어도 좋으니 아저씨를 다시

한 번 만나고 싶다고 가끔 생각해요. 어떤 얼굴을 하고 계실지 보고 싶거든요. 저희의 생은 짧잖아요, 그래서 귀신이 될 수 있다면 언젠가 귀신이 돼서 와보고 싶은 거예요."

"아직 죽으려면 멀었다. 여름은 길고 가을은 느리지 않냐, 겨울은 무섭다만."

"겨울은 무서워요. 몸의 색깔은 옅어지고, 아저씨는 정원에 나오지 않고. 저기요, 겨울이 되면 방으로 옮겨주세요."

"옮겨서 소중히 여겨주마, 양지바른 곳에 놓고. 그리고 마른 빙어를 주마."

"거울이 달린 상자의 모이도요. 망치로 정성껏 잘게 빻아서요."

"개골창의 실지렁이도 찾아다주마. 너는 그걸 좋아하니."

"아이, 좋아라. 아저씨는 늘 친절해서 좋아요. 어쩌면 좋지, 더 좋아져버렸어. 전 누구든 바로 좋아해버리거든요. 좋아하지 않으려 조심하고 있지만, 아주 잠깐 사이에 좋아져버리고 말아요. 얼마 전에 말이죠, 제 친구가 남자한테 하루 종일 편지를 썼어요. 사람을 좋아하게 되는 건 즐거운 일 가운데서도 가장 즐거운 일입니다. 사람이 사람을 좋아하게 되는 일만큼, 기쁘다는 말을 잘 알 수 있는 것도 없습니다. 좋아함이라는 문을 몇 개 열고 들어가도, 그건 좋아함으로 만들어진 집 같은 것입니다, 라고. 그 사람 글을 아주 잘 쓰더라고요. 마지막은 이렇게 마무리 지었어요. 저, 여행을 갔다가 과자를 잔뜩 사가지고, 그 과자를 들고 여관으로 와서 바라보았는데 누가 가장 먼저 과자를 만들 생각을 한 걸까요, 이런 바보 같은 말도 적혀 있었어요."

"넌, 몇 살이냐?"

"저, 태어난 지 3년 지났어요. 그래서 몸이 이렇게 큰 거예요."

"사람으로 말하자면 스무 살쯤 되려나. 머리도 야물딱지구나."

"네. 그런데 아저씨, 사람을 좋아한다는 건 즐거운 일입니다, 라는 말은 아주 화려하지만 참된 아름다움으로 넘쳐나고 있지 않나요?"

"그 이상의 말은 찾아볼 수 없겠구나. 여자의 말 치고는 너무 솔직할 정도여서, 누구도 그렇게는 쓸 수 없을 것 같은 부분이 있다. 대담한 표현이지만, 극히 평범한 점이 마음에 든다. 어떤 사람이지?"

"만나보고 싶나요?"

"예쁜 사람인지 아닌지, 그게 궁금하구나."

"그야 물론 예쁜 사람이죠. 키는 작지만."

"뭘 하는 사람이냐?"

"어떤 잡지의 편집을 하고 계신 분. 해당화 부인이라는 별명을 가진 분이에요."

"그 편지를 받은 사람은 누구지?"

"가부키 배우인데, 지금은 가끔씩밖에 출연하지 않는 유명한 배우예요. 이름을 말하면 아저씨도 분명히 아실 테지만, 친구가 말하지 말라고 했기에 말할 수가 없어요. 하지만 사람을 좋아한다는 건 즐거운 일입니다, 라는 말은 아주, 참을 수 없을 만큼 좋은 말이에요. 사람을 좋아한다는 건, 아저씨, 말해보세요."

"싫다. 나이도 먹을 만큼 먹어서."

"그냥 딱 한 번만 말해보세요. 남자 입으로 말하는 걸 들어보고 싶어요. 사람을 좋아한다는 건 즐거운 일입니다. ……."

"사람을 좋아한다는 건, ……."

"즐거운 일입니다, 라고 말을 끊지 말고 단숨에 말해야죠. 아저씨는 답답해서 속이 터져요. 사람을 좋아한다는 건 즐거운 일입니다, 라고 말해보세요."

"사람을 좋아한다는 건, ……."

"또 더듬네. 처음부터 끝까지 한 번에 말해야 한다니까요."

"사람을 좋아한다는 건, ……."

"바로, 뒤를 이어서 말하세요. 답답한 사람이네."

"나는 도저히 못하겠구나. 좀 봐줘라."

"나이도 많이 먹었으면서 뭘 그렇게 부끄러워하세요. 됐어요, 하지 마세요."

"화났냐? 그럼 말할게. 사람을 좋아한다는 건 인간이 가진 가장 뛰어난 감정입니다."

"그게 아니잖아요. 맘대로 말을 만들면 어떻게 해요. 사람을 좋아한다는 건, 자, 얼른요."

"사람을 좋아한다는 건, ……."

"정말 속 터지는 아저씨네. 그러면서 소설가네 뭐네, 우습지도 않아요. 제 말이 끝나기 전에 계속하세요. 사람을 좋아한다는 건, 이에요. 어머, 입을 다물어버렸네."

"……."

"안 할 거예요? 얼른."

"난 못 하겠다. 너 혼자 거기서 몇 번이고 말해라. 나는 그저 한심해질 뿐이다."

"젊음이 없는 거군요."

"아무것도 없다. 텅텅 비어버렸어. 좋아해도 입으로는 하지 못하는 말이 있는 법이다."

"저 말이죠, 아저씨처럼 나이 든 사람이 싫어졌어요. 아무리 말해도 템포가 느리고 답답해서 깨물어주고 싶을 정도예요."

"금붕어한테 물려봤자 아프지 않다. 얼마든지 깨물럼."

"어떻게 그런 말을 하죠? 저도 있는 힘껏 깨물면, 마른 아저씨 뺨의 살쯤은 물어뜯을 수 있어요."

"무섭구나, 눈을 커다랗게 뜨고."

"아저씨랑 안 놀아주면 심심하시죠? 이젠 불러도 대답하지 않을 거예요."

"화 풀어라, 사과할게. 네가 놀아주지 않으면 누구랑 놀란 말이냐."

"그럼, 아까 그 말을 다시 한 번 해보세요. 뭔지 알죠? 사람을 좋아한다는 건, ……."

"사람을 좋아한다는 건 즐거운 일입니다."

"아저씨, 얼른 일어나세요."

"금방 일어날게. 돌이 온 모양이구나."

"아주 많이 왔어요. 밖에 나가보고 깜짝 놀랐다니까요. 길을 지날 수 없을 만큼 쌓아놓고 갔어요."

"아직 더 가지고 올 거다. 그러니까 오늘 하루 종일 운반해올 거야."

"돌을 그렇게 많이 사서 뭘 하실 생각인데요?"

"그걸로 돌담을 쌓을 거야. 돌담은 불에 타지 않으니까."

"지난번의 불로 아주 혼쭐이 났군요. 그때는 저만 한 커다란 불똥이 비처럼 내렸었죠. 전 물 바닥에서 보고 있었는데, 슉 하며 물에 떨어진 불똥 때문에 제가 있던 물까지 뜨거워졌었어요. 아 저씨가 오시지 않았다면 물이 뜨겁게 끓어서 죽어버렸을지도 몰라요."

"물 바닥에 납작하게 엎드려 있었지, 눈만 커다랗게 뜬 채."

"하지만 불렀더니 와주셔서 살았어요. 저, 그날 이후로 눈이 불에 덴 것처럼 계속 이상해요."

"마치 2마리가 겹쳐져서 부풀어오른 것처럼 보였을 정도였다. 금붕어에 불이라니, 그보다 더 빨간 것도 없을 게다. 그래서 그날 밤부터 이 아저씨도 계속 생각을 했단다."

"돌담을 만들어야겠다는 생각이죠?"

"지금처럼 대나무 잎으로 짠 담은 성냥 하나로도 전부 불에 타버리니까. 마치 집 주위에 불이 잘 붙는 불쏘시개를 놓아둔 것이나 다를 바 없는 일이다."

"불이 나면 아주머니가 당황해서 좀처럼 도망갈 수도 없고, 저는 너무 작아서 도와줄 수가 없으니까요. 저 같은 건 그 전에 익어서 죽어버릴지도 몰라요. 아저씨는 아주머니를 어떻게 업고 나갈 생각인가요?"

"그래서 담을 돌로 쌓을 생각을 한 거다. 아저씨가 죽고 난 뒤에 담을 다시 짤 필요도 없고. 대나무 잎으로 짠 담장은 돈이 들어. 아들과 딸이 있어도 전부 돈을 벌지 못하니 담장을 다시 짜는 일도 1년 늦어지고 5년, 8년 늦어져 허름한 집에 허름한 담장이 되어버릴 거야. 너는 나의 소중한 친구지만, 어쨌든 그냥 반짝반짝 빛나는 물고기에 지나지 않으니까."

"아무런 도움도 되지 않는다는 거죠. 그저 아저씨의 정신적인 후원자 같은 역할을 하고 있을 뿐인데 같이 잠을 잘 수도 없고."

"건방지기로 말하자면 누구보다도 건방지고……."

"아저씨, 얼른 일어나세요."

"그래."

"아저씨, 저건 무슨 돌인가요? 눈이 부실 정도로 하얗고 까칠까칠해서 눈이 아파요."

"저건 응회석이라는 돌이다. 저걸로 집 주위를 빙 두르면 불이 나도 지금까지처럼 불에 탈 염려는 하지 않아도 될 거야. 7단 정도로 쌓아올리면."

"마치 성처럼 되겠네요. 생각을 해내서 다행이에요."

"벌써부터 생각을 했었다만, 지금까지 아저씨에게는 그런 돈이 없었단다."

"그럼, 지금은 있나요?"

"이 아저씨는 말이다, 요즘 들어 간신히 돌담 정도는 쌓을 수 있게 되었단다. 평생을 사람으로 살아왔지만 담장도 쌓지 못하는 시기가 계속되었던 거야."

"아저씨는 하나같이 평생에 걸쳐서 하는 일만 하시네요. 정원, 도자기, 일, 전부 늦어서야 만성(晩成)이네요."

"건방진 소리 하지 마."

"아저씨, 여러 가지로 돈 드는 일이 계속되지만, 저 부탁드리고 싶은 게 하나 있어요. 예전부터 생각했던 건데 이번에 겸사겸사 만들어줬으면 해요."

"무슨 부탁인지 말해봐라."

"제 집도 같이 만들어줬으면 해요. 저 돌로 주위를 둘러서 널따란 연못처럼 만들고, 한가운데 세련된 분수를 만들어서 물줄기가 산속의 폭포처럼 하루 종일 흐르며 흩날리는 집이 있었으면 좋겠어요. 그 속에서 저, 아저씨에게 부채의 공작처럼 헤엄쳐 보일 수도 있고 아저씨가 좋아하는 커다란 입을 벌려 노래를 부를 수도 있을 거예요."

"점점 사치스러워지는구나. 만들어줄게. 그럴 생각으로 검은 돌도 많이 사두었다."

"아이, 좋아라. 전, 하얀 돌만 산 줄 알고 내심 불만이었는데 검은 돌도 사셨어요? 아주 기뻐요. 아저씨는 그렇게 눈치가 빨라서 좋다고 하는 거예요. 꼬리를 만지셔도 돼요. 간지럽지 않게 가만히 가만히 만지셔야 해요. 아저씨, 꼬리에 미끌미끌한 게 있죠? 그걸 먹어보면 그렇게 달지는 않지만, 아주 맛있어요. 슥 훑어서 가져가셔도 돼요."

"그럼 네가 헤엄을 칠 수 없게 되지 않냐."

"금방 만들 수 있는 걸요. 계속해서 미끌미끌한 기름이 얼마든지 솟아나요. 저, 그 미끌미끌이 많이 솟아나는 날이 제일 기뻐요. 이렇게 말하고 있는 동안에도 줄줄 흘러나와요."

"꼬리의 연결부가 반짝반짝 빛나기 시작했구나. 실례일지 모르겠다만 잠깐 물어보고 싶은 게 있는데 화를 내서는 안 된다."

"뭔데요?"

"금붕어의 엉덩이는 대체 어디에 있는 거냐?"

"있잖아요, 연결부 약간 위쪽에요."

"조금도 아름답지 않구나. 그냥 파묻혀 있을 뿐이잖아."

"금붕어는 배가 화려해서 그게 엉덩이를 대신하는 거예요."

"그러냐. 사람은 엉덩이가 가장 아름답단다. 엉덩이에 노을이 비추었다가 그것이 점점 사라져가는 풍경은, 온 세상을 다 둘러봐도 그처럼 온화한 불멸의 풍경은 찾아볼 수가 없단다. 사람은 그것을 위해서 사람을 죽이기도 하고 자살하기도 한단다. 엉덩이 위에는 언제나 생물은 한 마리도 없고, 풀 한 포기 자라지 않는 온전한 평온함이 있으니까. 내 친구 중에 말이다, 그 엉덩이 위에서 목을 매달고 싶어 한 녀석이 있었다만, 죽음의 장소로 그처럼 맨질맨질 극락 같은 곳도 정말 없을 거다."

"아저씨, 그런 말을 커다란 목소리로 하면 부끄럽잖아요. 아저씨 같은 사람은 엉덩이를 평생 보고 있어도 못 본 척해야 하는 법이에요. 설령 다른 사람이 엉덩이에 대해서 이야기해도 못 들은 척 시치미를 떼고 있어야 신사라고 할 수 있는 거예요."

"그럴 수 없다. 노을은 죽을 때까지 반짝이니까 말이다. 그게 엉덩이에 걸려 있으면 말로 표현할 수 없을 만큼 아름다우니."

"한심해요. 그런 말을 아무렇지도 않게 하다니, 저 더는 안 놀아줄 거예요. 사람도 금붕어도 언제나 반듯한 말만 해야 하는 법이에요. 엉덩이는 자신에게는 보이지 않도록 뒤에 붙어 있어서 사람들 가운데는 평생 자신의 엉덩이를 보지 못하고 죽는 사람도 있는데, 아저씨는 그 비밀도 모르시는 건가요? 어떤 영화에서도 엉덩이만은 보여주지 않아요."

"얼마 전에 『당신, 미안해요』라는 영화에서 브리지트 바르도가 엉덩이를 보인 장면이 있었어. 사랑스러운 엉덩이였다. 물론 아주 순간적인 장면이기는 했지만."

"아저씨는 그런 거만 보고 계시는군요. 저, 아저씨랑 놀기가 또 싫어졌어요."

"인간이든 금붕어든 과일이든 둥근 부분이 제일 아름다운 법이다. 10살쯤 되는 여자아이가 쉬하고 있는 모습을 밖에서 보면,

깜짝 놀라서 아무리 아저씨라도 얼굴을 돌려버리고 싶어진다. 자신이 하고 있는 일이 무엇인지도 모르고 하고 있는 모습을, 그것을 전부 알고 있는 사람이 보면 순결 이전의 야만스러운 감정으로 느껴져 자기 자신을 호통 치게 된단다. 그것이, 너무 갑작스럽게 보지 않으면 안 되는 상태에 놓인 자신을 탓하고 싶은 기분이 들어. 참 난처해, 그럴 때는."

"전 말이죠, 어린아이가 쉬하는 모습을 보고도 자신의 어딘가에 반영해서 생각하는 것은, 아저씨의 불행이라고 생각해요. 그렇게까지 깊이 생각하는 사람은 아무도 없을 거예요."

"그럴까? 불쾌한 일만큼 반성을 촉구하는 것도 없다만, 어린아이가 하는 일은 아저씨를 단번에 질리게 만들어버린다. 말하자면 불행일지도 모르겠다. 이 불행을 불행이라고도 느끼지 못하는 사람에게서 가끔 파렴치한 범죄가 태어는 거다. 지금까지 그 때문에 몇 십 명이나 되는 소녀들이 살해당했는지 몰라. 아저씨도 자신을 무서운 곳에 세워놓고 자신에게 불쾌함이 어느 정도 있는지 살펴보고 있다만, 언제나 무시무시한 결과가 뱀처럼 대가리를 쳐든단다. 재판관이라는 사람들은 그렇게 타인을 조사하고 있으면서도, 범죄자로부터 얼마나 많이 배우고 또 구원을 얻는지 알 수 없단다. 따라서 인간은 자신에게 주어진 엉덩이를 바라보고 있기만 하면 다른 불만은 생기지 않는 법이다. 대부분의 사람들은 그렇게 하고 있어."

"아저씨는? 아저씨도 아직 엉덩이가 보고 싶잖아요."

"그야 보고 싶다. 하지만 문제가 저녁노을의 풍경에서 벗어난 엉덩이에 이르면 목소리도 점점 작아지고, 대놓고는 말할 수 없게 된단다. 아저씨가 받은 알량한 교육이 그렇게 만든단다. 인간에게 책과 교양이 주어졌다는 건, 나 한 사람만 놓고 봐도 크게 감사해야 할 일인 셈이다."

"아저씨는 그렇게 오래 살아온 동안 무엇이 제일 무서웠어요? 평생 주체하지 못했던 것은 무엇이었나요?"

"내 자신의 성욕이다. 이 녀석 때문에는 참으로 난처했었다. 이 녀석이 들러붙은 곳에서는 달도 산의 경치도 없었단다. 인간의 아름다움만 눈에 들어오고, 그것과 내가 늘 관계가 없었다는 사실 때문에 더욱 아름다운 것과 떨어질 수 없었어. 할 수 있는 데까지는 해봤지만 소용없었어. 아무것도 얻지 못했어. 얻은 것이라고는 아름다움과 관계가 없는 것이었어. 그게 아저씨에게 보잘 것 없는 소설류를 쓰게 한 거야. 소설 속에서 아저씨는 수많은 애인을 가져보기도 하고 수많은 사람을 불행하게도 해봤어."

"아저씨, 좋은 생각이 떠올랐어요. 아저씨하고 저하고의 사이를 말이죠, 애인으로 해보는 건 어떨까요? 우스워서 누구도 보고 있지 않은, 누구도 생각조차 못 하는 일이잖아요."

"그럴 수도 있겠구나. 거지처럼 살아가는 사람 중에는 개나 고양이랑 평생을 보내는 경우도 있으니까. 개나 고양이는 잠을 자면 여자처럼 되어 간다만, 금붕어와는 잠을 잘 수도 없고 키스도 할 수 없지. 단지 너의 말을 내가 만듦으로만 해서 너를 인간처럼 다룰 수 있을 뿐이다만, 뭐 그것도 괜찮을 듯싶구나. 너랑 연애를 해도 좋겠다. 내게는 너무 아름다운, 과분한 대상일지 모르겠다만. 눈은 커다랗고 배만은 볼록하지만 말이다."

"저 말이죠, 아저씨의 배 위를 쪼르르 헤엄쳐주고, 다리의 허벅지 위에 올라가 줄 수도 있어요. 등을 타고 올라가서 머리카락 속에도 들어가고, 얼굴로도 헤엄쳐가고, 입술에 한동안 머물러 있어도 상관없어요. 그럼 아저씨, 키스도 할 수 있잖아요. 전, 커다란 눈을 있는 힘껏 뜨고 입술을 아주 크게 벌릴게요. 제 입술은 크고 미끌미끌하고 힘도 있어요."

"그러다 잘못해서 너를 삼켜버리면 어쩌지? 그건 커다란 사건이다."

"그럼 뱃속을 한 바퀴 돌아서 다시 입술로 돌아올게요. 금붕어니까요. 끈적거리는 곳에서는 제 몸을 마음대로 신축할 수 있고 빨리 헤엄칠 수도 있어요. 어때요? 배 위를 헤엄쳐주면, 아저씨는 간지럽기도 하고 기쁘기도 할 거예요."

"그래, 재미있겠구나. 하지만 간지러워서 참을 수가 없겠지? 폴짝폴짝 뛰어오르면."

"살살 해드릴게요, 신중하게."

"어쨌든 잘 부탁한다."

"그럼 애인이 되는 거죠?"

"뭐라고 부르면 좋을까? 이름부터 붙여야지."

"빨간 우물 속의 빨간 아이, 아카이 아카코(赤井赤子)는 어때요?"

"좋구나. 아카코, 아카이 아카코는 어딘가 특이해서 부르기 좋다. 그럼 그렇게 부르기로 하자."

"그리고 말이죠, 여러 가지 물건을 사주셔야 해요. 전 아무것도 가지고 있지 않으니. 목걸이에 시계에, 시계는 금색으로 반짝반짝 빛나는 걸로요. 거기에 반지도 필요하고 구두하고 양장하고, ……."

"네가 그런 걸 입고 끼우고 하면, 도깨비 같지 않겠나?"

"도깨비든 뭐든 상관없어요. 사주실 건가요?"

"사줄게. 아저씨의 물건을 덜 사면 무엇이든 살 수 있다."

"하나 더 중요한 건, 매달 용돈을 얼마나 줄 수 있죠? 그걸 결정하고 시작해야 해요. 그게 제일 중요한 일이라고 생각하니까."

"글쎄, 1천 엔이면 되지 않겠나?"

"겨우 1천 엔으로 뭘 살 수 있다는 거죠? 아무리 적어도 5만 엔은 받지 않으면 살아갈 수 없어요."

"5만 엔이라는 돈은 아저씨가 소설 하나를 썼을 때의 원고료다. 매달 너에게 그렇게 주면 이 아저씨야말로 어떻게 살아가란 말이냐. 글쎄, 기껏해야 1만 엔 정도다. 그게 적다면 애인은 할 수 없다."

"힘들어요, 1만 엔으로는. 그럼 크림이나 립스틱을 살 돈은 가끔 잡비로 주실 수 있나요?"

"그건 수시로 줄게. 현금으로 1만 엔 이상은 도저히 줄 수가 없다. 금붕어 주제에 돈으로 뭘 할 생각이냐?"

"그럼 1만 엔으로 해요. 후후, 1만 엔짜리 연인이네. 저, 일을 할게요. 축제가 열리면 금붕어 어항으로 나갈게요."

"그래서 어쩌겠다는 게냐?"

"사간 사람의 집에서 밤에 아저씨의 집으로 도망쳐 올게요. 저는 1마리 300엔이 실가이니, 달아나서는 다시 다른 금붕어장수에게 팔려가고, 다시 아저씨에게로 돌아올게요."

"들키면 어쩌려고 그러냐? 목숨을 잃을 게다."

"인간은 치사해서 300엔이나 하는 금붕어는 절대로 죽이지 않아요. 거기다 금붕어만은 아무리 잔혹한 사람이라도 죽이지 못해요. 금붕어는 평생 사랑 외에는 아무것도 받지 않아요. 금붕어에게는 화를 내는 사람도, 또 미워하는 사람도 없어요. 금붕어는 오직 사랑받기만 해요. 아저씨도 그것만은 머리에 넣어두고 저를 괴롭히거나 화나게 해서는 안 돼요."

"알았다. 너는 훌륭한 금붕어다. 창부이기도 하지만 심리학자이기도 한 금붕어다."

"옛날에 중국의 황제가 금붕어 옷을 입힌 여자들을 연못에서 헤엄치게 한 적이 있었어요. 그 이후부터 금붕어는 의인법을 배울 수 있었고, 물속에 응가 하는 법도 알게 되었어요."

"그럼 그 연못에서 누군가 응가를 한 여자가 있었단 말이냐?"

"그랬었나봐요. 『금붕어 당사(唐史)』에 실려 있어요. 중국에서 헤엄쳐왔다는 건 거짓말이에요. 틀림없이 상인들이 돈을 벌기 위해서 배에 싣고 온 걸 거예요. 아저씨, 이제 그만 자기로 해요. 오늘 밤은 저의 첫날밤이니 소중히 여겨주셔야 해요."

"소중히 여겨주마. 아저씨도 인간 여자들이 더는 상대해주지 않기에 결국에는 금붕어와 자게 되었다만, 너는 덧없는 세상에서도 특이한 존재다. 나이를 먹는다는 건 겸손해야 할 일이 아주 많다는 거로구나. 이리 와라, 머리를 풀어주마."

"이거 아름다운 담요네요."

"타탄체크라고 영국 병사의 치마란다. 네게 아주 잘 어울리는 무늬로구나."

"이거, 저 쉐요."

"뭘 하려고? 두꺼워서 못 입지 않겠나?"

"괜찮아요. 치마로 입을 거예요. 어머, 왜 웃으세요?"

"하지만 네가 치마를 입으면 어떻게 되겠나?"

"두고 보세요, 멋지게 만들어 보일 테니. 어때요? 저, 몸이 차갑죠? 자, 여기가 배예요."

"아, 차갑구나."

"옛날에 말이죠, 아저씨."

"또 진의 시황제가 커다란 잉어랑 잤다가 감기에 걸렸다는 이야기를 하려는 거지? 그 얘기라면 몇 번이고 들었다. 그게 아니면, 당나라의 아가씨들이 금붕어를 한 마리씩 입에 물고 황제의 연회석 자리를 장식했다는 이야기겠지. 정말 기발한 생각을 해냈

더구나. 금붕어를 물고 시중을 들다니."

"옛날, 옛날에 말이죠, 아저씨."

"응."

"저희들 눈이 별로 움직이지 않았기에 눈을 깜빡여서 표정을 다양하게 하기 위한 눈의 의사선생님이 있었어요. 요즘의 눈을 크게 하는 병원 같은 거예요. 그 병원이 크게 유행을 해서 모두가 눈을 치료하러 갔었는데, 나중에 자세히 보니 눈동자가 뒤집어졌을 뿐, 금붕어의 눈은 여전히 깜빡거릴 수 없이 고정되어 있었어요."

"금붕어의 눈은 이상할 정도로 움직이지 않는 눈이더구나."

"그래서 '붉은 비늘 눈동자와 겨루어, 사람은 동공을 보지 못했구나'라는 슬픈 시가 있을 정도예요. 아저씨, 꼬리를 그렇게 만지작거려서는 안 돼요. 아파요. 꼬리는 말이죠, 안쪽에서부터 바깥쪽으로 가만히 쓰다듬듯 하지 않으면 약한 부채 같은 거기 때문에 찢어져버려요. 네, 그렇게 물을 만지는 것처럼 쓰다듬어야 해요. 말로 표현할 수 없는 감촉이죠? 이 세상에 이렇게 꿈결 같은 것도 없을 거예요."

"절대 없다고 해도 좋겠구나. 사람으로 따지자면 혓바닥쯤이려나."

"나중에 배도 청소를 해줄게요."

"어딜 가려는 거냐? 가만히 있어라."

"등의 모습을 살펴본 뒤, 가슴 위로 올랐더니 마치 산이 계속

되고 있는 것 같아요. 사람 하나를 놓고 살펴보니 흡사 커다란 고래 같네요."

"그만 자거라. 그만 종알거리고 자도록 해라."

"네. 아저씬 내일 뭘 하실 생각이세요."

"내일은 말이다, 돌담을 쌓을 거다. 인부들이 오기 전에 일어나서 지도를 하기도 하고 모양도 결정해두어야 하기에 바쁘단다."

"전 뭘 하죠?"

"너는 혼자서 놀고 있으면 된다. 송사리를 삼키기도 하고 뱉기도 하고 있으면 된다."

"아저씨는 놀아주지 않을 건가요? 재미없게."

"너랑 놀고만 있을 수는 없다. 그 외의 일도 있으니."

"또 소설이죠? 제 얘기를 쓰는 건 싫어요. 쓰는 사람하고 그 대상이 되는 사람 사이에는 아주 커다란 차이가 있으니까, 쓰면 안 돼요."

"그런데 말이다, 이 아저씨는 얼마 전부터 금붕어는 어째서 그렇게 짧은 생애를 보내지 않으면 안 되는 건지, 그걸 계속해서 생각해왔단다. 예를 들어서 송사리는 인간을 따르지 않지만 금붕어는 발소리가 나면 바로 모여든다. 거기서 송사리와 금붕어의, 인류와의 거리를 알 수 있다."

"따분한 소리 하시네요. 그보다 이쪽을 바라보세요. 속담 중에 작가가 늙으면 불행한 처지에 놓이게 된다는 말이 있는데 아저씨도 그런 부류네요. 각오는 하고 있었다고 말씀하시지만, 이렇게 보니 벌써 보통 사람의 100살쯤 되는 곳에 발을 들여놓으셨네요. 발은 거칠거칠해서 사슴의 발 같고, 등도 간신히 펴져 있을 뿐이에요. 저 멀리에 있는 100살이 벌써 찾아왔어요. 70살인데 벌써 100살을 먹은 사람. 모든 것을 쓰고 모든 것을 팔아버려 너덜너덜해진 마음을 걸고 있는 발꿈치가 깨져버린 사람. 그런 사람이 말이죠, 저처럼 젊은이하고 같이 자는 것은 100살 먹은 사람이 사랑을 얻은 것이라고 자랑스럽게 얘기해도 좋을 정도일 거예요. 전 더 이상 금붕어가 아니에요. 한 장의 누런 종이 같은 아저씨도 살아 있잖아요. 대체 어디에 생명이 있는 거죠? 생명이 있는 곳을 가르쳐줬으면 좋겠네요."

"아저씨가 아저씨를 생각해봐도 생명을 알려고 하면 이성이 작용해서 알 수가 없다만, 금붕어를 보고 있으면 오히려 생명의 상태를 이해할 수 있게 된다. 간단히 비틀어 죽일 수도 있는 생명의 가엾음이 느껴지지만, 아저씨 자신의 생명을 살펴볼 때는 대대적인 논문이라도 쓰지 않으면 안 될 번거로움이 있단다."

"논문 같은 건 싫어요. 그리고 제가 밀기울을 먹고 있을 때 생명이 느껴진다고 말씀하시고 싶은 거죠? 제가 살아 있는 건 아저씨를 곤란하게 만들 때뿐이에요."

"옷을 사내라, 구두를 사내라고 말할 때뿐이란 말이냐?"

"그것 말고도 또 있어요. 차차 알게 될 거예요. 결국은 제가 귀찮아져서 어딘가로 버리러 가지나 않을까 여겨지는 때도 있어요. 그도 아니면 죽여버리든지, 둘 중 하나예요."

"네가 나무들 사이를 헤엄치며 아저씨를 따르는 동안에는 너를 소중히 여길게다. 너는 어디든 숨을 수도 있고 방해도 되지 않으니."

"아저씨, 제가 나무 사이에서 헤엄치는 걸 언제 보셨어요?"

"밝은 햇살 속의 우듬지에 뭘까 싶어 보고 있었더니, 네가 헤엄치고 있는 모습이 보였단다. 연못을 보았더니 너는 없더구나. 너는 굉장한 금붕어다. 나무 사이를 통해서 나무 밑으로 내려왔다만, 지금도 사실이라고는 여겨지지 않을 정도다."

"저도 그건 진짜라고는 여겨지지 않아요. 아저씨, 똑바로 누우세요. 저, 배 위에서는 얘기하기가 아주 편해요."

"그럼 네 얼굴이 잘 안 보이지 않냐."

"이렇게 하면 돼요?"

"아, 그러면 되는구나. 몸이 많이 따뜻해졌구나. 배가 흐늘흐늘해졌잖아."

"배가 고프기 시작한 거예요. 물하고 모이를 좀 가져다주세요. 커다란 사발 같은 거에 물을 가득 담아다 주세요. 가끔 텀벙 들어가지 않으면 숨 쉬기가 힘들어요. 가져오는 김에 수건도요, 얼른이요."

"그래, 알았다."

"아저씨는 친절하시네요. 맛있는 물이에요. 냉장고에서 꺼내오셨죠? 아, 차가워라. 이런, 색이 변할 만큼 차가워요."

"여기, 말린 대구."

"잘게 썰어주셨네요. 짭조름해서 기분이 좋아요. 아저씨, 해주세요."

"키스 말이냐?"

"제 것은 차갑지만 매끄러워서 괜찮을 거예요. 무슨 냄새가 나는지 아세요? 하늘과 물 냄새요. 아저씨, 한 번 더 해줘요."

"네 입도 사람의 입과 크기는 별로 다르지 않구나. 꼬들꼬들해서 묘한 키스로구나."

"그러니까 아저씨도 입을 조그맣게 오므리세요. 그렇게, 가만히 있으세요. 이젠 됐어요. 그럼 안녕히 주무세요."

2. 아주머니들

"돌 위에 아이들이 모여서 놀고 있어요. 저게 무너지면 밑에 깔리고 말 거예요."

"그래서는 안 되지. 그렇게 높이 쌓아놓고 간 게냐?"

"위로, 위로 쌓아올렸기에 제일 높은 곳에서 땅을 보면 현기증이 날 정도로 높아요."

"네가 가서 아이들을 내려오게 해라."

"네, 그렇게 말하고 올게요. 애들아, 그 돌 위에서 놀아서는 안 된다. 위험해. 무너져서 깔리면 죽을 거야. 똘똘한 아이들이니 다른 곳에 가서 놀도록 하렴. 그거 봐라, 갑자기는 못 내려오겠지.

자, 내가 안아줄 테니, 다른 데로 가라."

"모두 갔냐?"

"갔어요. 제 얼굴을 이상하다는 듯이 보며, 저 사람 누구지? 저런 사람, 이 집에서 본 적이 없었는데, 라고 말했어요."

"네 얼굴이 화려하기 때문이다."

"아저씨, 또 왔어요. 무서운 옆집 아저씨가 왔어요. 별채가 옆집 땅으로 지붕을 내밀고 있는 걸, 이번에는 어떻게든 해야겠어요."

"별채를 1자 정도, 드르륵 깎아내야겠구나."

"이번에는 돌담이니 일반적인 경우와는 달라요. 어떻게 하실 거예요?"

"목수를 불러서 경계선 바로 앞까지 깎아낼 거다. 그렇게 하지 않으면 재판을 하게 될 거고, 법률에서는 폭 1자에 길이 15간만큼의, 그것도 30년 동안의 땅값을 내야 하니. 역시 별채를 허물어야 할 게다."

"아저씨도 가엾게 됐네요. 하지만 어쩔 수 없는 일이죠."

"어쩔 수 없지. 하지만 다른 쪽은 아주 잘 만들어지지 않았느냐. 이번에야말로 평생의 담장이 마침내 생긴 셈이다."

"아저씨, 이리로 와보세요. 돌담 위에 앉아 있으면, 마을 저 너머까지 보여서 기분이 아주 좋아요."

"높은 곳에 오른다는 건 좋은 일이로구나. 돌담을 만들어두길 잘했다."

"저 말이죠, 아저씨가 별채를 부술지, 튀어나온 채 그대로 둘지, 죽 지켜보고 있었어요."

"요전에, 그래, 5년 전이로구나. 옆집 아저씨가 와서 말이다, 당신도 명예가 있는 분이니 지금 당장이라고는 말하지 않겠지만 담장을 다시 두를 일이 생기면 땅을 돌려달라고 하더구나. 땅이라고 해봐야 겨우 1자도 되지 않는 처마 끝이 옆집으로 삐져나온 것뿐이었지만. 그리고 옆집에서 훗날을 위해 문서 한 장을 써달라고 해서 말이다, 아저씨는 문서를 써서 건네주었단다."

"뭐라고 썼어요?"

"필요한 시기가 오면 허물어서라도 땅 위로 튀어나온 부분을 거두겠습니다, 라고 썼다."

"그 시기가 와버린 거로군요. 이번에는 돌담으로 오랫동안 무너지지 않을 테니 처마를 거둔 거네요. 덕분에 별채의 장식공간이 일그러져버리고 말았어요."

"그래서 순순히 헐어서 낙숫물도 옆집으로 떨어지지 않도록 한 거다."

"땅이라는 건 번거로운 경계를 가지고 있는 거로군요."

"인간은 옛날부터, 나라와 나라 사이에서도 그 때문에 전쟁까지 해왔고, 개인 사이에서도 서로를 물어뜯었단다. 그래서 이 아저씨는 땅이라는 걸 1평도 가지고 있지 않다. 이 집도 빌린 땅이고, 가루이자와의 땅도 빌린 거다."

"가루이자와에 한 번 데리고 가주세요. 기차 안에서도 얌전하게 있을 테니 데려가주세요."

"질그릇에 물을 담아 너를 데리고 갈까?"

"역마다 물을 갈아주셔야 해요. 물이 열차 때문에 계속 흔들릴 테니, 저 어지러워서 완전히 녹초가 되어버릴 거예요."

"산속의 물이 네게 어떨지 모르겠구나."

"산속의 물에 잠기면 제 몸은 불타오르고 눈은 한층 더 맑아져요. 저, 아저씨랑 매일 산에 올라갈 거예요. 생각만 해도 즐겁지 않나요? 물고기는 나무를 넘어 산에 오른다고 누군가도 말하지 않았나요? 저, 아주 아름다운 눈을 해서 아저씨를 녹여버리고 말 거예요."

"너는 사람으로 둔갑할 수는 없는 거냐?"

"매일 둔갑하고 있잖아요. 이것보다 더 잘 둔갑할 수 없을 걸요."

"조금 더 예쁜 여자가 되어주었으면 좋겠구나."

"아저씨는 왜 그렇게 늘 여자, 여자, 하며 여자를 좋아하나요?"

"여자를 싫어하는 남자는 이 세상에 단 한 사람도 없다. 여자를 싫어하는 남자는 본 적이 없다."

"하지만 아저씨처럼 나이를 많이 먹었는데도 여전히 여자를 그렇게 좋아하는 건 약간 이상한 일 아닌가요?"

"사람은 70살이 되어도 살아 있는 동안에는 성욕도, 감각도 왕성한 법이란다. 그것을 솔직하게 말하느냐, 숨기느냐의 차이가 있을 뿐이다. 물론 성기라는 건 사용하지 않으면 결국에는 사용할 수 없는 비극에 빠지게 되지만. 그러니 살고 싶다면 사용하지 않으면 안 된다. 무엇보다 그게 무섭다. 아저씨도 말이다, 소년 시절에는 70살 정도의 노인네를 보면, 저런 녀석 벌써 절반쯤은 뻗어 있는 거야, 라며 발로 차주고 싶은 기분으로 바라보았다만, 내가 70살이 되고 보니 사람의 생생함에 있어서는 참으로 놀라운 면이 있어서 나 스스로를 다시 보게 됐단다."

"성기라는 말을 아무렇지도 않게 하시네요. 훌륭한 사람은 그런 말 입에 담지 않아요."

"성기도 심장만큼 중요하다. 부끄러워할 건 어디에도 없어. 물론 이 아저씨도 성기에 대해서는, 이 녀석이 없어져버렸으면 얼마나 시원할지 모르겠다고 남몰래 생각한 적은 있었다만, 역시 있는 편이 좋고, 있다는 것은 어딘가에서 무엇인가를 할 수 있다는 희망이 있다는 말이다."

"그런 말, 커다란 목소리로 하면 제가 빨갛게 되어버리고 말잖아요. 사람의 몸가짐 중에서도 가장 주의해서 가만히 내버려두어야 하는 거예요. 입에 담을 만한 게 아니에요."

"물론 가만히 내버려두고 싶단다. 하지만 70살이 된 사람이라도, 100살이 된 사람이라도 한 번쯤은 살아서 맥박 친다는 사실을 확인하고 싶은 법이란다."

"그럼 아저씨는 젊은 사람하고 아직도 자고 싶으세요? 그런 기회가 있다면 무슨 일이든 하실 건가요?"

"하고말고."

"어머, 세상에."

"그래서 너랑 사귀고 있는 거 아니냐. 내가 목사나 교사처럼 행세한다면 생에서 손해를 보게 될 거다. 난 아름답게 살기 위해서라도 하고 싶은 일을 할 거다. 너는 지금 아저씨의 허벅지 위에 올라타지 않았냐? 그리고 종종 옆으로 가만히 누워 빛나는 배를 보여주고 있지 않냐? 그런데도 스스로 부끄럽다고 생각한 적 없었냐?"

"조금도 부끄럽다고 생각한 적 없었어요. 저, 아저씨가 친절하게 대해주시기에 어리광을 부릴 수 있을 만큼 부리고 싶어요. 설날 아침의 우유 같은 달콤함을 맛보고 싶어요."

"그것 봐라. 꼬맹이인 너도 네가 만든 곳에 녹아들려 하고 있지 않냐. 아무것도 모르는 네가 비벼 문지르기도 하고 물어뜯기도 하면서도 그걸 조금도 부끄럽다고 생각하지 않는 건, 네가 편안한 것을 편안하게 즐기고 있기 때문이다."

"어머, 그렇게 되는 건가? 그럼 부끄러워지네요."

"흥분해서 온몸이 반짝이고 있지 않냐? 아저씨가 아까부터 한 말, 이제는 이해할 수 있겠지?"

"알겠어요. 죄송해요. 전, 평소 생각하고 있던 걸 감춘 셈이 되네요."

"실제로는 그렇게 행동하고 있으면서."

"앞뒤가 맞지 않았었네요."

"그러니까 나이를 먹으면 알맹이만 남아서 되살아나는 면이 있단다."

"그래서 젊은 사람이 좋은 건가요?"

"내가 소년이 되어버렸기에 결국은 젊은 사람이 좋아지는 거다."

"하지만 할아버지가 젊은 사람을 좋아하는 건, 좀 그래요. 보기 싫어요."

"조금도 추악한 게 아니다. 아주 당연한 일이다."

"그래서 저처럼 젊지 않으면 안 된다는 거예요?"

"너보다 젊은 사람은 없다. 겨우 3살이니까. 3살인 네가 70살인 아저씨하고 팔짱을 끼고 산에 오르면 세상에 둘도 없는 진풍경이 될 게다. 네가 어색하지 않겠냐?"

"저 원래는 물고기잖아요. 그러니 조금도 부끄럽지 않아요. 아저씨는 다른 사람을 만나면 틀림없이 난처해지실 테지만."

"가능한 한 눈에 띄지 않게 걷고 싶구나. 남들이 봐도 상관은 없다만. 아저씨가 살아갈 세월의 끝이 얼마 남지 않았으니까. 그래서 세상의 시선 따위에는 신경 쓰고 싶지 않다. 웃고 싶은 녀석은 그냥 웃으라고 내버려두고, 이해해주는 사람에게는 이해를 얻을 뿐이다. 너는 싫을지 모르겠다만 그 점에 있어서는 뻔뻔할 정도로 당당하게 돌아다니고 있다. 세상 사람들이 손뼉을 치며 멍청이 취급을 해도 아무렇지도 않다. 살아가는 데 다른 사람을 신경 쓸 필요가 어디에 있겠냐."

"아저씨는 대담한 말, 깜짝 놀랄 만한 말을 아무렇지도 않게 하시곤 해요. 그런가 싶으면 저의 엉덩이를 닦아주시기도 하고……."

"하지만 너의 응가는 반쯤만 나와 있고 나머지 반은 엉덩이에 달라붙어 있어서 늘 힘들어 보이기에 닦아주지 않고는 그냥 둘 수가 없다. 어때? 편안해졌지?"

"네, 고마워요. 저, 언제나 응가가 굳어 있어요."

"미인은 대부분 응가가 굳는 듯하더구나, 딱딱해서."

"어머, 그럼, 미인이 아니면 응가가 안 굳나요?"

"안 굳지. 미인은 응가까지 미인이니까."

"그럼, 어떤 응가를 하죠?"

"딱딱하게 굳어서, 마치 공처럼 결코 흐트러지지 않는 것이다."

"흐트러지면 아름답지 않죠. 무슨 말인지 조금은 알 것 같아요."

"피부가 고운 사람은 말이다, 위와 내장 속까지 온몸의 살결이 전부 마찬가지로 곱단다. 따라서 응가까지도 그렇단다."

"아저씨, 물어볼 게 있는데, 저 미인인가요? 어때요? 가르쳐주세요."

"너는 당연히 미인이지. 네 주위에는 언제나 10명쯤 되는 아이들이 우르르 몰려들어서 질리지도 않고 바라보고 있지 않냐."

"하나같이 돈을 가지고 있지 않아서 바라보기만 해요, 가엾게도. 아이들은 돈을 가지고 있으면 안 되나요?"

"아이들은 다른 데 돈을 전부 써버려서 마지막으로 금붕어장수 앞을 지날 때면, 아차, 그런 데 돈을 쓰는 게 아니었는데, 라며 슬픈 눈으로 금붕어를 바라보는 것일 뿐이란다. 언제나 늘 그렇단다."

"그렇군요. 그래서 모두 비관한 채 망연히 서 있기만 하는 거군요. 금붕어는 살 수 없는데 보면 볼수록 아름답고. 그래서 아까부터 1시간이나 서서 보고 있는 거였군. ……아저씨, 한 마리씩이라도 좋으니 아이들에게 금붕어를 사주세요."

"음, 자, 돈이다. 네가 사서 모두에게 나눠주렴."

"고마워요. 슬퍼 보여서 아이들의 얼굴은 보고 있을 수가 없어요. 어머, 금붕어장수가 아까부터 이상하다는 듯 제 얼굴을 빤히 보고 있어요. ……."

"어딘가에서 본 적이 있는 모양이로구나."

"저도 저 얼굴만은 잊을 수가 없어요. 매일 저 얼굴만 보며 자랐으니까요. 지금 제가 아저씨의 뺨을 때려도 화내지 마세요."

"왜 그런 짓을 하려는 게냐?"

"제가 훌륭해졌다는 증거를 금붕어장수에게 보여주려고요. 틀림없이 깜짝 놀랄 거예요."

"그럼, 때려도 좋다."

"죄송해요. 힘껏 때릴게요. 아프지 않으세요?"

"조금도."

"금붕어장수, 어처구니가 없어서 이쪽을 깜짝 놀란 눈으로 보며 입을 벌린 채 말도 나오지 않는 모양이에요."

"다른 사람에게는 여자로 보이고, 금붕어장수에게는 금붕어로 보이는 네가 신기한 거겠지."

"그 금붕어가 부자라서 말이죠, 금붕어를 사러 간다는 건 기쁜 일 아닌가요? 보세요, 아이들이 모두 이쪽을 보고 금붕어를 잡기 시작했어요. 애들아, 커다란 걸 잡아라. 아줌마가 돈을 낼 테니, 걱정 말고 많이 잡도록 해라."

"아줌마, 열 명이나 있는 걸요."

"몇 십 명이 있어도 상관없어. 아줌마, 오늘은 돈을 아주 많이 가지고 있으니."

"그럼 증거로 돈을 보여주세요, 아줌마."

"이만큼 전부 다 사줄게. 대야에 있는 금붕어 전부 잡아서 가져 가도 된단다. 갖고 싶다면 금붕어장수 아저씨도 사줄게. 호호……. 안녕하세요, 아저씨. 오랜만이에요."

"그래, 세 살배기로구나. 저 사람이 네 서방이냐? 잘도 꼬드겼 구나. 영감들은 금방 자빠지니까 잔뜩 받아두는 게 좋을 거다."

"무슨 소리 하는 거예요. 서방이 아니라 선생님이에요. 목을 조른다 해도 돌아가실 분이 아니에요. 심장에 철 조각이 잔뜩 들어 있어서 아저씨 같은 사람은 감당도 못 할 거예요."

"그럼 기관차란 말이냐?"

"구식 기관차라서 삼림도 산도 전부 쓰러뜨리고 달려요."

"넌 대체, 저 사람의 뭐냐? 알았다, 첩이로구나."

"전 저분의 이거예요. 첩이 아니에요. 뺨을 한 번 더 때려 보일 게요. 봐요, 조금도 화를 내지 않잖아요. 제 말이라면 뭐든 들어줘요. 곧 연못하고 물고기 집을 만들어주겠다고 약속했어요. 아저씨, 돈이 필요하면 다음에 올 때 금붕어를 아주 많이 가지고 오세요. 연못에 풀어놓을 거니 아무리 많아도 충분하지 않을 거예요."

"너 어느 틈엔가 단번에 훌륭한 금붕어가 됐구나."

"상대에 따라서 바뀌려면 얼마든지 바뀔 수 있는 법이에요. 조금은 바보라도 말이죠."

"늘 거울 앞에서 울상만 짓고 있어서 손님은 안 찾고, 몸은 약했었는데 말이다. 그런데 세 살배기, 이번에는 제대로 잡았구나. 저 할아버지, 듬직한 얼굴을 하고 있다만, 직업은 대체 뭐냐?"

"몰라요."

"모를 리가 있나. 나한테만 살짝 말해보아라."

"모른다면 모르는 거예요. 알고 있어도 금붕어장수에게는 저 사람에 대해서 말하지 않을 거예요."

"말할 수 없는 직업이라면 도둑이거나 사기꾼이로구나. 하지만 도둑이 돌담 안에서 살 리는 없는데. 혹시 설계사냐? 뭐라고 말 좀 해봐라."

"몰라요. 저, 저분에 대해서 말하지 않겠다고 약속했기 때문에 아무리 금붕어장수라도 말할 수 없어요. 누구에게도 말하지 않을 거예요. 아아, 아저씨. 이제 그만 나가봐야 할 시간이에요. 얼른 면도를 하고 목욕도 하고 준비를 하지 않으면 늦어서 큰일 나고 말 거예요."

"우울하구나. 강연이 있으면 3일 전부터 식욕이 사라지고 가슴에서 신물이 올라오고 기운까지 빠져버린다. ……."

"그냥 얼마 전부터 쓰시던 원고를 적당히, 시간을 들여서 낭독하시기만 하면 돼요. 자, 수염을 깎으세요."

"넌 와서는 안 된다."

"하지만 제가 없으면 아저씨는 긴장해서 연설을 못 하시잖아요. 제가 뒤에 숨어서 엉덩이를 꼬집어드릴게요."

"그러니까 쓸데없는 참견은 그만두라는 거다. 혼자서는 더듬거리면서라도 말을 할 수 있지만, 네가 있으면 정신이 산만해진다. 부탁이니, 오늘은 오지 말아라."

"정말 비장한 얼굴이시네요. 알았어요, 안 갈게요."

"화내지 마라. 아저씨는 혼자 있으면 마음이 가벼워서 무슨 말이든 할 수 있단다."

"그럼 안 갈게요. 안심하고 다녀오세요. 계단이 미끄러우니 조심하세요. 그리고 파이프를 잊지 말고 챙겨오셔야 해요."

"그럼 다녀오마."

"테이블 위에 컵하고 물을 놓아달라고 부탁하세요. 말이 막히면 냉수를 드시도록 하세요. 도움이 될 거예요."

"금붕어도 아니고 물 같은 건 필요 없다. 물만 마시다 연단에서 내려오면 어쩌란 말이냐. 물을 마시기 위해 연단에 오른 거나 다를 바 없지 않겠냐."

"그럼 더욱 박수갈채를 받을 거예요. 컵의 물만 마시고 그것으로 연단에서 내려오는 연설이 있어도 좋을 거예요."

"아이고, 세상에."

"자동차가 왔어요. 어머, 아름다운 여성기자가 모시러 왔네요. 발랄하고, 차하고 같은 색 구두를 신고 있어요."

"오늘은 미인도 눈에 안 들어온다."

"어머, 왜 그런 얼굴을 하세요? 여기 모자요."

"그럼, 다녀오마. 와서는 안 된다."

"그럼, 다녀오세요. 아저씨, 얼굴, 다시 한 번 보여주세요. 그거면 됐어요. 이젠 기운이 나서 각오를 한 얼굴빛이 됐어요."

"저기요, 어디 몸이라도 안 좋으신 것처럼 보이는데요."

"네, 갑자기 좀."

"숨 쉬기 아주 불편하신 것 같은데 물이라도 좀 드실래요?"

"물이라니요. 이런 회장에 물이 있을 리."

"물이라면 나, 아니, 제가 가지고 있으니 물통에 직접 입을 대고 드시도록 하세요. 자, 드세요."

"어머, 정말 고마워요."

"자, 어서요. ……."

"네."

"조금 더 드세요. 아, 편해지셨는지 얼굴색이 다시 돌아왔어요. 그것보세요. 숨결이 다시 평소처럼 돌아왔잖아요."

"네, 두근거리던 게 가라앉기 시작했네요. 뭐라 감사의 말씀을 드려야 할지."

"조금 더 드세요."

"아, 맛있어라. 이젠 그만 문지르셔도 돼요. 그만 손을 내리세요."

"숨쉬기 힘들어 하실 때는 등이 굳어 있었는데. 그래, 맞아. 나도 물을 마셔둬야지. 복도로 나가서 쉬시는 게 어떻겠어요? 가미야마 씨의 강연도 끝이 났으니."

"그럼, 신세를 진 김에 같이 나가도록 할까요."

"이 쿠션에는 기댈 데가 있어서 좋네요."

"이젠 완전히 좋아졌어요. 전 심장이 좋지 않아서 회장에 도착한 뒤에도 조심하고 있었는데, 갑자기 눈앞이 캄캄해져서."

"당신이 몸을 웅크리고 있는데도 숨을 헐떡이는 소리가 들려왔어요. 혼자서 어떻게 해야 좋을지 깜짝 놀라서 당황했어요."

"조금 이상한 질문 같지만, 어째서 물을 그렇게 많이 가지고 계신 거죠?"

"네, 약간 사정이 있어서……."

"어머, 실례되는 말을 해서 미안해요. 당신은 이렇게 젊으신데 생각이 깊으시구나, 그렇게 생각했기에."

"저는 늘 물이 필요한 체질이기에 지금까지 물통을 잊은 적이 한 번도 없었어요."

"우물물이죠?"

"잘도 아시네요. 그보다 오늘은 어떤 분의 강연을 들으러 오셨나요? 강연이 아직 남아 있을 텐데."

"전 가미야마 씨의 강연을 듣고 나서 그만 돌아가려 준비를 하고 있었는데 갑자기 현기증이 나서."

"가미야마 씨를 아세요?"

"가미야마 씨께서 제 글을 봐주신 적이 있어요. 15년이나 전의 일이지만 강연 같은 거 거의 하지 않는 분이시라 뵙고 싶어도 기회가 없었어요. 신문에서 이름을 보고 오늘은 일찍부터 나와 있었는데, 그게 몸에 좋지 않았던 걸지도 모르겠네요."

"어머, 아저씨랑 15년이나 전에 만나셨어요?"

"아저씨라니, 그건 가미야마 씨를 말하는 건가요? 물통에 가미야마라고 적혀 있기에 깜짝 놀랐었는데 가미야마 씨의 친척이신가요?"

"네, 친척의, 그러니까, 손녀 같은 사람인데 생활도 돌봐드리고 있어요. 어떻게 말씀드려야 저의 입장을 잘 설명할 수 있을지, 말하기 조금 어렵지만."

"하지만 아저씨라고 부르는 걸 보니, 아마도 같은 집에서 사시는 것 같네요."

"네, 오늘 강연을 들으러 와서는 안 된다고 엄하게 말씀하셨지만 집에 있자니 견딜 수가 없어서 왔어요. 제가 없으면 가미야마는 아무것도 못 하니까요."

"어머, 귀여운 말씀을 하시네요."

"이미 말해버렸으니 계속하겠는데, 전 아저씨가 실언을 하지 나 않을까 가슴 졸이며 들었어요. 그런데 말씀을 잘 하셔서 마음 이 놓였어요. 그런데 이번에는 당신의 몸이 안 좋아져서, 그게 회장을 술렁이게 하면 아저씨가 가여울 것 같아서 물을 드린 거 예요. 저, 그렇게 당황한 적도 없었을 거예요."

"당신은 몇 살이신가요?"

"저, 몇 살일까요? 몇 살이라고 해야 적당할지 모르겠지만, 17 살 정도 될까요?"

"그런데 가미야마 씨가 당신을 귀여워해주시나요? 예를 들어 서 선물이나 물건도 사주시고, 밥도 같이 드시나요?"

"아니요, 밥은 따로 먹어요. 제가 먹는 건 보통 사람들하고 다르니까요."

"어떻게 다른데요?"

"그걸 간단히 말하기는 좀 어려워요. 밥은 따로 먹지만 밤에 같이 자는 적도 있고……."

"세상에, 같이 주무시나요? 그런 말을 아무렇지도 않게 하시지 만, 같이 잔다는 건 하나의 이불 밑에서 가미야마 씨와 함께 잔다 는 말이에요. 뭔가 착각하고 있는 거 아닌가요? ……."

"아니요, 하나의 이불이에요. 저, 아저씨의 가슴이나 등으로 올라가 노는 적도 있고……."

"놀다니요."

"네, 간지럽히기도 하고 달리기도 하고 튀어오르기도 해요.

아저씨는 눈을 감고 있을 뿐이지만, 전 그 눈을 억지로 뜨게도 하고, 또 그 눈 위에 몸을 놓기도 하는데, 그러면 아저씨는 눈이 아주 시원하다며 기뻐하세요."

"어머, 그런 것까지 말씀하시다니. 당신은 대담하고 순진해서, 전 지금까지 당신 같은 분은 한 번도 본 적이 없어요. 다시 한 번 여쭙고 싶어요, 너무 실례되는 말이라 물어보려니 제 자신이 다 부끄러워지지만."

"뭐죠? 무슨 말이든 할 수 있어요. 저, 아주머니도 좋아졌으니까요. 아무나 좋아해서 좀 곤란하기는 하지만."

"아주머니라고 불러주니 기쁘네요. 저기, 화내지 말고 들어보세요. 당신은 가미야마 씨하고 관계를 맺었나요? 밤에도 같이 잔다고 하고……."

"관계라면 뭘 말하는 거죠? 저, 관계라는 말 처음 들어봐요."

"아저씨는 당신하고 주무실 때 어떤 일을 하시나요? 이런 식으로 말해서 미안해요. 하지만 이렇게 말하는 것 외에 여쭐 방법이 없어요. 예를 들어서 당신을 안거나 하시나요?"

"아니요, 똑바로 누워 계실 뿐이에요. 안아주신 적 없어요. 그냥 제가 장난을 칠 뿐이에요."

"하지만 그럴 리 없을 거라 생각하는데. 어머, 당신은 여자가 아닌 것처럼 조금도 부끄러워하지 않고 무슨 말이든 아무렇지도 않게 하시네요. 세게 안으면 찌부러지다니."

"찌부러져요, 전. 조그마니까요."

"이렇게 크게 자랐잖아요. 가슴도 선반 같고, 팔도 둥글고 기름으로 차갑고, 혈색도 좋고 그런데 아저씨가 아무 것도 안 하신단 말이에요?"

"저, 아저씨의 자장가일지도 몰라요. 슥 왔다가, 슥 불려갈 뿐인 걸요. 그럼, 아저씨는 아주 즐거운 일을 알고 계시면서 제게는 해주지 않는 거로군요. 얄미워요. 저, 아저씨에게 말하겠어요. 즐거운 일을 빼먹는 건 싫다고."

"그런 말 해서는 안 돼요. 지금까지의 아저씨면 충분하잖아요. 제가 쓸데없는 말을 했네요."

"저, 이보다 더 즐거운 일 있을 리 없다고 늘 생각했었거든요."

"저 말이죠, 조금 전에 받았던 물을 당신이 아주 많이 가지고 있던 이유를 알고 싶어요. 아무리 생각해봐도 모르겠어요."

"그건 말씀드릴 수 없어요."

"왜 웃으시는 거죠? 하지만 물통 가득 물을 담아가지고 강연회에 오신 이유를 아무래도 모르겠어요. 그 누구도 알 수 없을 거예요."

"맞아요, 아주머니는 절대로 모르실 거예요. 아는 사람은 아무도 없을 거예요. 누구에게도 들키고 싶지 않은 저의 비밀인 걸요. 아주머니한테도 말할 수 없어요. 제 입에 손을 넣어 뺄게 하셔도 절대로 말씀드릴 수 없어요. 아저씨만이 그 이유를 알고 계세요."

"가미야마 씨는 뭐라고 하시나요?"

"언제나 물을 잊지 말라고 하세요. 저에 대해서는 뭐든지 다 알고 계시니까요."

"몸에 반드시 필요하신 건가요?"

"맞아요. 물이 떨어지면 제 눈이 안 보이게 될지도 모르거든요. 그보다 아주머니는 대체 왜 15년 동안이나 아저씨를 안 만나신 거죠? 저, 그 이유를 듣고 싶어요. 아주머니, 그 이유를 자세히 들려주세요. 아주머니의 얼굴은 아름답지만 너무 하얗고, 등도 아까 문지를 때 느꼈는데 마치 물고기처럼 차가웠어요."

"저, 그때는 핏기가 슥 가시는 게 바로 느껴졌을 정도였어요. 차가워진 것이 당연한 일이에요."

"아니요, 그런 걸 여쭌 게 아니에요. 왜 아저씨를 안 만나신 거죠? 그걸 말씀해주세요."

"당신에게 물이 필요하지만 그 이유를 말씀하실 수 없는 것처럼, 제가 만날 수 없었던 이유도 지금 당장은 이야기할 수 없어요."

"그것도 비밀인가요?"

"네, 맞아요. 비밀이에요."

"아주머니는 제가 좋으세요?"

"네, 오늘 회장에 들어서자마자, 바로 당신 옆에 앉으라고 머리가 순간 알려주었어요."

"머리가 알려주었다고요?"

"그래요. 저 조그만 분 옆으로 가서 만나라고 말했어요."

"누가 누구한테 그렇게 말한 거죠?"

"머리가 그렇게 만든 거예요. 그때 당신도 문 쪽으로 시선을 돌려서 전부 알고 계셨던 듯하던데요."

"전, 저 문으로 누군가가 올 거라고, 회장에 들어서자마자 계속해서 생각했어요. 한 번도 본 적은 없지만 만나면 바로 친해져서 이야기를 나눌 수 있는 분으로, 이야기해야 할 것이 아주 많이 쌓여 있을 거라고 생각했어요. 그래서 자리를 맡아두어 앉으실 수 있게 한 거예요."

"당신은 기쁘시다는 듯 생글생글 웃고 계셨어요."

"저, 아저씨가 엉뚱한 소리를 하시지나 않을까, 그것이 우스워서. 당신은 강연 중에 왜 고개를 숙이고 계셨던 거죠? 조금도 듣고 계시지 않은 것 같았어요."

"얼굴을 보기가 부끄러웠고, 보이지 않도록 하기 위해 숙이고 있었던 거예요. 그래서 결국은 한 번도 보지 않았어요."

"어째서 얼굴을 보이지 않으신 거죠?"

"저분을 만날 수 없는 이유가 있거든요."

"왜요?"

"절대로."

"저, 아저씨한테 당신을 만났다고 오늘 집에 가면 말할 거예요. 어머, 그렇게 낯빛을 바꾸시다니. 말하면 안 되나요?"

"당신께 말하지 말라고 해도 아무 소용없겠지요. 하지만 아저씨는 당신이 저를 만났다고 해도 그런 말도 안 되는 소리가 어디 있냐며 믿지 않으실 거예요."

"왜죠? 이렇게 실제로 만나고 있는데? 아주머니, 손 좀 내밀어보세요. 이렇게 틀림없이 쥐고 있는데, 거짓말일 리 없잖아요. 아주머니, 우리 키스해요."

"어머, 당신은 정말 어린아이 같네요. 그래도 키스하는 건 알고 계시는군요."

"아저씨하고 늘 하고 있는 걸요. 제 것, 차갑죠?"

"네, 굉장히요."

"어머, 어머. 아주머니, 사람들이 나왔어요. 강연이 끝난 거예요. 저, 이러고 있을 수 없어요. 아주머니, 아저씨한테 같이 가요. 틀림없이 깜짝 놀랄 거예요. 어머나, 표정을 그렇게 바꾸시고, 대체 어디 가시는 거예요?"

"저, 이만 실례할게요."

"저기요, 아저씨를 만나요. 제가 잘 말씀드릴 테니 같이 가요."

"혹시 저에 대해서 말씀하실 거라면, 아직 잊지 않았다고, 그렇게 말씀해주세요. 행복하시길 바라요."

"아주머니, 가면 안 돼요. 안 돼요, 가면."

"그럼, 가볼게요. 영리한 아가씨."

"아주머니, 손을 내미세요."

"그러고 있을 수 없어요. 그럼, 아저씨를 당신이 잘 돌봐주세요."

"잘 돌봐드릴 게요. 가면 안 된다니까요."

"그럼."

"아주머니, 아주머니."

"……."

"아아, 가버렸네. 기껏 소중한 친구가 생겼는데 가버렸어. 바보 같은 아주머니. 돌아오세요, 아주머니……."

"아저씨, 저예요. 놀랐죠? 아까부터 와 있었어요."

"깜짝 놀랐구나, 꼬맹아. 왜 온 거냐?"

"이걸 좀 열어보세요. 처음부터 강연을 들었어요. 엉뚱한 말씀 하지나 않을까 걱정했어요. 이걸 좀 열어주세요."

"들어와라. 와서는 안 된다고 그렇게 말했는데, 어쩔 수 없는 녀석이로구나."

"하지만 집에 혼자 있으려니 가슴이 두근거려서 견딜 수가 없었어요. 강연은 잘 들렸어요."

"그런데 혼자서 자동차를 잘도 잡아타고 왔구나."

"이리저리 뛰어다니다 간신히 발견했어요. 이 자동차는 신문 사 거죠?"

"데려다줄 거다, 집까지."

"저, 빨간 깃발이 세워진 자동차 처음 타봐요. 아주 용맹스럽네요."

"물을 가지고 있구나. 물통도 들고 있고, 조심스러워서 다행이다."

"아저씨, 하고 싶은 얘기가 아주 많아요. 저를 좀 보세요."

"굳은 표정으로 무슨 말을 하려고 그러냐? 피곤하니 잠시 아무 말도 하지 말아라."

"굉장한 일이 있었어요. 피곤해도 참으세요. 오늘 말이죠, 제 옆에 앉은 분이 있었는데요, 얼굴빛이 창백한 건지 하얀 건지 모를 정도로 우윳빛을 한 분이셨어요. 고개를 숙이고 강연을 들으셨어요. 아저씨에게 얼굴이 보이지 않을까, 그것만 걱정하던 분이셨어요."

"연단에서는 사람들의 얼굴, 어두워서 보이지 않는다."

"그러다 그분이 갑자기 심한 호흡곤란 같은 게 와서, 저 깜짝 놀라서 물을 드렸어요. 그랬더니 진정이 되고 호흡도 평소처럼 돌아왔어요."

"잘했구나. 심장이 좋지 않은 사람인 모양이구나."

"잘도 아시네요, 아저씨는."

"왜 그러냐, 사람의 얼굴을 빤히 바라보고. 이상한 아이로구나."

"그분을 복도로 데리고 나가서 쉬게 했어요, 아저씨의 말씀은 이미 끝난 뒤였기에. 쿠션 위에서 오랜 시간 이야기를 나눴어요. 물속처럼 복도에 인기척이 없었는데 그분의 얼굴빛이 저의 온몸에 스며들 만큼 이상할 정도로 차가웠어요. 아저씨, 그분이 대체 누구라고 생각하세요? ……."

"글쎄, 누굴까?"

"아저씨, 가르쳐드릴까요?"

"묘한 얼굴을 하는구나. 아는 사람이라면 얼른 말해라."

"놀라지 마세요. 다무라 유리코라는 분이에요. 콧날이 아주 아름다운 분. 어머, 갑자기 아저씨 눈 속의 움직임이 멈췄어요."

"다무라 유리코."

"맞아요. 다무라 유리코라는 분이에요. 어때요, 깜짝 놀라셨죠?"

"자기 입으로 다무라 유리코라고 했단 말이냐?"

"제가 여쭤봤어요. 그런데 물통의 물을 마실 때, 가미야마라고 써 있는 것을 보신 모양이에요. 갑자기 시선을 제게 가만히 고정시키시고 이렇게 말씀하셨어요. 당신은 가미야마 씨하고 어떤 사이시죠, 라고 묻기에, 저 아저씨의 일이라면 전부 봐드리는 사람이라고 말했더니, 몇 살이냐고 물으셔서, 저 17살이라고 대답했어요. 그랬더니 제 얼굴을 다시 빤히 바라보셨는데, 저에 대해서 전부 아시는 것 같았어요. 잘은 모르겠지만, 아저씨, 그분은 제가 아저씨하고 어떤 사이인지도 전부 알고 계신 것 같았어요."

"그건 알 리 없을 거야. 아니, 알고 있을지도 모르겠다만, 분명히 다무라 유리코라고 했지? 아무리 생각해봐도 그런 여자가 지금 나타난다는 건 있을 수 없는 일이다. 진실을 말해줄까? 그 다무라 유리코라는 여자는 벌써 죽은 여자다. 죽은 사람이 나타나다니 절대로 있을 수 없는 일이다."

"어머, 돌아가신 분이세요?"

"그런 이름의 사람이라면 죽었다. 네가 이야기한 사람은 그 사람이 아니야, 무섭냐?"

"무서워요."

"뭔가 짚이는 게 있냐? 자세히 말해보아라."

"예를 들자면 너무 예뻤고, 모든 것을 알고 계시는 듯했지만 시치미를 떼고 있는 것 같았어요. 전 오싹오싹, 기쁜 것 같기도 하고 슬픈 것 같기도 한, 그러면서도 섬뜩한 듯한, 때로는 이상한 기분이 들었어요. 돌아가신 분이라니 그런 것 같은 느낌이 들기도 하고, 이상한 일도 다 있네요."

"어떤 느낌이냐?"

"제가 그렇게 생각해서 그런지는 모르겠지만, 저 아주머니의 손을 잡아보고 싶어서 꼭 쥐어봤어요. 어머, 언제부턴가 저, 그분을 아주머니라고 부르고 있네요. 아주 짧은 동안에 그 정도로 친해졌나봐요. 그때 말이죠, 아주머니의 왼손에서 상처 하나를 봤어요. 금속과의 찰과상인 것 같았기에 이거 어쩌다 그러셨어요, 라고 물었더니 손을 바로 숨기셨어요. 저, 거기서 평소 손목시계를 찼던 흔적이 빨갛게 남아 있는 것을 봤어요."

"손목시계의 흔적이라고?"

"거기에 시계 모양하고 줄 흔적이 선명하게 남아 있었어요. 그래서 제가 오늘은 시계 안 차셨네요, 라고 말했더니 고장 났다고 말씀하셨어요. 말을 아주 예쁘게 하시는 분이세요. 그때 얼굴 빛이 아주 안 좋으셨어요."

"그 상처가 아주 심했냐?"

"네, 시계를 손목에서 억지로 뜯어낸 순간의 상처 같았어요. 저, 그 이유를 듣고 싶었지만 말씀하시지 않았어요. 아저씨가 빼앗아간 거죠, 라고 물었더니, 가미야마 씨가 아니에요, 라고 말씀하셨어요. 다른 말씀은 아무것도 하지 않으셨어요. 어머, 아저씨, 왜 그런 얼굴을 하시는 거예요? 아저씨, 아저씨, 떨고 계시잖아요. ……."

"그런 사람이 말을 할 리가 없어. 하지만 그 시계 얘기는 사실이야. 동틀 녘에 심장마비로 쓰러졌는데 5시간 동안이나 누구도 그 방에 들어간 사람이 없었어. 청소부가 잠겨 있지 않은 문으로 별생각도 없이 들여다보았더니 다무라 유리코가 천장을 향한 채 다다미 위에 죽어 있었어. 그때 시계는 아직 움직이고 있었어."

"그런데 아저씨는 왜 그런 얼굴을 하시는 거죠? 이마에서 또 땀이 배어나고 있어요. 어쩌면 기름일지도 모르겠네요."

"아저씨가 놀란 건, 그 여자와 네가 이야기를 나누었다고 해서 놀란 거야. 너는 그 여자를 하나도 모르는데, 지금 이야기한 건 전부 사실이야. 그 실제적 사실에 당황한 거다."

"등을 문질러 드렸을 때, 키가 큰 분이라는 사실을 긴 등 근육으로 알 수 있었어요."

"목소리는 어땠지? 목소리에 대해서 말해보렴."

"부드럽고 되물을 필요 없이 또렷한 목소리였어요. 제가, 당신을 만났다고 아저씨에게 전부 이야기하겠다고 말했더니, 말려도 듣지 않으실 테니 말리지 않겠다고 말씀하셨어요."

"그런데 뭔가 내게 한 말은 없었나?"

"제게 말이죠, 아저씨를 잘 보살펴주라고 말했을 뿐이에요. 오늘은 15년 만에 뵌 거라고, 그렇게만 말하고 헤어졌어요. 아무리 불러도 돌아보지도 않고 출구 쪽으로 가셨어요."

"그 사람이 분명히 다무라 유리코라고 말했단 말이지. 네가 도움을 준 사람이 우연히 그런 이름을 갖고 있었던 건 아닐까? 시계도 우연히 비슷한 일이 있었던 거라고밖에 이 아저씨는 생각할 길이 없구나."

"그 여자는 대체 아저씨와 어떤 관계였어요? 그걸 먼저 듣지 않으면 이야기를 이해할 수가 없을 것 같아요."

"그건, 다무라 씨가 쓴 글을 아저씨가 읽어주고 있었단다. 한 5, 6년 동안 계속되었는데, 갑자기 원고가 오지 않더구나. 그러더니 어느 날 경찰이 와서 말이다, 다무라 유리코가 어젯밤에 급사했다며 아저씨를 경찰서로 데리고 가서 조사했단다. 집에도 온 적이 있었기에 아저씨는 얼굴을 알고 있었다만, 다무라 씨의 집에는 한 번도 가본 적이 없었단다. 그리고 사인도 전혀 모르고 있었단다. 경찰은 내가 회송한 원고의 봉투를 보고 주소를 알아낸 모양인데, 그런 봉투까지 전부 보관하고 있었다고 하더구나."

"아저씨는 여자만 보면 쓸데없이 참견을 하기 때문이에요. 경찰이 오는 건 싫어요. 아마도 시계가 없어졌기 때문이겠죠?"

"시계 외에 옷도 없어진 모양인데, 우유배달부가 배달을 할 때는 문이 열려 있었지만 범인은 나오지 않은 모양이야."

"아저씨의 혐의는?"

"사건과 관계없다는 사실은 바로 밝혀졌어. 하지만 그 급사와 동시에 오랫동안 보아온 원고의 내용으로, 다무라 씨라는 한 여성이 아무런 도움도 되지 않는 원고를 쓰다가 죽었다는 사실이, 소설적인 정경으로 머리에 남았단다."

"원고는 잘 썼나요?"

"평범한 사람들과 별반 다를 바 없는, 오히려 못 쓰는 편이었을지도 모르겠구나. 단지 두어 줄쯤, 눈에 띄게 재미있는 부분이 가끔 있었을 뿐이다. 그건 남자와 친구가 되면, 이 사람도 점점 친해져서 곧 구애를 할 것이라고, 그게 빤히 보이기에 무섭다고 쓴 부분이란다. 그리고 그 남자가 다무라 씨에게 구애를 시작하면, 오로지 피하기만 한다는 묘한 구석이 있는 글을 쓰는 사람이었단다."

"아저씨도 분명히 마음이 끌렸었겠죠?"

"다무라 씨의 소설이 그런 식이었기에 언제나 기선을 제압당한 느낌이었다. 그 사람이 지금 나타난다는 건 있을 수 없는 일이다."

"하지만 전, 틀림없이 봤는걸요."

"이상한 일이 자꾸만 벌어지는구나."

"아저씨, 어디서 좀 쉬었다 가지 않으실래요? 긴자에 왔어요. 저, 짭짤한 것이 먹고 싶어요."

"내리자. 바에 가기로 하자."

"술도 못 드시면서, 요즘에는 바에 자주 가시네요."

"거기에 앉아 있으면 모두의 취기가 맴돌아 뺨이 뜨거워지고 취한 듯한 기분이 든단다."

"어서 오세요."

"뭔가 짭짤한 걸 주세요. 그리고 아저씨는 뭐?"

"아무거나 상관없다. 그저 냄새만 맡는 거니."

"어머, 금붕어가 아주 많아요. 모두 물을 새로 갈아달라고 가엾게도 뻐끔뻐끔 힘든 모양이에요. 저기요, 이 금붕어의 물 썩기 시작해서 가엾으니 갈아주도록 하세요."

"매일 가게에 나오면 바로 물을 갈아주는데, 오늘은 깜빡 잊고 말았네요."

"그리고 소금도 한 줌 넣어주세요."

"소금이 좋은가요?"

"지친 금붕어에게는 아주 조금, 소금이 필요해요. 애, 꼬맹아, 염분이 필요하지? 그래, 그렇겠지. 아저씨, 벌써 다 알고 제 곁으로 모였죠? 아무리 아저씨라도 무슨 말을 하고 있는지, 그 비밀은 모르실 거예요. 언니는 어디에서 어떻게 왔는지, 어째서 그런 모습을 할 수 있었던 건지, 모두 시선 가득 신기한 빛을 띠며 말하고 있어요. 입을 벌린 채 눈도 깜빡이지 않고 저를 보고 있죠? 저도 봐주겠어요."

"애야, 너무 이상한 말을 하면 다른 사람들이 이상한 얼굴을 한단다. 정체가 탄로 나고 말 거야."

"아, 물이 왔어요. 그 물, 저한테 주세요. 제가 넣어줄 테니. 모두 머리를 나란히 하렴. 쪼르르, 쪼르르⋯⋯. 어때? 아주 시원하고 기분이 좋지? 이 쪼르르 소리는 참을 수 없이 좋아. 모두 비늘의 색도 좋지 않고 말랐네. 딱딱한 밀기울만 먹어서 그런 거야. 자, 너희가 좋아하는 소금이다. 이걸 먹고 나면 위가 찌릿한 게 정말 참을 수 없이 좋지? 여길 좀 봐. 거봐, 눈에 윤기가 돌기 시작했어. 빨간 비늘도 벌써 반짝이기 시작했고"

"적당히 하지 못하겠냐? 저 사람 마치 금붕어의 친척이라도 되는 양 말하고 있어, 금붕어를 아주 좋아하나봐, 라고 말하고 있지 않냐."

"사람들이 둔갑한 저를 알아볼 리 없어요. 아저씨, 오랜만에 불행한 친구들을 보니 아저씨가 저를 소중히 여겨주셔서 얼마나 행복한지 알게 되었어요. 아저씨께 고맙다는 말씀 드릴게요."

"그러니 금붕어하고 이야기하는 건 그만두도록 해라. 모두 이상한 얼굴을 하고 있지 않냐?"

"괜찮아요. 꼬맹이들이 떨어지려 하지 않는 걸요. 어머, 하얀 곰팡이 같은 게 난 아이가 있어요. 바로 떼어주지 않으면 큰일 날 거예요. ⋯⋯미안하지만 대접 하나만 빌려주세요. 이 아이를 따로 빼내서 곰팡이를 떼어줘야 해요. 가만히 아픈 걸 참고 있는 거예요. 금방 끝난단다. 자, 떨어졌다. 이 자리에 소금을 바르고, 자, 이젠 놀아도 된다. 내일이면 시원해질 테니."

"아가씨는 금붕어 같네요. 지금까지 금붕어를 그렇게 자세히 본 사람은 아무도 없었는데, 친절하게 대해주셔서 고마워요. 모두 아가씨를 올려다보고 있네요. 무슨 말을 하고 있는지 알고 있는 것 같은 얼굴을 하고 있어요."

"네, 제가 좋아한다는 사실을 금붕어도 알고 있나보네요. 아저씨, 금붕어가 저와 아저씨의 관계를 알고 싶어 해요. 그래서 저, 이분은 나의 좋은 사람이라고 말해주었어요. 그랬더니 모두 호호……, 하고 웃었어요. 저 소리, 저 떠들썩한 소리 들리시나요, 아저씨?"

"들릴 리가 없지. 금붕어는 모두 똑같은 얼굴을 하고 있지 않느냐."

"하지만 얼굴 하나하나가 전부 달라요. 부모, 자매 모두 다른 얼굴을 하고 있어요. 자세히 비교해보면 알 수 있어요. 부탁이 있는데 들어주실 거죠?"

"뭐냐?"

"이 금붕어 얻을 수 있나요? 여기에 두는 건 가엾으니 집에 데려가고 싶어요. 모두 불행하잖아요. 이대로 그냥 돌아가면 저 마음에 걸려서 오늘 밤에는 도저히 잠을 잘 수 없을 거예요."

"다른 금붕어를 사는 게 어떻겠냐? 반드시 사주마. 마음에 걸린다면 사주기로 하겠다. 어려울 것도 없지."

"고마워요, 아저씨. 5마리에 100엔이면 돼요. 너무 많이 줄 필요 없어요. 가격은 제가 전부 알고 있으니."

"그럼 100엔을 주기로 하마. 그만 돌아가자."

"네……. 어머, 누구죠? 누군가가 문틈으로 이쪽을 보고 있어요. 언니, 누군가가 오신 모양이에요."

"저분은 염색물을 파는 분이세요. 필요하시면 저분한테 말씀 드릴까요? 평소에는 안으로 들어오시는데 오늘은 왜 그러시는 걸까요? 안으로 안 들어오시네……."

"어머, 잠깐만 기다리세요. 아저씨, 오늘 회장에 계셨던 분이세요. 분명해요. 옆얼굴이 아주머니랑 똑같아요. 아주머니, 아주머니 아니세요? 아아, 문에서 얼굴을 떼셨어요. 아주머니, 저 잠깐 따라가볼게요."

"무슨 소리 하는 게냐?"

"아주머니, 다무라 아주머니, 저예요. 낮에 물을 드렸던 저예요. 잠깐만 기다리세요. 이 골목은 막다른 길이에요. 아저씨도 같이 있는데, 아까부터 아주머니 얘기를 하고 있었어요. 그러니 돌아오세요."

"애야, 사람을 잘못 본 거 아니냐? 염색물이라니 이상하지 않나?"

"아저씨, 밖으로 나와보세요. 봐요, 이쪽을 보고 있어요. 아주머니예요, 그분이에요, 그분이라니까요. 막다른 길이라 당황하셨나봐요. 저기요, 아저씨. 담장 쪽을 보세요. 정면에 조금도 당황하지 않고 서 계시잖아요. 저길 좀 보세요."

"봤다. 틀림없이 다무라 유리코로구나. 아무리 기억이 흐려졌다지만, 한 치의 거짓도 없는 얼굴이다."

"아저씨, 무슨 말이든 해보세요. 아저씨의 말을 기다리고 있는 것 같아요. 아, 입이 조금씩 벌어지고 있어요. 웃고 계세요. 아저씨, 허리를 굽혀 인사를 하셨잖아요. 아저씨도 인사를 하세요. 얼른요. 얼른 하시라니까요. 웃어 드리세요. 정말 겁이 많은 아저씨네. 드디어 하셨군요. 아주머니가 저렇게 기뻐하시잖아요. 아까는 저런 얼굴로 웃고 계셨었어요. 굉장히 아름다운 얼굴이에요."

"네가 좀 불러보아라."

"아저씨가 불러주세요. 어머, 아주머니, 그 벽돌담의 구멍은 빠져나갈 수 없어요. 몸에 상처가 생길 거예요. 제가 그리로 갈게요."

"가서 잡아주어라."

"죽어도 상관없다는 심정으로 손에 매달릴게요. 아저씨도 오세요."

"그래."

"아주머니, 그 구멍은 벽돌이 빠진 데라 흔들려서 위험해요. 빠져나가봐야 건너편은 질척질척한 강이에요. 빠지면 죽을 거예요."

"빠져나갔구나. 빠르기도 하지."

"아, 구멍 밖으로 기어나갔어요. 어머, 물소리잖아요, 텀벙 한 건?"

"그래, 물소리 같구나."

"아저씨, 땀하고 기름이 아까처럼 또 이마에서 배어나고 있어요."

"조용히 해봐라, 무슨 소리가 들린다."

"아주머니의 목소리예요. 신음하고 계신 것 같은데요. 물속일까요? 아니면……."

3. 날은 짧고

"저 말이죠, 아까부터 생각해봤는데, 이렇게 멋진 틀니를 끼워도 아저씨는 나이가 많아서 곧 돌아가실 거잖아요."

"그야 물론 죽겠지. 금으로 만든 틀니도 아무 소용없다. 하지만 이걸로 무엇이든 씹을 수 있어서 아주 편하기는 하구나."

"잇몸에 닿는 부분이 전부 금이잖아요. 무게가 대체 얼마나 될까요?"

"글쎄 몇 돈이나 될까? 왜 그런 걸 묻는 거냐? 쑥스러운 얼굴로."

"아저씨가 돌아가시면 누가 제일 먼저 틀니를 가져갈까요?"

"누구일지 모르겠구나. 어쩌면 너 아닐까? 너는 금을 갖고 싶어 하니까."

"아, 맞아요. 저, 아저씨가 돌아가시면 누구보다 먼저 그걸 가질래요. 그걸로 귀걸이하고 반지를 만들게요. 지금 약속을 해주세요. 틀림없이 주겠다고 말씀해놓으세요."

"줘도 상관은 없다만, 입 안에 손가락을 넣어 틀니를 뺄 때 깨물어버릴 테니 그게 무섭지 않다면 갖도록 해라."

"정말 깨물 생각인가요? 하지만 약속을 했으니 상관없잖아요."

"그때의 기분에 따라서 다를 거다. 화가 난 상태라면 손가락을 힘껏 깨물 거야."

"죽은 사람이 깨문다고요?"

"입만은 살아남겠다."

"호호, 그럼 전, 우선 아저씨의 입 안에 붓을 넣어 아직 살아 있는지 확인해본 다음 손가락을 넣을 거예요. 간지러워하지 않으면 바로 뺄 거예요."

"나는 간지러워도 가만히 참으며 손가락이 입 안에 들어오기를 기다릴 거다."

"안 돼요, 그런 장난을 치면. 줄 거면 깨끗하게 주세요."

"주마. 죽어서까지 깨물지는 않을 거다. 그냥 그렇게 말해본 거다."

"아까부터 얘기를 전부 듣고 부스에 있는 분, 웃고 계세요. 그런데 저분, 아저씨의 얼굴과 제 얼굴을 비교해보며 어떤 사이인지 읽어내려 하고 있나봐요. 저 눈 좀 보세요. 지혜가 조금도 섞이지 않은 눈의 아름다움이에요."

"아는 체하기는. 저런 눈을 갖고 있는 사람은 안쪽에 눈을 하나 더 가지고 있어서 그것으로 뭐든 꿰뚫어보는 대신 겉의 눈은 언제나 텅 빈 것처럼 아름답게 보이는 법이다."

"누군가를 기다리고 있는 걸까요?"

"글쎄다, 아주 괜찮은 얼굴이로구나. 너처럼 역시 멍하게 보이지만."

"처음 듣는 말이네요. 저분, 저희가 들어오자마자 바로 뒤따라 들어왔어요. 제 얼굴만 바라보며, 말을 걸고 싶은 사람처럼 생글생글 웃고 계시잖아요."

"둔갑한 금붕어라는 걸 알고 있는 걸지도 모르겠구나. 커피는 마시지 않고 물만 마시기 때문이다."

"저, 저분하고 얘기를 해볼까요?"

"그보다 집에서 나올 때 온 편지를 보여줘라."

"자, 여기요. 이걸 읽으면 기분이 좋아져요. 이 아가씨 어머니의 소설이에요. 잘 썼는지 못 썼는지는 모르겠지만, 읽어주셨으면 좋겠대요. 아가씨의 편지가 들어 있어요."

"이런 경우도 있구나."

"아마도 어머니가 아저씨에게 직접 편지를 쓰기는 어색했나봐요. 저, 이런 아가씨가 되어보고 싶어요."

"다른 한 통은?"

"아저씨의 집 앞을 왔다갔다하고 있는 것은 사실 저입니다, 시간은 5시, 혹시 시간이 있으시다면 만나주시기 바랍니다, 라고 적혀 있어요. 저, 그 시간에 나가보고 계시면 안내해서 들어올게요. 괜찮죠? 5시라면 언제나 멍하게 보내시는 시간이니."

"안내해서 들어와도 된다. 특별히 멍하게 보내는 건 아니다 만."

"하지만 아무것도 안 하고 멍하게 계시잖아요. 저 말이죠, 어제 문득 '바다를 건너는 한 마리 금붕어'라고 써봤어요. 아주 커다란 바다 위에 금붕어가 한 마리, 몸을 젖힌 채 불타오르며 건너가는 풍경이에요. 그런 생각이 들자, 저 견딜 수 없이 그림이 그리고 싶어졌어요. 그것과 쌍을 이루는 짧은 시가 바로 떠올랐어요. '산 을 올라가는 나' 하고요."

"흠, '바다를 건너는 한 마리 금붕어'라."

"들린 걸까요? 저분, 이번에는 공공연하게 웃는 얼굴을 하고 계세요. 틀림없이 아저씨의 성함을 알고 계시는 분일 거예요. 그 래서 마음 놓고 웃으며 듣고 있는 거예요."

"네 목소리가 너무 커서 그런 거다. 바다를 건너는 한 마리 금붕어라는 말을 들은 것만으로도 큭, 웃고 싶어지지 않나?"

"금붕어는 물고기 중에서도 언제나 불타오르고 있는 것 같은 물고기예요. 몸 속까지 새빨개요."

"물고기 주제에 왜 그렇게 불타오르지 않으면 안 되는 거냐?"

"불타오르고 있기에 아저씨가 좋아하는 거 아닌가요?"

"그런가?"

"아저씨의 위궤양도 제가 들어가서 혀로 핥아주고 약을 잔뜩 발라주었기에 나은 거잖아요. 저의 타고 난 인(燐)이 그렇게 커다란 위의 상처까지 낫게 한 거잖아요. 무슨 소릴 하시는 거예요? 그렇게 맛이 진한 과자까지 드실 수 있게 된 것도 전부 저의 인 덕분이에요."

"그리고 병원의 약도 잊어서는 안 된다."

"병원의 약은 단순한 물질이에요. 저의 인하고 비늘의 미끌미 끌한 건, 전부 살아 있는 미끌미끌이에요. 한 번 위에 들어갔다 나오면 저 송사리처럼 초췌해져버리고 말아요. 아저씨는 그걸 모르시나요?"

"나도 알고 있다. 커다란 소리를 내면, 봐라, 저 사람이 또 웃고 있지 않냐."

"저분, 이리로 불러볼게요. 아무도 올 사람이 없는데 기다리다 니, 뭔가 좀 이상해요."

"말을 거는 건 그만두도록 해라. 서로 금방 친해지는 금붕어처 럼 사람은 바로 친구가 될 수 있는 게 아니니."

"그도 그러네요. 저희는 바로 친구가 되어버리지만 사람은 그 렇게 간단히 친구가 되지는 못하죠."

"얘야, 전화가 왔다. 치과의 진료시간이다."

"그럼, 다녀올게요. 여기서 기다리세요. 40분쯤 걸리지만 오늘 이 마지막이니 참도록 하세요."

"둘 모두 이가 안 좋아서 걱정이구나. 그래, 립스틱을 닦아내고 치과에 가다니. 기특하기도 하지."

"이렇게 하지 않으면 선생님의 손도, 도구도 립스틱 때문에 빨갛게 변하잖아요. 어때요, 지워졌나요?"

"지워졌다. 립스틱을 지우면 완전히 멍한 얼굴이 되는구나."

"립스틱은 여자의 등대처럼 빨갛게 불이 들어와 있는 법이에요. 꺼지면 마음까지 쓸쓸해져요. 그럼 갔다올게요. 저기 그리고, 제가 없는 동안 저분하고 친해지면 가만있지 않을 거예요. 호호, 전 질투심이 많은가봐요."

"커다란 목소리로 말하면 들린다. 자, 돈이다."

"오늘 정해진 담배는 이미 다 피우셨으니 앞으로는 반 개비도 피우셔서는 안 돼요. 담뱃갑, 가져갈게요."

"한 개비만 놓고 가라."

"안 돼요. 한 개비가 어느 틈에 두 개비가 되니 담배를 보면 독이라고 생각하라는 말도 있어요. 얌전히 기다리고 계세요. 그럼, 갔다올게요."

"어머, 지난번의 아주머니. 그래, 강연회에서 본 아주머니야. 저, 얼핏 보고 금방 알아차렸어요."

"혼자가 아니죠? 아주 많이 자랐네요."

"아저씨랑 같이 왔어요. 자, 같이 가요. 아저씨 혼자서 차를 마시고 계실 테니, 마침 잘 됐어요. 언젠가 막다른 골목에서 달아나셨죠? 하지만 오늘은 놓치지 않을 거예요."

"오늘도 급한 용무가 있어서 이러고 있을 시간이 없어요. 그러니 아저씨를 뵐 수 없어요. 당신하고만 잠깐 얘기를 할게요."

"그러지 마시고 같이 가요. 아저씨가 틀림없이 기뻐하실 거예요. 이상하네요, 치과에 오면 반드시 만나다니. 요전에도 그랬었죠? 전에는 왜 그렇게 달아나신 거예요?"

"부끄러워서 그랬죠. 이런 지저분한 차림을 하고 있기에 뵙고 싶지 않은 거예요."

"잠깐이라도 상관없으니 같이 가요. 이 손, 놓지 않을 거예요."

"아저씨는 당신을 사랑해주시나요? ……."

"네, 물론이죠. 제 말이라면 무엇이든 다 들어주세요. 제 엉덩이도 간지럽다고 하면 긁어주세요."

"어머, 엉덩이라니……."

"전 이렇게 작잖아요. 그래서 이린아이라고 생각하고 계신 거예요, 사실은 저 어린아이가 아니지만. 그리고 뭐든 다 알고 있어요. 아주머니가 만나려 하지 않는 이유도 전부 다 알고 있어요."

"그럼, 그 이유를 말해보세요. 어째서 만나지 못하는 건지."

"아주머니는 유령이죠? 그래서 못 만나시는 거죠? 봐요, 표정이 이상해졌잖아요. 예전의 유령은 강 옆의 버드나무 아래에 있었는데, 요즘에는 빌딩 속에서도 나오네요."

"그 유령이 말을 한다는 거죠? 호호, 하지만 당신도 역시 유령 아닌가요?"

"전 팔팔하게 살아 있어요. 무엇이든 먹을 수 있고, 결코 달아나지도 않아요."

"달아나지는 않지만, 사람으로 감쪽같이 둔갑한 거잖아요."

"들켜버렸네요. 아저씨가 소설 속에서 둔갑을 시킨 거예요. 사실 전, 500엔밖에 하지 않는 금붕어예요. 그런데 아저씨가 여러 가지로 생각을 해서 숨결을 불어넣어준 거예요. 그래서 물만 있으면 어디든 함께 갈 수 있는 거예요. 그리고 전, 어리광을 부릴 수 있을 만큼 부려서 아저씨를 언제나 녹여버리고 있는 거예요. 아저씨도 그게 참을 수 없이 좋으신가봐요."

"그분은 원래부터 그런 분이었어요. 송사리 한 마리를 수반에 넣으시고 하루 종일 바라보는 분이에요. 뭐가 그렇게 재미있는지는 모르겠지만 질리지도 않는 모양이에요. 그러다 갑자기 얼굴을 들어 거리를 걷기 위해 집에서 뛰쳐나가세요. ……."

"그리고 아주머니랑 만나셨죠. 아주머니는 언제부턴가 돌아가시고 말았어요. 그 귀신이 아저씨의 빈틈을 노리고 있다가 시간과 장소와 상관없이 안으로 들어가요. ……."

"그러다 금붕어인 당신에게 들켜버린 거네요. 그런데 금붕어를 찾아낸 건 과연 아저씨답지만, 요즘에는 금붕어도 조심하지 않으면 안 돼요. 당신처럼 대담한 금붕어도 있으니까."

"저 말이죠, 금붕어라는 사실 들킨 거 처음이에요. 늘 그게 마음에 걸렸지만 유령인 아주머니를 만났으니 당해낼 수가 없네요. 그런데 말이죠, 아주머니가 유령이라는 게 사실일까요?"

"만져보면 알 거예요. 차갑지 않죠? 자, 여기에 손을 넣어보면 알 거예요. 이렇게 따끈따끈 따뜻하잖아요."

"네, 찌찌도 있고 가슴도 불룩하네요. 역시 유령이라는 건 거짓말 같네요. 제가 금붕어라는 건 진짜지만. 아, 아주머니 어느 틈엔가 와버리고 말았네요. 여기에요. 보세요, 저기에 혼자 오도카니 앉아 있죠? 저것도 유령 아저씨일지는 몰라도, 일단 들어가세요. 잠깐이라도 좋으니 만나주세요. 어머, 아까 그 사람이 옆에 와서 뭔가 말을 하고 있네."

"그럼, 전 여기서 이만."

"안 된다니까요. 얼굴만이라도 보여주도록 하세요."

"제가 얼굴을 봤으니 그걸로 됐어요. 아저씨는 제가 보지 않아도 봐주는 사람이 아주 많으시니까요. 그럼, 잘 보살펴주세요."

"또 가버렸네. 발이 정말 빠르기도 하지. 아저씨, 저 왔어요. 어머, 죄송해요."

"이분은 아까 그 편지를 보냈던 분이다. 오늘 저녁에 오실 예정이었는데, 마루비루에 볼일이 있어서 오셨다가 우연히 보고, 뒤를 밟아서 오신 거란다. 하하, 뒤를 밟아서라니, 실례했습니다."

"하지만 뒤를 밟아온 게 사실인 걸요. 이렇게 뵙게 돼서 정말 기뻐요. 이는 괜찮아지셨나요?"

"네, 이젠 완전히……."

"그럼 전 이만 실례할게요."

"네, 조만간에 집으로 오세요."

"실례하겠습니다."

"이상한 사람이네. 내가 오자 얘기도 제대로 하지 않고 가버리다니. 저분은 아저씨가 전부터 알고 계시던 분이시죠? 그런데 제가 아직 어린아이인 줄 알고 속이려 하셨던 거죠? 다 알고 있어요. 제가 없는 동안 마음껏 이야기를 나누신 거죠? 어쩐지 싱글싱글 웃으며 이야기를 나누는 모습이 이상하다 싶었는데, 제가 맞혔죠? 무슨 얘기를 하셨나요?"

"너에 대해서."

"제 얘기를 했다고요?"

"너를 나의 딸이냐고 묻기에, 대충 그런 셈이라고 대답했다. 그랬더니 아주 작지만 영리해 보인다고 하더구나."

"질투심이 많아서 힘들다고 말씀하셨죠?"

"그 말도 해두었다. 조금도 방심할 수 없는 아이라고."

"제가 금붕어라는 말은 하지 않으셨겠죠?"

"그건 말하지 않았다. 말해도 사실이라고는 생각지 않을 테니 말이다. 금붕어가 그렇게 교묘하게 인간의 모습을 갖추는 건 예상 이상의 일이다."

"그런데 대체 무슨 볼일이 있었던 거죠?"

"별일 아니다. 너는 말해도 모를 거야."

"예를 들자면?"

"넌 모르는 일이야."

"제가 모르는 일은 하나도 없어요. 숨기지 말고 말씀해주세요. 저, 처음에는 저분에게 호의를 가지고 있었지만, 아저씨를 빼앗아가려는 사람이라면 전부 적이라고 생각할 거예요."

"무섭구나."

"뭔가 숨기는 게 있으시죠? 분명히 숨기고 있어."

"숨길 리가 있겠냐."

"얼굴빛이 애매한데요. 신경을 써서, 속이려 하고 있어요. 아저씨는 그럴 때면 제게서 눈을 슬쩍 돌리거든요."

"여기서 그만 나가자."

"자백하지 않으면 안 나갈 거예요. 앉겠어요."

"그럼 너 혼자 있어라. 나는 그만 돌아갈 테니. 여기, 계산해주세요."

"끝내 자백하지 않겠다는 거네요. 그럼, 저도 어떤 여자를 만났던 일, 말하지 않을 거예요."

"누구를 만났냐? 복도에서 만났냐?"

"그런 말 할 필요 없어요. 아저씨가 말씀하시지 않는데 저라고 말할 줄 아세요?"

"전에 강연회에서 만났던 사람이지? 네가 알고 있는 사람은 그 사람을 빼면, 모든 사람들 가운데서 아무도 남지 않을 거다. 어때, 맞혔지?"

"잘도 맞히셨네요. 이심전심인가 보네요. 그분이 복도에서 저를 갑자기 불러세웠어요. 아저씨가 오셨다는 사실도 다 알고 있었어요."

"나를 만나고 싶지는 않다고 말했지?"

"너무 보고 싶을 때면, 사람들은 반대로 보고 싶지 않다고 말하는 모양이네요. 그런데 만나지 않고 돌아간 걸 보니 말로 표현할 수 없을 만큼 괴로운 마음이 있나봐요."

"얼굴빛은 어떻더냐?"

"네, 얼굴은 훤했어요. 발이 빨라서 헤어졌다 싶은 순간 벌써 계단을 내려가고 있었어요. 전 아저씨에게 낚여서 전부 얘기해버렸지만, 아저씨는 그분에 대해서 아직 아무 말씀도 하시지 않았어요. 대체 무슨 말씀을 나누신 거죠?"

"한마디로 말하자면 세금에 관한 얘기였다. 그 여자는 열심히 일하고 절약해서 얼마 전에 마침내 구멍에서 빠져나온 모양이다. 구멍이란 몸을 팔던 집을 말하는 거다. 그랬더니 2년분의 세금이 덜컥 나와버리고 말았다더구나. 2년 동안의 세금으로 8만 몇 천 엔이 적힌 고지서를 보니 눈앞이 캄캄해졌다고 하더구나. 그걸 포주가 전부 내주었다더구나. 특별히 부탁을 한 것도 아닌데 말이다. 그래서 그 여자는 예전에 하던 일을 다시 하게 되었다고 하더구나."

"세금이 그분을 다시 구멍 속으로 떨어뜨린 셈이네요. 간신히 빠져나왔는데 억지로 다시 돌아가게 한 거네요."

"나는 그런 얘기를 처음 들었다만, 세금을 내기 위해서 말이다, 얼마나 많은 사람들이 버리지 않아도 될 목숨을 버렸는지."

"그 세금의 여자와 아저씨는 어떤 관계죠?"

"관계는 없지만 얘기만은 좀 들어달라고 하더구나. 그래서 내가 이야기를 들어준 거다. 그 여자가 포주에게서 달아난 이야기를 들은 거다."

"갚을 수 없을 테니까요. 그래서 아저씨한테 그 돈을 내달라고 하던가요?"

"오늘 처음 만난 사람이 그런 말을 했겠나?"

"그럼, 아저씨의 이름을 알고 있다는 것만으로 그 얘기를 하고 싶었던 거란 말이에요?"

"그래, 잘도 맞혔구나. 저는 그것 외에 아무것도 바라지 않습니다, 라고 말했는데, 내가 이렇게 물어보았다. 그럼, 당신은 어떤 특정한 돈을 드리면 저와 식사를 하고 하루 동안 놀아주실 수 있나요? 이렇게 말했더니, 네, 라고 대답했단다. 그래서 당신은 지금 제가 한 것과 같은 말을 하는 사람이라면 모두에게 그러기를 바라고, 또 그것을 아무렇지도 않게 할 생각인가요? 이렇게 물었더니, 아마 그렇게는 하지 않을 거라고 대답하더구나. 요컨대 그 여자는 머리를 쓰는 일을 해보고 싶다더구나. 사무원이나 경리나, 머리를 쓰는 일을 찾아보겠다고 줄곧 말했다."

"그런데 아저씨는 뭐라고 해서 그분의 길을 열어준 거죠?"

"나는 담배케이스를 주었을 뿐이다."

"케이스 안에 평소의 버릇대로 돈을 숨겨서 가지고 계셨던 거죠?"

"흠, 글쎄다."

"어쩐지 담배를 꺼낼 생각도 않으시면서 케이스는 잘도 가지고 계신다 싶었어요. 여자는 그걸 아무렇지도 않게 받았나요?"

"받아도 좋을 사람에게서 받는 것처럼 받는 듯하더구나. 그리고 말씀하신 일은 어떻게 하면 되는 건가요 하고 진지한 얼굴로 물었다. 네가 말한 것처럼 예지가 없는, 물과 같은 눈으로 나를 평온하게 바라보았다."

"그래서 아저씨는 뭔가 약속을 하셨나요?"

"나는 수입이 짭짤한 일로 또 돈을 벌 수 있으니, 그 돈으로 달아날 수 있는 데까지 달아나라, 지금의 당신에게는 달아나는 것 외에 길이 없다, 사람은 누구나 달아날 수밖에 달리 방법이 없어지면 모습을 감추는 것이 가장 좋다고 말했더니, 저도 그게 제일 좋은 방법이라고 생각합니다, 라고 말하더구나. 그런데 말이다, 그 여자는 오늘 밖에 나오자마자 우리 집 앞을 어슬렁거리다가 우리가 나온 뒤부터 이 거리까지 계속 뒤를 따라왔다고 하더구나."

"아저씨는 여자한테 너무 물러터졌어요"

"내가 물러터진 게 아니라 여자가 물러터진 거다. 나는 거절할 줄도 알고, 모르는 사람에게 누가 돈을 주겠냐? 하지만 사람이란 그럴 마음이 생기면 참으로 깨끗하게 상대방에게 응하고 싶은 기분이 들기도 하는 법이란다. 다시 말해서 수입이 괜찮은 일이 들어와서, 잃은 것을 다른 사람이 갚아주는 경우도 있는 법이다. 그러한 예측이 경험 속에 살아 있는 거라면, 생애의 어느 날에는 그런 일을 한 번쯤은 해도 좋은 거란다. 그렇게 하지 않는 건 인간의 가치를 떨어뜨리는 인색한 놈의 행동이다."

"나중에 여자가 아저씨의 뒤를 따라오면 어떻게 하실 건가요?"

"따라오면 따라오는 대로 상관없지 않냐?"

"결국에는 아저씨에게 칭칭 감겨서 떨어지지 않을 거예요."

"그때 일은 그때 가서 생각하기로 하자. 감겨서 좋다면 그대로 감겨 있어도 되고, 좋지 않다면 빠져나가면 된다. 치정의 세계란 하루하루 살아가기만 하면 그만이다."

"세금이라면, 제게도 세금이 매겨져 있어요. 금붕어 가게에 있었을 때, 영감이 세금을 세세하게 계산해서 말이죠, 한 마리 한 마리 모두에게 조금씩 매겨놓았었어요."

"네게 500엔은 비쌌다. 세금이 2할 정도 매겨져 있었지?"

"이건, 혹시나 해서 아저씨께 여쭤보는 건데, 예를 들어서 저를 팔라는 사람이 나타나면 아저씨는 팔 건가요?"

"안 팔 거다. 이렇게 좋은 금붕어는 없으니."

"귓구멍 청소도 해주고, 심부름도 가고, 뭐든 다 해주니까요. 팔려간다면 참을 수 없을 거예요. 그래도 몇 만 엔이라는 거금을 내겠다는 사람이 나타나면 틀림없이 파시겠죠?"

"몇 만 엔이나 낼 바보는 없을 거고, 무엇보다 사람 흉내를 내는 금붕어는 온 세상을 찾아봐도 없을 거다."

"그럼, 그 여자에게 준 케이스 속에 있던 돈 말이죠, 그것만큼 제게도 주시지 않을래요?"

"그건 일이 우연히 그렇게 된 거고, 지금 갑자기 그렇게 말하면 덜컥 막히는 게 있다. 걸리는 게 있어서 순순히는 못 주겠구나."

"모르는 사람에게는 돈을 주고, 제게는 어물어물하며 주지 않으시다니, 그런 법이 어딨죠?"

"줘도 좋을 거 같다 싶으면 조만간 주도록 하마."

"대체 그 케이스에 얼마나 들어 있었죠? 저, 그것과 같은 정도의 돈을 받고 싶어요."

"같은 정도라니, 말도 안 되는 소리다."

"그러니까 얼마나 들어 있었는지, 그걸 말해보세요."

"잘 모르겠다. 쑤셔넣어 두었기에."

"자기 돈이 얼마나 있었는지 모르겠다니, 그렇게 허술한 아저씨가 아니잖아요. 분명하게 솔직히 말하세요. 이만큼은 들어 있었죠?"

"그렇게 많이는 안 들어간다. 2개로 접어서 넣었으니."

"그럼, 이만큼?"

"그것도 아니다. 기껏해야 2개 정도가 한계다."

"거짓말 마세요. 이것 봐, 또 애매한 눈빛으로 시선을 돌리셨어. 어떤 순간에 어떤 표정을 하시는지 매일 연구하고 있기 때문에 전부 알고 있어요. 이것만큼은 틀림없이 있었어요. ……."

"그렇게는 없었어."

"거짓말쟁이. 그런 여자한테 돈을 주고, 제게는 조금밖에 주지 않으면서 속이려 해도 소용없어요. 같은 금액이 아니면 가만있지 않을 테니 솔직하게 내놓는 게 좋을 거예요."

"오늘은 따로 돈을 가지고 있지 않다."

"집에서 나올 때 회사에서 가져다준 돈이 있잖아요. 아직 봉투에 그대로 들어 있는 돈이에요. 내놓지 않으시면 온 몸을 다 뒤질거예요. 무섭죠? 아이, 착하기도 하지. 손을 들어보세요. 속옷에 주머니가 있고 거기에 돈이 틀림없이 들어 있을 거예요. 자, 보세요. 봉투가 이렇게 두툼하고 무겁잖아요. 이거 전부 갖겠어요. 그럼 그 사람에게 준 돈에 대해서는 더 이상 말하지 않을 테니. 아아, 고소해라. 울상을 짓고 계시네. 저 이걸로 아까부터 막혀 있던 속이 한꺼번에 뻥 뚫린 느낌이에요."

"저녁은 네가 사라."

"좋아요, 뭐든 사드릴게요."

"금붕어라도 여자라는 이름이 붙으면 메기 같은 얼굴을 하는구나."

"아저씨는 혼쭐을 내주지 못하는 사람이기에, 한껏 혼쭐을 내주는 거예요. 저, 옛날부터 메기도 돼보고 싶었고, 미끌미끌한 뱀장어가 돼보고 싶기도 했어요. 특이한 물고기를 보면 바로 그 흉내를 내보고 싶어져요. 평생 반짝반짝 빛나는 금붕어로 사는 건 용기가 없어 보이고 따분해서 답답하니까요. 심지어는 고래가 돼서, 바다 한가운데서 낮잠을 자보고 싶기도 해요. 그럼 아저씨를 등에 살짝 태워드릴게요. 헤엄을 못 치는 아저씨는 제 등에서 벗어날 수 없을 거예요. 어디에도, 그 여자 곁으로도 갈 수 없어서 등 위에서 죽어버릴지도 몰라요. 하지만 등에서 돌아가시는 게 저는 마음이 편해서 아주 좋아요."

"어젯밤의 운전수에게는 저도 질려버리고 말았어요. 그런 딸이나 손녀 같은 젊은 여자랑 함께이니 요금의 2배 정도는 내도 되지 않나요, 라며 돈을 뜯으려 했어요. 그랬더니 아저씨는, 그것도 그래, 자네 입장에서 2배를 청구하는 건 당연한 일이야, 라며 돈을 주셨잖아요."

"그때 내 마음은 아주 차분했다. 무슨 말을 들어도 그게 조금도 거슬리지 않고 상대방의 마음을 그대로 받아들이고 싶었던 게다. 나는 신기하게도 그런 기분이 들 때가 있다."

"하지만 얌전하게 돈을 주고 나니 운전수가 이렇게 말했었죠? 이거, 혼자 사는 몸이기에 억지를 좀 부려봤습니다, 라고 사과했잖아요. 틀림없이 그렇게 내지는 않을 거라 생각해서 비꼴 마음이었던 거예요."

"그때 네가 한마디도 하지 않은 건 잘한 일이다. 방긋방긋 웃으며 재미있는 일이 시작됐다는 듯한 얼굴로 있었던 건. 좋은 가정에서 자란 아가씨 같았다."

"저도 그런 기분이 들었었어요. 아저씨는 어차피 돈을 낼 거고, 나이 차이가 아주 많은 것도 사실이기에 입을 다물고 있었던 거예요. 그리고 말이죠, 저 그렇게 사람처럼 보인 적, 태어나서 처음이었어요. 나도 대단해졌구나, 그런 생각이 들었을 정도였어요. 저희 친구들은 모두 비참하게 길러지고 있으니까요."

"어째서 금붕어는 모두 배가 그렇게 고픈 거냐. 금붕어는 전부 눈도 깜빡이지 않고 헛되이 모이만 찾아 돌아다니지 않느냐."

"하루 모이를 주고, 이틀 잊어먹는 사람들에게 우리는 길러지고 있는 걸요. 그게 늘 배가 고파서 비틀거리는 이유예요. 그래서 눈만 튀어나온 거예요. 세상에서 가장 비참한 처지에 놓인 건 사람이 아니라 저희 친구들이에요. 바위와 바위 사이에 통로를 만들어놓고 거기를 헤엄치게 하는 게 사람에게는 재미있는 구경거리인 듯, 억지로 까칠까칠한 바위 속을 걷게 하잖아요. 꼬리도 비늘도 전부 벗겨지고 말아요."

"어제도 죽은 금붕어가 몇 마리나 바싹 마른 채 길바닥에 버려져 있었다."

"그제는 저도 눈이 움직이지 않는 금붕어를 한 마리 봤어요. 살아 있을 때는 먹을 것도 제대로 주지 않고, 죽으면 길바닥에 내동댕이치다니 잔혹한 짓이에요. 뱃속에 사금이 있다고 미국의 어떤 학자가 감쪽같이 속이려 했지만, 그건 아마존에 있는 살무사 같은 물고기였어요."

"너, 대학에서는 뭘 했었냐?"

"뻔하잖아요. 뜨개질하고, 그리고 미용술하고, 어개(魚介)의 역사, 그 정도였어요. 아저씨도 좋은 질문을 하시네요. 너, 대학에서 뭘 했냐, 라니, 다른 사람이 들으면 진짜인 줄 알겠어요."

"그러라고 다 생각해서 물어본 거다. 난 말이다 남자이기에 언제나 여자에 대해서만 생각하지만, 여자는 남자에 대해서 조금도 생각하지 않는 줄 알고 있었다. 그런데 사실은, 아니더구나."

"사실은 이래요. 여자도 남자만큼이나, 5 대 5 비율로 하루 종일 남자에 대해서만 생각해요. 남자들이 보기에는 남자만 여자에 대해서 늘 생각하고 있는 것 같죠? 사실은 반반이에요. 아침에도 말이죠, 세수를 하고 화장을 하잖아요. 그때도 남자에 대해서 한껏 생각해요. 산책이나 식사를 혼자서 할 때도 역시 남자 이외의 것은 생각하지 않아요. 더러운 얘기지만, 화장실 안에 있을 때도 역시 그것을 계속 생각해요."

"어째서 변소에서 생각을 하면 머리가 늘 잘 돌아가는지 모르겠다. 변소에서 생각한 건 늘 정확해서 후회가 없다."

"그리고 하나 더. 저녁에 부엌에서 밥그릇하고 접시를 설거지할 때가 있잖아요. 그릇들이 부딪혀서 달그락달그락 소리가 나잖아요. 그런데 물소리하고 그릇 소리가 갑자기 멈춰서 아무 소리도 들리지 않고 조용해지는 순간이 있잖아요."

"있지."

"그때 말이죠, 왜 손을 멈추는 건지 아세요?"

"모르지."

"그건 여자가 남자에 대한 어떤 생각에 갑자기 사로잡혀버려서 손이 움직이지 않게 되는 거예요. 아주 잠깐, 정말 순간적이지만, 몸을 도저히 움직일 수 없을 만큼 생각이 몸과 마음 모두를 묶어놓는 순간이 있어요. 그렇게 무섭고 날카로워지는 시간도 없어요. 아무런 예감도 없이 갑자기 찾아와요. 앞뒤의 생각과도 관계없고, 불행이나 행복 그 어느 쪽에 있어도 그 녀석이 찾아오면 움직일 수가 없어요. 내용은 아주 여러 가지로 분명하게 나누어볼 수는 없지만, 그것이 찾아오면 그것이 떠날 때까지 한동안 아무리 노려보아도 그냥 지켜볼 수밖에 없어요."

"남자에게도 그처럼 망연자실하는 때가 있다. 변소 안에서 그 녀석에게 사로잡히면 절대로 놓아주지 않는 녀석도 있다."

"뭐라 이름 붙이기 어려운 거죠."

"정말 그렇구나. 뭐라 이름 붙일 수 없는 녀석이야. 다시 말해서 뭐라 이름 붙일 수 없는 생생한 녀석이야. 너는 그럴 때 어떻게 하나?"

"전, 가만히 있어요. 그 생각이 슥 지나가버릴 때까지 기다릴 수밖에 없어요. 올 때도 빨리 오지만 사라지는 것도 역시 빠른 녀석이에요."

"그게 뭔지 아느냐?"

"저의 경우라면, 오늘이라는 날이 제 속에서 살아 있다는 증거겠지요."

"그렇게 말하는 것 외에 달리 표현할 길이 없겠구나."

"그게 기쁜 경우는 얼마 되지 않아요. 기쁜 일은 그런 식으로는 찾아오지 않아요. 기쁘지 않은 일, 그러니까 고민스러운 일은 몸 전부에 들러붙어요."

"슬슬 네가 밥을 먹어야 할 때다. 시계가 울렸어."

"헨델의 사박자죠? 웨스트민스터 사원의 종소리는 감미로워서 제게는 마치 수면제 같이 잘 들어요."

"울리면 밖에서도 들리냐?"

"네, 연못 위에 누워 있으면 댕댕 들려요. 잘 자라고 합창하고 있는 것처럼 들리기도 해요."

"너는 밤이면 물로 돌아간다만, 돌아가기를 잊은 적은 한 번도 없었지?"

"그럼 죽는 걸요."

"너를 어떻게든 소설로 써보고 싶다만, 결국에는 동화가 되어 버릴 것 같다. 그건 너라는 재료가 좋지 않았기 때문이야. 써봐야 별 의미도 없는 걸 써온 게 잘못의 시작이다. 아저씨 나이가 돼서도 여전히 이렇게 커다란 실수를 범하니, 소설이라는 것도 함부로 쓸 수는 없겠구나. 누가 이랬다는 둥, 저랬다는 둥, 후니코 씨나 레이코 씨가 어쨌다는 둥, 저쨌다는 둥, 더는 쑥스러워서 쓸 수도 없고, 마침내 아저씨의 소설도 이번에야말로 끝장인 것 같다. 금붕어랑 옥신각신하다 쓰러져 죽다니."

"탈탈 털어서 전부를 써버렸기에 저를 설득한 거 아닌가요? 누가 됐든 다른 여자를 끌어들이기에는 나이를 너무 많이 먹어서 겸손하게 저를 꼬드겨본 거예요. 그런데 금붕어 주제에 신통하기 짝이 없고, 어떤 부분에 있어서는 사람보다 더 잘 아는 것도 있었던 거예요. 그래서 글이 생각과 다르게 흘러간 거겠죠."

"허무하구나. 소설가의 말로라는 건 허무한 것이야. 나는 지금 그곳에 대해서 아무것도 모른 채 모자를 쓰고 터벅터벅 돌아다니고 있는 것과 다를 바 없다."

"허무하다는 말로 오늘까지 버텨오신 거 아닌가요? 앞으로는 달리 방법도 없으니 그 허무함만을 쓰도록 하세요. 허무한 인간이 허무한 일을 쓰는 건 당연한 일이에요. 금붕어에 대해서는 금붕어에 대한 것밖에 쓸 수 없고, 사람은 사람에 대해서밖에 쓸 수 없는 법이에요."

"그래 알았다. 그럼 잘 자라."

"안녕히 주무세요. 내일 봬요."

"오늘 밤에는 아저씨랑 자지 않을 거냐?"

"오늘은 피곤해서 아저씨를 기쁘게 해드릴 만큼의 체력이 제게 없어요."

"작으니까. 그럼 힘차게 연못으로 텀벙 뛰어들어라."

"텀벙 뛰어들게요. 하나, 둘, 셋, 아참, 깜빡했다. 내일은 이발소에 가는 날이에요. 잊지 마세요. ……."

"고맙구나 꼬맹아."

"그럼, 텀벙하고……. 연못의 신께서 기다리고 계실 거야."

"해가 짧아졌네요. 4시 반인데 벌써 어두워요. 점점 추워지면 어떻게 하죠? 툇마루로 들여주시지 않으면 연못이 얼어서 저, 죽어버릴 거예요."

"유리그릇에 넣어서 양지바른 곳에 놓아주마."

"유리그릇은 말이죠, 사방에서 볼 수 있어서 부끄러워요. 전 늘 알몸인데 전부 보이잖아요."

"그럼 다른 그릇에 넣어주마."

"네, 그렇게 해주세요. 어머, 누군가가 벨을 눌렀어요. 손님이에요. 이 시간에 누굴까요? 벌써 저녁을 먹을 시간인데. 벨도 조심스럽게 한 번밖에 울리지 않은 걸 보면, 여자인 것 같아요."

"어쩐다지, 벌써 밥을 먹을 시간인데……."

"나가볼게요. 어서 오세요, 누구세요?"

"마침 댁 앞을 지나가게 되었기에."

"무슨 일 때문에 그러시죠? 지금부터 저녁을 먹으려 하고 있었는데요."

"특별히 볼일은 없지만, 그냥 잠깐 뵀으면 해서요. 저기, 조금 이상한 질문 같지만, 당신은 사모님이신가요?"

"아니요."

"따님이신가요?"

"아니요."

"그럼 가정부인가요?"

"아니요."

"비서 같은 일을 하시고 계신가요?"

"글쎄요, 저도 잘은 모르겠지만, 비서 같은 역할인 것 같네요. 아저씨 일이라면 뭐든 해드리고, 그렇게 해서 아저씨가 좋아하시면 저도 기쁘니까요."

"아저씨라고, 평소에도 부르고 계신가요?"

"네, 아저씨, 아저씨라고 부르고 있어요. 그런데 당신은 누구시죠? 아까부터 자신에 대해서는 조금도 말씀하시지 않으시잖아요."

"당신을 보고 나니 이름이고 뭐고 말할 마음이 사라졌어요. 사랑스러운 당신이 계시니 만나주시지도 않을 거고, 만나도 돌아가라고 말씀하실지 모르니까요."

"이상한 말씀을 하시네요. 그럼 아저씨의 옛날 사람이셨나요?"

"이미 오래 전에 죽은 여자이기에 찾아와도 별 수 없다고 생각하기는 했지만, 여자의 어리석음 때문에 저도 모르게 들른 거예요."

"그럼, 당신은 유령이시네요."

"네, 유령이에요."

"아저씨는 유령 친구가 왜 이렇게 많으신 거지? 또 다른 유령 하나는 강연회에까지 왔었는데, 진짜랑 똑같이 만들어져 있었어요. 당신도 이렇게 보고 있으면 틀림없이 진짜 여자로 보여요. 요즘에 유령놀이가 유행하고 있는 건가?"

"당신도 그렇게 감쪽같이 둔갑을 하셨잖아요."

"어머, 무슨 그런 말씀을. 하지만 놀랐네요. 지금까지 제가 둔갑했다는 사실을 알아본 사람은 1명밖에 없었는데, 당신은 한눈에 바로 알아보셨으니. 어떻게 아신 거죠? ……."

"달콤한 말투로도 알 수 있고, 무엇보다 사람은 그렇게 쉬지 않고 부들부들 떨지 않아요. 조금도 차분하게 계시지 못하잖아요."

"앞으론 조심할게요. 전 말이죠, 벌써 추워서 매일 부들부들 떨고 있어요. 하지만 당신의 둔갑술은 대단하네요. 거기에 담배라도 피우면 누구도 가짜라고 알아보지 못할 거예요."

"조금 전에 아저씨의 일이라면 뭐든 해드린다고 말씀하셨었죠?"

"네, 그랬었죠. 그래서 다른 분은 아무것도 해드리지 않았으면 좋겠어요. 당신도 안으로 들이면 무엇을 하실지 모르잖아요."

"그럼, 못 들어가게 하실 건가요?"

"네, 그래요. 그냥 참으실 수밖에 없어요. 배웅해드릴 겸 조금 걸으실래요?"

"왜 선생님을 만나게 해주기 싫으신 거죠?"

"싫어요. 날이 추워지면 전 몸을 마음대로 움직일 수가 없어요. 제가 없어지면 매일이라도 찾아오도록 하세요. 그 전에 유령이라는 사실은 아저씨께 말해둘게요. 교토의 병원에서 수술을 받은 뒤 돌아가신 분이라고 말해둘게요."

"그때도 편지 한 장 안 주셨어요."

"하지만 당신은 다른 분하고 조선까지 도망을 가셨었잖아요. 아저씨를 내버리고 말이죠. 그리고 40년 만에 편지를 달라고 하다니, 그건 억지예요. 쓰고 싶어도 쓰실 수 없었던 모양이에요."

"그때 저는 수술을 받은 뒤로 몸이 약해져서 죽어가고 있었어요. 그런데 이상하게도 갑자기 그분의 편지가 받고 싶어졌어요.

살아 있는 사람이 쓴 글자를, 사람이 죽기 직전에도 갑자기 보고 싶어지는 경우가 있는 법이에요. 예전에 수많은 편지를 받았지만 아직 받지 못한 몇 통인가가 있는 것 같다는 느낌이 들어서 그걸 써주시기 바랐던 거예요. 그리고 나라는 사람이 그 속에 아직 조금이라도 남아 있다면 그것을 읽고 죽고 싶었던 거예요. 저는 매일 주사로 연명하며 편지만 기다렸어요. 이틀을 살고, 사흘을 살고, 그렇게 편지를 기다렸어요."

"그런데 결국은 끝까지 오지 않았다는 거죠? 여자한테 물러터진 아저씨가 아무렇지도 않게 그런 매정한 짓을 했다고는 여겨지지 않아요."

"그건 제 행실이 너무 안 좋았기 때문이겠죠. 제가 결혼하기 이틀 전에 만났을 때도 말없이 숨기고 있었어요. 그리고 이틀 뒤, 도망치듯 결혼을 해버렸어요."

"속이신 거군요. 그건 너무 잔인했네요."

"차마 말할 수 없었기에 결국은 그렇게 되어버린 거예요. 만나서 지금 말씀드릴까, 조금 있다 말씀드릴까, 망설이다 끝내 말씀드리지 못한 거예요."

"아저씨의 노여움이 40여 년이 지난 지금도, 방금 막 화가 난 것처럼 크리라는 건 저도 잘 알 수 있어요. 그건 당신의 행동이 너무 안 좋았기 때문이에요. 그런데 이제 와서 뵙고 싶다니, 참 대단하네요. 아무리 돌아가셨다 해도 만나게 해드릴 수 없어요."

"하지만 전 그분이 아직도 노여워하고 있는 그 기분에 매달려보고 싶어요. 거기에 그분이 제게 남겨놓은 것이 아직 사라지지 않았다는 증거가 있는 것 아닐까요?"

"자신을 속인 사람한테 마음을 두고 있는 사람이 어디 있어요? 매달리면 참을 수 없을 거예요."

"화가 나신 모양이네요. 전 솔직하게 말씀드린 건데."

"화내고 말고 할 것도 없어요. 왜 이제 와서 어물쩍 나타나신 거죠? 제가 있는 동안에는 아무리 찾아오셔도 절대로 만나게 해드리지 않을 거예요."

"바로 그렇기에 이유를 말씀드리고 한 번쯤은 정중하게 사과를 하고 싶다고, 오직 그 생각만으로 찾아온 거예요."

"이제 와서 아무리 사과한들, 한번 입은 상처가 그렇게 쉽게 나을까요? 사과한다는 말도 이제는 통하지 않게 되어버렸어요."

"무서운 분이시네요. 겉모습과는 다른 분."

"아저씨는 바보에 여자를 좋아하시니, 그래, 됐다고 말씀하실지 모르겠지만 제 눈을 빠져나가려 해도 정원 안으로는 할 걸음도 못 들어오게 할 거예요."

"그럼, 돌아가기로 할게요. 역시 오는 게 아니었어. 와봐야 별 소용없다는 사실을, 마음으로는 몰랐던 것도 아니지만."

"자신도 모르게 와보고 싶어졌다는 거죠? 진짜 유령이라면 문을 휙 날아올라서 아저씨의 서재로 들어가면 되잖아요. 그런 용감한 행동도 하지 못하면서."

"맞아요, 그런 용기는 조금도 가지고 있지 않아요. 그저 풀이 죽어서 돌아갈 뿐이에요."

"얼른 돌아가세요. 사람들은 문 앞에 멈춰 서서 쳐다보고 있고, 이 이상 더 곤란하게 하시면 귀찮기 짝이 없으니."

"그럼, 기분이 좋으실 때 다시 찾아올게요."

"두 번 다시 오지 마세요. 정말 뻔뻔한 귀신이네. 저런 여자랑 젊었을 때 사귀었다니, 아저씨도 정말 경박하기 짝이 없는 사람이야. 남자를 찼으면서 자기가 보고 싶을 때는 둔갑을 해서 나타나다니. 이 세상에는 참 넉살 좋은 귀신도 다 있군. 안녕, 다신 오지 마요."

"무슨 일이냐. 한참 얘기만 하고 손님을 안으로는 조금도 안내하려 하지 않다니."

"간신히 돌아갔어요. 뵙고 싶다고 하기에 지금 막 식사를 시작하려던 참이라며 거절했어요. 그걸로 됐죠?"

"어떤 얼굴을 하고 있는지 보고 싶었다. 45년 동안이나 보지 못했던 사람이니."

"배우처럼 하얀 얼굴을 하고 있었어요. 예전 그대로의 얼굴인가봐요. 수술 후에는 굉장히 보고 싶었다고 했지만, 아저씨를 구해주지 않은 사람이었기에 이번에는 이쪽에서 보기 좋게 딱 거절해버렸어요."

"당시의 아저씨는 말이다, 제대로 된 아가씨는 절대로 만나주지 않을 남자였단다. 사귀어준 사람이 어딘가 좀 이상했지. 얼굴은 못생겼고 건방지고 차림새도 파락호 같았고 돈은 없고, 그런 녀석을 상대해줄 여자는 한 명도 없었단다."

"그건 여자들에게 보는 눈이 없었던 거예요. 아무리 지저분한 차림새를 하고 있어도 젊음이 있잖아요. 젊은 남자란 제아무리 못생겼어도 피부는 팽팽하고, 그것만으로도 평생 동안 가장 아름다운 시기니까요."

"그런데 말이다, 나는 젊은 시절부터 할아버지처럼 중늙은이 같은 얼굴을 하고 있었단다. 아무리 잘라도 수염은 수북하게 자라고, 매일 목욕을 해도 얼굴은 깨끗해지지 않고. 나는 말이다, 그 당시 유행하던 카이저 모양의 수염을 기르고 있었다만, 그 수염은 당시의 사진을 보는 것만으로도 소름이 돋을 정도다. 게다가 가장자리는 아직 수염이 옅어서 남몰래 먹을 칠한 적도 있었단다."

"어머, 우스워라. 수염을 기르면 어떤 얼굴이 될까? 상상도 못 하겠어요. 대부분은 인상이 나빠지죠?"

"폭력단이나 사기꾼이지."

"하지만 먹을 칠했다는 건 좀 가엾은 얘기 아닌가요."

"비참할 뿐이었다. 거기다 돈은 한 푼도 없었으니 어떤 아가씨가 다가오겠냐?"

"아저씨한테도 그런 때가 있었나요? 모름지기 인간은 공부를 해서 성인이 되어야 하는 법이네요."

"건방진 소리 그만 해라. 그러니 오늘 그 사람, 잠깐 안으로 들였어도 좋을 뻔했구나. 그래도 아저씨의 집까지 와주었고, 나도 찾아간 적이 있었다만 돌아올 때면 언제나 어머님께 들키지 않도록 어두운 현관에서 손과 손을 잡고 악수해주었단다."

"악수에 그렇게 중요한 의미가 있었나요?"

"악수가 지금의 키스 같은 효과를 가지고 있던 시기였단다."

"그래요? 그럼 잠깐 동안이라도 안으로 들일 걸 그랬네요. 저, 아저씨를 찬 여자라는 생각이 들자 참을 수 없이 화가 나서 아저씨를 못 만나게 하겠다는 마음이 끓어올랐거든요."

"너는 쉽게 화를 내는구나."

"불타오르는 금붕어라고, 보기에는 얌전하게 보이지만 뼛속까지 금방 확 불타오르는 걸요. 그런데 저에게 말이죠, 당신은 사모님이신가요, 아니면 따님이신가요, 라고 물으셨어요. 저 말이죠, 순간 빨갛게 달아올랐지만 이때다 싶어서 침착하게 비서라고 말해주었어요."

"잘도 둔갑했구나. 자, 밥을 먹기로 하자."

"저 말이죠, 소금기가 없는 건 언제나 싫어요. 좀 더 맛있는 걸 먹고 싶어요. 예를 들어서 머리카락 같은 실지렁이요. 그걸 슬슬 먹어보고 싶어요. 아저씨, 가끔 도랑으로 가서 잡아다주세요."

"더러운 얘기 하지 말아라. 이 나이에, 도랑에 웅크리고 앉아 실지렁이를 잡을 수 있겠냐, 생각 좀 해봐라."

"그게 아니면 날개가 있는 작은 벌레를 먹고 싶어요, 모기나

파리매처럼. 반짝이는 날개가 맛있어요. 혀 위에 달라붙는 게 아주 사랑스럽고 맛있어요."

"그건 또 뭘 하는 거냐?"

"이건 저의 비밀놀이예요. 이렇게 수초를 잔뜩 모아서 동그랗게 말고, 그 안에 몸을 전부 쏙 넣는 거예요. 시야 전체가 완전히 파래지고 유리 안에 있는 것 같아서 기분이 아주 좋아요. 이 안에서 비밀을 펼쳐요."

"어떤 비밀이지?"

"전 원래 여자잖아요. 아이를 낳는 흉내를 내보는 거예요."

"아, 그렇구나."

"얼른 아이를 낳고 싶지만 벌써 이렇게 추워져서 못 낳을 거 같아요. 그래서 아이 낳는 흉내를 내는 놀이만은 수초 안에서 하는 거예요."

"기쁜 듯하구나."

"알을 낳고, 그것을 매일 헤아릴 수 없게 될 때까지 헤아려보고, 그 알에 몸을 비비는 기분은 더없이 좋아요."

"새끼 금붕어는 귀엽지. 너처럼 크게 자라면 보기 싫은 구석이 생기지만."

"하지만 저 정도로 크지 않으면 아저씨를 상대할 수 없잖아요. 너무 작으면 눈 안에 빠져버릴지도 몰라요. 사람은 아주 크니까요. 입 주변으로는 위험해서 다가가지 못할 거예요. 사람은 어째서 그렇게 터무니없이 커다란 몸을 하고 있는 거죠?"

"난 이래봬도 작은 편이다. 서양인 중에는 2m도 넘는 녀석이 있어."

"저는 사람의 엄지손가락 정도밖에 되지 않아요."

"네가 보면 덩치가 커서, 아무리 놀라도 다 놀라지 못할 거다."

"아저씨, 이제 올해의 마지막 벌레를 잡으러 가야 하지 않겠어요? 귀뚜라미라면 아직 여기저기서 많이 울고 있어요."

"내일 밤에 가기로 하자. 낮 동안에 네가 바구니를 사두기만 하면 언제든 갈 수 있다."

"작년 귀뚜라미의 눈알은 버석버석해져 있었죠. 마치 석탄재처럼 되었는데도 아직 살아 있었어요."

"사람은 그럴 수 없다."

"저도 곧 꼬리와 지느러미도 닳아 없어지고, 아저씨에게는 눈도 보이지 않게 되겠죠? 그래도 살아 있을 수 있을까요?"

"글쎄다."

"저야 언제 죽어도 상관은 없지만, 제가 죽으면 아저씨는 다른 예쁜 금붕어를 또 살 건가요? 예전부터 마음에 걸려서 그걸 여쭤보고 싶었어요."

"더는 사지 않을 게다. 평생 금붕어는 너 하나면 족하다."

"기뻐요. 여쭤보기를 잘했네요. 저, 이걸로 속이 시원해졌어요. 어디에도 저처럼 좋은 금붕어는 없어요. 아시나요, 아저씨?"

4. 몇 개나 있는 다리

"요즘 아주머니는 조금도 걷지 않으시네요."

"일어서서 걷기가 힘든 모양이더구나. 무릎으로만 걷고 있다."

"저 말이죠, 어젯밤에 생각해봤는데요, 무릎싸개를 만들어서 무릎에 대면 어떨까 싶어요. 그렇게 하지 않으면 나중에 무릎의 살갗이 벗겨져버리고 말 거예요."

"무릎싸개를 해도 상관은 없다만, 길거리에, 그러니까 다리 없는 거지들이 자주 보이질 않냐? 그 사람들이 말이다, 무릎에 자루를 끼우고 있는 모습을 보는 것 같아서 싫다. 두툼한 누더기를 대고 있는 것을 보면 슬퍼진다."

"저도 그 생각이 나서 견딜 수가 없었어요. 걷지 못하게 된 지 몇 년이 지났죠?"

"글쎄다, 19년쯤 됐으려나."

"19년 만에 아주머니의 방이 마침내 생긴 거로군요."

"다리 위에는 언제나 거지들이 지저분하게 앉아 있어서 지나갈 수가 없단다. 나는 집에서 매일 보고 있는 광경이 다리 위에도 있는 것 같은 기분이 들어 그냥 지나친단다. 그것도 시골에 있는 다리가 아니라 도쿄 한가운데에 있는 다리다. 예를 들어 예전의 스키야바시라는 다리는 견딜 수가 없었단다."

"거기에 거지가 있었나요?"

"날만 좋으면 반드시 있었단다. 어떤 날에는 남자, 어떤 날에는 여자 하는 식으로. 전부 다리가 좋지 않은 사람들이었다. 그리고 요즘에 다리는 없다만 그곳을 지날 때마다 눈에 다리가 보이고 내가 거기에 앉아 있거나, 또 우리 집사람도 나와 교대로 거기에 나가 있는 듯한 기분이 들고, 그곳을 지날 때마다 그 다리가 눈에 보인단다. 게다가 신바시 쪽의 저녁 구름이 번뜩이고 거리에는 땅거미가 내려도 다리 위만은 밝게 도드라져 보인단다."

"아저씨는 언제나 그렇게 소설만 머릿속에서 쓰고 계시네요. 아주머니가 다리 위에 앉아 계신다는 건 있을 수 없는 일이잖아요."

"사람이란 누구나 거기에 한 번은 앉아보는 생각을 한단다. 그렇게 하지 않으면 행복이라는 것을 알지 못하는 법이지. 나도 언젠가 거기에 앉아볼 각오는 하고 있다. 전쟁 중에는 모두가 거기에 앉아 있었던 것이나 다를 바 없다."

"그럼, 저는 하수도에 버려지겠네요."

"너는 하수도의 시커먼 도랑에서 허우적거릴 거고, 나는 다리 위에서 한 푼만 줍쇼, 하고 하루 종일 외칠 거다."

"아저씨는 너무 행복하면 호강에 겨워서 거지 흉내까지 내보고 싶어지는군요. 이상한 버릇."

"그걸 솔직하게 말하는 것도 뻔뻔해서 좋지 않느냐."

"다리는 건너면 건널수록 앞에 더 긴 것이 있을 것 같은 느낌이 들어요. 하지만 다리는 짧을수록 슬퍼서, 두어 걸음 걸으면 바로 다리가 끝나는 다리만큼 견디기 어려운 것도 없어요. 제가 있는 연못의 다리도 물속에서 올려다보면 하늘까지 닿아 있는 듯하지만 금방 끝나요."

"성냥갑 2개를 붙여놓은 듯한 다리."

"그 다리 아래를 으스대며 지날 때마다 다리는 하얗고 기다랗고, 햇빛을 살짝 가리는 곳은 요즘 아주 추워졌어요. 물이 오그라들어 쪼글한 비단 같은 주름이 생겨서 어두워요. 저, 어떻게 하면 좋을지 매일 끙끙 앓고 있는데 아저씨는 그걸 알아주지 않으세요."

"툇마루로 너를 넣어주마. 준비는 전부 해놓았다."

"그렇게라도 해주지 않고 이대로 내버려두면 물은 딱딱해지고 무거워지기만 할 거예요."

"아저씨 무릎으로 오거라."

"네. 어머, 벌써 목수아저씨가 올라가기 시작했어요. 전 말이죠, 목수아저씨란 판자와 네모난 나무로 글을 쓰는 사람이라고 생각해요. 마루라는 글자를 쓰는 동안 마루가 생겨나고, 기둥이라는 글자를 쓰기 위해서 기둥은 벌써 세워져 있고요. 목수아저씨도 글쟁이랑 똑같아요."

"종이처럼 나무를 간단히 접어서 쓰고 있는 사람이다."

"오늘은 2층에서 일을 하죠? 못 자루를 들고 거기에 망치를 넣고, 그리고 톱을 허리에 차고, 준비가 완벽해요. 어디든 발이 닿기만 하면 지붕 위도 올라갈 수 있어요. 아저씨는 못 올라가죠?"

"올라가고 싶어도 어지러워서 올라갈 수가 없다."

"고소하네요. 저는 어제 못통에 있던 가장 작은 못을 하나 훔쳤어요. 보고 있자니 반짝반짝 빛나는 게 무슨 일이 있어도 갖고 싶어졌기에."

"뭘 할 생각이냐, 못을 훔쳐서."

"뭘 하겠다는 건 아니지만, 그냥 갖고 싶었어요. 그냥 갖고 싶다는 생각이 들 때가 있잖아요. 그거예요."

"못이라는 건 묘하게 갖고 싶어지는 법이지."

"전 말이죠, 그렇게 많은 목재가 어디에 어떻게 쓰이는지는 모르겠지만, 매일 어딘가에 쓰여서 벌써 얼마 남지 않은 것을 보고 놀랐어요. 집을 짓는 데는 가느다란 목재가 아주 많이 필요한가봐요. 그리고 어디에 어떤 목재가 필요한지, 하나하나 세세하게 끼워넣는 법도 목수아저씨는 전부 알고 있나봐요. 하나 훔쳐야겠다고 봐두었던 가느다란 나무도 어느 틈엔가 써버린 모양이에요. 훔치지 않기를 잘했어요."

"바로 알아차릴 거다, 아무리 작은 나무라도. 전부 머릿속에 기억하고 있으니."

"어머, 아저씨, 송사리가 연못에서 튀어나왔어요. 위험하다, 위험해. 잔챙이 주제에 기세 좋게 튀어나오는 놈이 어딨니? 자, 무서웠지. 눈을 희번덕이고 있네."

"물을 너무 많이 넣었나?"

"연못 끝까지 물을 가득 넣으니까 그렇죠. 그럼 누구나 폴짝 뛰어보고 싶어지는 법이에요. 아저씨 잘못이에요."

"요즘 들어 송사리의 숫자가 줄어든 것 같구나. 혹시?"

"그런 눈으로 제 얼굴을 보지 마세요. 그렇게 먹고만 있지는 않으니까요. 의심 가득한 눈으로 보고 계시네."

"100마리나 있었는데 이제는 드문드문 보이는구나. 다해서 50마리도 안 되겠다."

"저, 먹지 않았어요. 아주 쓴 맛이 나고 머리는, 송사리 주제에 돌대가리처럼 딱딱해요. 먹을 수가 없어요. 호호, 하지만 비밀인데, 약해진 건 먹는 경우도 있어요."

"쓴 게 맛있는 거 아니냐?"

"응, 간이 써서 말이죠. 도저히 잊을 수 없는 맛이에요."

"그래서 한 마리씩 잡아먹은 거로구나. 살아 있는 걸 먹으면 응가의 색도 냄새도 달라지는 법이다."

"슬슬 보신을 해두지 않으면 추워서 버티지 못하게 돼요. 그걸 먹고 나면 온 몸이 불타오르고 눈도 바로 반짝반짝해서 뭐든 선명하게 보이는 걸요. 아저씨, 화내지 말고, 가끔 먹게 해주세요."

"가엾잖냐."

"하지만 아저씨는 커다란 소까지 드셔버리잖아요. 소는 음매음매 울며 매일 도살장으로, 아무것도 모른 채 끌려가는 걸요. 송사리하고는 상대가 안 돼요. 음매음매는 목숨을 잃은 뒤에도 아직 목숨을 잃은지조차 모를지도 몰라요. 틀림없이 음매음매는 언제나, 옛날의 옛날부터 뭔가 잘못돼서 목숨을 잃은 거라고밖에 생각하지 않을 거예요."

"음매음매도 불쌍하지만 송사리도 불쌍하다."

"그럼, 한가롭게 이리저리 걷고 있는 돼지는 어때요?"

"그것도 말이다, 뭐라 말할 수 없이 비참한 놈이다."

"앞으로는 음매음매도 먹지 말고 꿀꿀이도 먹지 말도록 하세요. 하다못해 아저씨만이라도 그럴 마음이 든다면, 소나 돼지도 쥐구멍에 볕들 날이 있다고 생각할지도 몰라요. 잘 들어보지 않으면 모르겠지만."

"흠."

"저, 올해는 아이를 낳고 싶었는데 끝내 낳을 시간이 없었어요. 어떻게 해서든 아저씨의 아이를 낳아보고 싶어요. 저라면 낳아도 되죠? 하지만 어떻게 해야 낳을 수 있는지 가르쳐주셔야 해요. 그냥 멍하니 있어서는 낳을 수 없어요."

"하하, 너도 참 굉장한 생각을 하는구나. 그런 조그만 몸으로 나의 아이를 낳을 수 있을지, 생각을 좀 해보아라."

"그건 말이죠, 전 금붕어니까 다른 금붕어의 새끼는 낳을 수 있으니, 아저씨의 아이로 기르면 돼요. 아저씨는 말이죠, 커다래진 저의 배를 매일 쓰다듬어주기도 하고 문질러주기도 하면 돼요. 그 사이에 전 아저씨의 아이라고 마음속으로 굳게 믿을 거예요. 아저씨 얼굴하고 똑같이 닮게 해달라고 매일 기도할 거예요."

"그랬다가 나처럼 울퉁불퉁한 얼굴을 가진 새끼 금붕어로 둔 갑해서 태어나면 넌 어쩔 생각이냐?"

"아저씨의 아이라면 닮는 게 당연하죠. 인간의 얼굴을 한 진기하기 짝이 없는 금붕어입니다, 라고 선전하면 욕심쟁이 금붕어장수가 숨을 헐떡이며 사러 달려올지도 몰라요."

"그럼 넌 팔 생각이냐?"

"절대 안 팔아요. 소중하게, 소중하게 키울 거예요. 실지렁이를 먹여서 키울 거예요."

"실지렁이를 먹이는 건 싫다."

"그럼, 염장한 대구는 어때요?"

"염장한 대구가 좋겠다."

"금붕어 새끼는 말이죠, 팥알만큼 작고 아주 귀여워요. 이게 물고기란 말이야 라고 여겨질 만큼 작지만 꼬리도 있고 지느러미도 있고 머리도 있어서 헤엄을 쳐요. 그럼 이름을 지어놓을까요?"

"그래, 긴타로(金太郎)라고 지어놓을까?"

"좀 더 멋진 이름이 아니면 싫어요. 가네히코(金彦)라거나 그런 당당한 이름이요."

"천천히 생각해보마."

"그럼, 저, 서둘러서 교미를 하고 올게요. 착한 아이를 배게 해달라고 하루 종일 기도해주세요."

"그래."

"빨간 게 좋죠? 금붕어는 빨간 게 제일 좋아요. 검은 건 음침하니 역시 불타오르고 있는 건장한 놈을 한 마리 물게요."

"실수를 해서는 안 된다."

"실수할 리가 있겠어요. 불꽃같은 녀석과 노을 속에서 불타오르며 어울렸다가 올게요."

"아저씨, 좀 보세요. 나무고 판자고 전부 없어졌어요."

"흠."

"아주 작은 판자조각까지도 전부 사용했나봐요. 기억해두었던 걸 전부 기억해둔 대로 끼워버렸나봐요. 목수아저씨는 목수아저씨라는 살아 있는 기계예요."

"등나무 덩굴은 전부 오른쪽으로 감긴다는 세세한 것까지 모두 알고 있단다."

"그럼 콩이네, 그리고 풀의 덩굴이네 하는 건 전부 오른쪽으로 감기나요?"

"왼쪽으로 감기는 건 없는 모양이더라. 나무에 관해서는 박사 같은 사람들이다."

"아저씨, 2층에 올라가봐요."

"올라가보자."

"저, 지금까지 시간만 있으면 2층에 올라왔었어요. 계단을 하나씩 오르는 것이 재미있기도 하고, 또 2층의 다다미 위에 털싹 앉아 있으면 아무도 모르는 먼 곳에 와 있는 듯한 기분이 들어서 비밀스러운 느낌이 들거든요. 아저씨도 제가 2층에 있었던 거, 조금도 몰랐죠?"

"몰랐다."

"정원의 풍경이 한눈에 다 들어오고, 그 풍경이 크게 부풀어 올라 확대돼서 보여요. 하지만 아주머니는 2층에 못 올라오시죠?"

"올라와도 내려갈 수가 없단다."

"저 말이죠, 2층에 있으면 뛰어내리기도 하고 차양을 기어서 매달려 있다가 내려가보고 싶기도 해져요."

"나도 갑자기 기둥을 타고 슬금슬금 내려가보고 싶어지곤 한다."

"그리고 2층이라는 곳은 슬픈 곳이에요. 아래하고는 세계가 다르고 아래가 보이지 않잖아요."

"그건 아래 사람이 아무리 애를 태워도 2층이 보이지 않는 것과 같은 것이다. 아래와 위에 사람이 마주 앉아 있어도 그 두 사람은 따로 흩어져 있는 거다."

"정신이 아득해질 정도로 어려운 얘기네요."

"그러다 2층의 사람이 사라지면 그대로 만나지 못하고 끝나게 된다. 다음에 다시 다른 사람이 와서 2층에 살아도 역시 만나지 못하면 어디의 누구인지도 알지 못하게 된다."

"2층에 있는 사람은 하늘만 보고 있지만, 아래에 있는 사람은 방에 있어도 하늘은 볼 수 없다는 말씀이시죠?"

"그래. 아래와 위 사이에는 커다란 차이가 있다."

"무슨 얘긴지 알 수 없게 되어버렸잖아요. 2층에 있는 사람은 어째서 아래 사람과 이야기를 나누지 않는 걸까요?"

"2층에 있기 때문이지."

"아래에 있는 사람은 아래에 있기 때문일까요?"

"맞아. 아무리 말해도 결국은 마찬가지다. 문제는 위와 아래에 있는 거야. 너라면 쪼르르 헤엄쳐서 아래까지 갈 수 있지만, 사람은 그렇게 간단하지가 않단다."

"그만두기로 해요, 이렇게 여기저기 맴돌고 있는 것 같은 귀찮은 얘기는. 아무리 얘기해도 마찬가지잖아요."

"마찬가지가 아니다. 커다란 차이가 있어."

"아직도 말씀하시려 하네. 그보다 훨씬 놀랄 만한 이야기를 해드릴까요? 어젯밤에 말이죠, 아저씨의 서재에서 나와, 다시 이 2층에 올라오려고 계단을 올라와서 방문을 열었더니, 바깥의 빛이 쏟아지고 있는 가운데 누군가 사람이 있잖아요. 앉은 채 아무것도 하지 않고 오도카니 무릎 위에 손을 얹고 있었어요. 제가 문을 살짝 열고 바라보고 있자니 순간 그 사람이 천천히 제 쪽으로 얼굴을 돌렸어요."

"너는 언제나 그런 일만 당하는구나. 나보다 훨씬 더 이상한 면을 많이 가지고 있어. 그 사람은 대체 누구였단 말이냐? 그런 사람, 내게는 조금도 신기할 것 없다. 나는 여러 여자와 남자를 늘 문득문득 만나고 있으니."

"그럼 말하지 않을래요. 오늘 밤에도 올지 모르니 몰래 여기로 와볼까?"

"자, 날이 저물었으니 내려가자."

"네, 계단에서 저희를 스쳐지나 올라오는 사람이 있을지도 몰라요. 하지만 아저씨한테는 안 보일 거예요. 맨정신인 사람에게는."

"말도 안 되는 소리 그만 해라."

"조심해요. 넘어져요."

"그래, 아무도 안 올라오지 않느냐?"

"아저씨가 그걸 알 리 없잖아요. 봐요, 지금 아저씨 재채기 하셨죠? 슥, 한기가 느껴졌죠? 거봐요, 거봐요. 뭔가가 슥 했어요."

"뭘 보는 거냐?"

"2층에 누군가 올라간 것 같은 느낌이 들어서요. 아저씨, 방문은 닫고 오신 거죠?"

"응. 하지만 잊었을지도 모르겠구나."

"아저씨."

"왜 그러냐, 배는 왜 쓰다듬는 거야?"

"저기 말이죠, 아무래도 아기가 생긴 것 같아요. 뱃속에 알이 가득해요. 이거 전부 아저씨의 아이죠?"

"그런 기억 없다. 네가 다른 데서 데려오지 않았느냐."

"그야 그렇지만, 약속한 대로라면 아저씨의 아이가 되어야 해요. 이름도 지어주셨잖아요."

"그래, 나의 아이일지도 모르겠구나."

"그러니 매일 밤낮으로 쓰다듬어주고 세심하게 애정을 쏟아부어주면 완전히 아저씨의 아이가 될 거예요."

"어떤 금붕어랑 교미했냐?"

"눈이 크고, 얼룩이 있는 모자를 쓰고 있는 녀석. 그 금붕어가 말했어요. 이렇게 추운데 왜 갑자기 아이를 갖고 싶은 거지? 그래서 저 이렇게 말해줬어요. 어떤 사람이 원하고 있어서 낳는 거라고. 그 사람은 나를 사랑해주지만, 금붕어하고는 아무것도 할 수 없기에 다른 금붕어의 아이라도 상관없다고 한 거야, 그러니까 네게 아버지의 권리 같은 건 없어, 라고 말해줬어요."

"그 녀석, 화를 냈겠구나."

"화를 내며 달려들기에 흠씬 두들겨줬어요. 하지만 힘이 세서 꼬리를 이렇게 물어뜯고 말았어요."

"아프냐? 찢어졌구나."

"그러니 오늘 밤에 아저씨의 침으로 붙여줬으면 해요. 가시가 있으니 거기에 침을 잘 발라 끈적끈적하게 해서 붙이면 간단히 붙어요."

"세메다인으로는 안 되겠냐?"

"어머, 우스워라. 세메다인으로 붙이면 제 몸까지 꼬리고, 지느러미도 전부 붙어버리고 말잖아요. 세메다인은 독이에요. 아저씨의 침이 제일 좋아요. 지금부터라도 붙일 수 있어요. 밤일로 말이죠. 안경 가지고 올까요?"

"노안경이 아니면 꼬리의 잔가시는 안 보일 거다."

"여기, 안경."

"이건 아주 어려운 일이로구나. 끈적하게 달라붙어 있어서 도 저히 잡을 수가 없어. 좀 더, 벌려보아라."

"부끄러워요. 거기, 벌리라고 하시면 곤란해요."

"뭐가 부끄럽다는 거냐. 나이도 먹을 만큼 먹었으면서."

"그래도……."

"뭐가 그래도, 라는 거야. 그렇게 오므리고 있으면 손가락으로 집을 수 없지 않냐."

"아저씨."

"왜 그래? 새빨개진 얼굴로."

"거기에 뭐가 있는지 모르시는 건가요?"

"뭐라니, 뭔데?"

"거기는 말이죠, 그러니까, 거기는 저희들의 말이죠."

"너희들의?"

"그러니까, 거기란 말이에요. 그걸 왜 모르시죠?"

"아, 그러냐? 알았다, 미안하구나. 하지만 부끄러워할 건 어디 에도 없지 않느냐. 모두가 가지고 있는 거고, 내게는 조금도 감각 이 없단다."

"어머, 별일도 다 있네. 금붕어의 그걸 봐도 사람에게는 감각이 조금도 생기지 않나요? 세상에, 마치 귀머거리 같네요. 우리가 그렇게 소중하게 지키는 것을 모르다니. 그건 정말 믿을 수 없네 요. 아저씨, 거짓말 하고 계신 거죠? 심장은 두근두근 뛰고 있는 데 일부러 아무렇지도 않은 척하고 계신 거죠?"

"흠, 그도 맞는 말이다만, 너희들 사이에서는 부끄러운 곳일지 몰라도, 우리에게는 아무것도 아니란다."

"사람끼리라면 부끄럽나요?"

"사람끼리라면 그야 물론 아주 큰일이지. 의사가 아니면 그런 곳은 보여주지 않는다."

"이해할 수 없어요. 사람끼리는 부끄러운 곳인데, 금붕어의 것은 봐도 아무렇지 않다니, 저는 조금도 이해할 수가 없어요."

"금붕어는 조그맣지 않냐. 그래서 부끄러운 곳인지 어떤 곳인지 알 수 없는 거다."

"말은 어떤가요?"

"너무 커서, 우스울 정도다."

"그럼 사람끼리가 아니면 부끄러운 부분도 부끄럽다는 감각이 전혀 없다는 건가요?"

"사람 이외의 동물은 사람의 감정을 조금도 불러일으키지 못한다. 하물며 금붕어에게 그런 곳이 있는지, 옛날부터 생각해본 사람은 아무도 없을 거다."

"말도 안 돼. 사람은 덩치가 너무 커요. 어떻게 해볼 수도 없을 만큼 너무 커요. 금붕어처럼 작아질 수 없는 건지 몰라."

"작아질 수 없다."

"하지만 아저씨하고 키스는 하고 있잖아요."

"네가 억지로 키스하는 거다. 키스를 하는 건지 뭔지도 모르겠다."

"그럼 오랫동안 저를 속였다는 거네요, 아저씨는."

"속이지 않았다. 그냥 형식적인 키스였다. 그럼 슬슬 꼬리를 붙이도록 하겠다. 좀 더, 꼬리를 벌려보아라."

"뭐예요, 그렇게 커다란 목소리로 벌리라고 말하면 다른 사람이 듣잖아요."

"그럼, 가만히 벌리도록 해라."

"이거면 돼요?"

"조금만 더. 그런 데 보지 않을 테니 벌려라."

"부끄러워라. 사람이 이걸 모르다니, 사람 중에도 바보들이 아주 많네. 이젠 됐나요? ……."

"그래, 가만히 있어라."

"들여다보거나 하면 안 돼요. 저, 눈을 감고 있을 게요."

"눈을 감고 있어라."

"아저씨는 사람의 것, 본 적 있나요?"

"모르겠다, 그런 거."

"그럼, 다른 금붕어 거, 본 적 있어요?"

"없다."

"말은?"

"없어."

"고래라는 게 있잖아요. 그 고래 거, 본 적 있어요?"

"고래의 그거라니, 말이 되는 소리를 해라."

"사람이 다른 동물에게서 애정을 느끼지 못하다니, 아무리 생각해봐도 사실이라고는 여겨지지 않을 만큼 이상하네."

"너는, 예를 들어서 붕어나 송사리를 어떻게 생각하나? 송사리는 너무 작고 붕어는 색이 까매서 싫지 않나?"

"싫어요, 그런 검둥이."

"그럼 우리랑 똑같지 않나?"

"그런가? 송사리는 땅딸보라 소용이 없고."

"금붕어는 금붕어끼리가 아니면 아무것도 할 수가 없다."

"그도 그러네요."

"꼬리가 잘 붙은 거 같다."

"눈을 떠도 되나요?"

"된다. 꼬리를 펼쳐봐라."

"고마워요. 활짝 펼쳐져서 헤엄을 칠 수 있겠어요. 아저씨 솜씨가 아주 좋은데요. 혹시 여기저기 금붕어를 속이고 다니는 건 아니겠죠? 꼬리를 다루는 솜씨도 익숙하고. 호호호, 그리고 그……."

"아, 잡았다. 다무라 아주머니, 오늘은 놓치지 않을 거예요. 오늘로 사흘이나 오시지 않았나요? 저, 시간까지 전부 알고 있어요. 어제도 5시였어요."

"그래요, 5시였죠. 5시라는 시간에는 2줄기 길이 있어요. 하나는 낮의 빛이 남아 있는 길, 다른 하나는 저녁이 시작되는 길. 그게 저 너머까지 죽 이어져 있어요."

"그 사이를 가늠해서 오시는 거겠죠, 틀림없이? 누구에게도 보이지 않도록. 하지만 제게는 그게 보여요."

"당신 눈에는 도저히 당해낼 수가 없네요. 돌담 위에 계시는 걸 멀리서 보면 빨간 공처럼 보여요."

"쪽문으로 들어오세요. 아저씨도 계세요. 심심해서 멍하니 계세요. 저녁식사 전이면 언제나 기분 나쁠 정도로 멍하니 입을 다물고 있어요. 유리코 아주머니가 오시는 걸 알고 계신 걸까 여겨지는 때도 있어요. 알고서 입을 다물고 있는 걸까요?"

"전혀 모르세요. 저녁이라는 건 누구나 입을 다물고 싶어지는 시간이에요."

"어제도 아주머니 이야기를 했지만 흠, 이라고만 말하고 더는 말하지 않으셨어요. 그래서 전, 배가 고파서 그런 거라고 착각했었는데, 별로 많이 드시지 않으셨어요."

"호호, 배가 고프다니, 재미있는 말씀을 하시네요."

"어머, 아주머니, 이상하게 웃으시는 건 싫어요. 어째서 그런 목소리로 웃으시는 거죠?"

"글쎄, 전 특별히 이상한 소리로 웃지 않는데……."

"하지만 오싹한 걸요. 자, 들어오세요."

"오늘은 안 돼요. 심부름 갔다 돌아오는 길이기에 얼른 가봐야 해요."

"누구의 심부름인데요? 속이려 해봐야 소용없어요."

"아직 장을 봐야 할 것이 남아서, 그것부터 처리해야 돼요."

"그럼 저도 같이 갈게요. 놓치지 않고 따라갈 거예요."

"같이 가요. 당신이 좋아하는 것, 무엇이든 사드릴게요."

"아주머니, 그럼 금붕어가게에 들러주세요. 우리 집 금붕어에게 먹일 모이를 사주셨으면 해요."

"겨울인데, 금붕어가게가 있으려나?"

"아니요, 금붕어 도매상 할아버지 집에 가면 언제든 있어요."

"도매상은 어디에 있죠?"

"제가 거기를 잘 알고 있어요. 마켓 뒤쪽 연립주택의 2번째 집인데, 할아버지가 솜틀집을 하고 있으니 솜틀집 간판을 찾아가면 금방 알 수 있어요. 할아버지는 거기서 겨울을 나는 금붕어와 같이 살고 있어요. 새우를 갈아서 겨랑 섞은 모이를 하루 종일 만들어요."

"가본 적 있나요?"

"네."

"어머, 부끄럽다는 듯 얼굴을 감추려 하고 있네요."

"어머, 그렇게 얼굴만 빤히 보지 마세요. 저, 아주 자주 모이를 사러 가기에 할아버지랑 친한 사이가 되어버렸어요."

"그래요? 저기 마루가 낮은 집이죠? 헌솜 틉니다, 이불 페맵니다, 라는 간판을 내건 곳이죠?"

"네. 아주머니는 가만히 계세요. 제가 할아버지랑 얘기할 테니."

"네, 그러세요."

"할아버지, 안녕하세요. 오늘은 월동용 모이를 사러 왔어요. 벌써 다 가셨나요?"

"그래, 세 살배기, 어쩐 일이냐. 오늘은 엄청나게 예쁜 여자랑 같이 왔구나. 너도 훌륭하게 자라서 예쁜이가 됐어. 너도 내년이면 벌써 네 살배기다. 네 살배기는 둔갑을 할 수 있다고 하더구나."

"좀 더 작은 목소리로 말하세요. 저분이 들으시잖아요. 오늘은 모이를 아주 많이 사러 왔어요. 돈은 저 아주머니가 전부 내실 거예요."

"너는 늘 부자랑 같이 있어서 좋겠구나. 아주 많이 사주어라. 겨울에는 송사리 한 마리 팔리지 않으니."

"그럼 10상자 정도 주세요."

"얘, 얘, 세 살배기야. 10상자면 얼만지 아느냐? 1,200엔이나 된다."

"괜찮아요, 쩨쩨하게 굴지 마세요. 다무라 아주머니가 전부 내주실 거예요. 그리고 금붕어 수초도 잔뜩 싸주세요. 올해 마지막으로 먹을 실지렁이도 빈 깡통에 가득 담아주시고, 한동안 못 먹었으니 아주 맛있을 거예요."

"너는 실지렁이를 좋아했었지? 이건 그냥 주기로 하마. 어쨌든 세 살배기야, 너처럼 행복한 금붕어는 이 나이가 되도록 한 번도 본 적이 없다. 오랜 세월 이 장사를 해왔다만 병에도 걸리지 않고 언제나 화장을 한 채 돌아다니는 건, 너 정도밖에 없었다."

"아름답지 않으면 사람, 물고기를 사랑하지 않는다, 라고 할 수 있죠."

"그런데 너, 이거 아니냐?"

"네, 배가 볼록해요. 알이 가득 들어 있어요. 배가 반짝반짝 빛나죠?"

"어떠냐? 우리 집에서 낳아주지 않겠냐? 너의 아이라면 틀림없이 행복하고 착한 아이가 태어날 게다."

"안 돼요, 안 돼. 이미 선약이 있어요."

"어째서?"

"아이를 갖고 싶어 하는 사람이 있어요. 그래서 겨울하늘 아래서 낳기로 한 거예요."

"사람이 말이냐?"

"네, 저를 소중히 여겨주는 사람이 있어요."

"금붕어를 아주 좋아하는 사람이구나. 그럼, 겨울 동안 몸조심하도록 해라. 내년 봄에 생각이 나면 또 오고."

"할아버지도 연세가 있으시니 지팡이라도 짚으며 조심하세요. 소주를 너무 많이 드시면 배가 타버릴 거예요."

"그래, 알았다."

"안녕히 계세요. 저를 길러주신, 둘도 없는 소중한 할아버지."

"알이었을 때부터 기른, 활달하고 도깨비 같은 세 살배기야."

"저 금붕어장수 할아버지는 아주 좋은 사람이죠?"

"좋은 사람이네요. 당신과는 어떤 사이죠?"

"글쎄요, 친척 같은 사람인가?"

"하지만 친척이라는 건 이상하네요. 그냥 금붕어장수잖아요. 아무런 관계도 없는 분 아닌가요?"

"네, 그야 그렇죠. 어쨌든 이런 얘기는 그만두기로 해요. 그보다 돌아가시는 길에 잠깐 들러서 아저씨를 만나주세요. 그렇게 하지 않으면 기껏 오셨는데 아무런 보람도 없잖아요."

"하지만 지금부터 장을 보지 않으면 안 돼요."

"그럼 장을 먼저 보시도록 하세요."

"네, 그래요."

"뭘 사실 건데요?"

"채소요."

"저 가게에 들어가요. 백합의 알뿌리도 있고, 시금치는 필요 없나요?"

"콩나물이 좋아요. 그리고 실파 조금하고 노란 귤."

"어머, 세상에. 콩나물을 사시나요? 하얀 게 구불구불해서 싫어요. 그리고 실파는 실 같아서 징그러워요. 아주머니는 이상한 것만 사시네요."

"당신은 뭐가 필요하죠?"

"저는 말이죠, 글쎄요. 국수를 살까요."

"국수는 길고 이상하게 흐려서 싫어요."

"겨울에 먹을 것이 없을 때 먹는 거예요."

"가미야마 씨도 드시나요?"

"아저씨는 가늘고 긴 건 전부 싫어해요. 국수도 뱀도 싫어하세요."

"뱀도?"

"네, 겨울은 뱀이 들어가서 좋아요. 아아, 벌써 다 왔네요. 잠깐 기다리세요. 아저씨가 계신지 좀 볼게요."

"위험하잖아요. 담에 오르다니. 마치 남자 같은 분이네요."

"계세요, 계세요. 평소처럼 또 멍하니 계시네. 틀림없이 배가 고픈 거예요. 배고플 때면 늘 저런 얼굴을 하세요."

"그럼, 저는 이만 실례할게요."

"무슨 소리 하시는 거예요. 들어가시겠다고 약속하셨잖아요. 오늘은 못 돌아가시니, 얼마든지 고집을 부려보세요."

"지금부터 집에 가서 식사준비도 해야 하고, 빨래 걷는 것도 잊고 있었어요."

"식사준비라니, 누구 식사를 준비한다는 거죠? 아주머니는 혼자 사시잖아요."

"네, 제 식사를 말하는 거예요."

"그럼 아저씨랑 오랜만에 식사를 하도록 하세요."

"그 외에도 일이 있어요."

"다른 일이 있을 리 없잖아요."

"빨래를 걷어야 해요."

"빨래는 돌아가신 뒤에 걷어도 돼요. 자, 들어오세요."

"오늘은 정말 안 돼요. 급한 일이 아주 많이 쌓여 있는 걸요."

"바보 같은 아주머니."

"뭐라고요?"

"바보예요. 보고 싶어서 집 앞을 서성이면서, 막상 들어가자고 하니 겁을 먹고 도망치려 하잖아요. 그렇게 싫으면 처음부터 오지 않는 편이 나아요."

"어머, 너무하네요."

"언제나 나타났다가는 바로 달아나면서, 뭣 때문에 나타나는 거죠? 그런 건 이제 낡았어요."

"하지만 이 문 앞에 저도 모르게 와버리고 마는 걸요."

"거짓말 마세요. 자기가 5시라고 시간까지 가늠해서 오면서 빨래고 뭐고 알게 뭐예요. 오늘은 같이 집으로 들어가요. 안 들어가시면 손을 깨물 거예요."

"무섭네요. 뭐라고 하셔도 전 돌아갈래요."

"못 돌아가세요."

"손, 아파요. 무슨 힘이 그렇게 세요?"

"깨물면 더 아플 거예요."

"그럼, 저 얼굴을 좀 만질게요. 그러니 당신의 립스틱하고 크림을 좀 빌려줘요. 연못 옆에서 화장을 좀 고칠게요."

"그 사이에 튀려는 거죠?"

"튀다니, 좋지 않은 말이에요. 그런 속임수는 쓰지 않아요. 감나무 아래서 얌전히 기다리고 있을게요. 분도 좀 가지고 나오세요."

"네. 그래도 걱정이네요. 아주머니, 돈이 든 핸드백 이리 주세요. 달아나지 않겠다는 증거로."

"여기요, 핸드백."

"그럼 바로 가지고 올게요. 정말 아무 데도 가서는 안 돼요, 아저씨한테도 말해둘 테니. 오늘 처음으로 식사를 하시겠다고 말씀하셨죠? 저, 기뻐요. 아저씨도 분명히 기뻐서 어쩔 줄 모르실 거예요."

"이것도 같이 요리하세요."

"백합의 알뿌리. 이리 주세요. 콩나물은 싫어요. 그럼 바로 나올게요. 아주머니, 하얀 동백이 벌써 피었으니 꺾어도 돼요. 냄새가 아주 좋으니 기다리시는 동안 냄새를 맡아보세요."

"고마워요."

"어두우니 가로등을 켜둘게요."

"저 왔어요, 아저씨."

"어디 갔었냐? 이런 시간에 화장도구를 들고 어디 가는 거야?"

"좋은 사람이 와서 아저씨를 만나기 위해 얼굴을 고치겠다고 하셔서요. 그래서 화장도구를 가지고 가는 거예요."

"좋은 사람이라니, 누구냐?"

"맞혀보세요. 맞힐 수 있으려나."

"답답하게 그러지 말고, 말해봐라."

"다무라 유리코."

"이 시간에, 너는 어떻게 그 사람을 만난 거냐?"

"집 앞에서 만나 같이 장을 봤고, 지금부터 아저씨랑 함께 식사를 하시겠다고 약속했어요."

"흠."

"아주 냉정한 표정이시네요. 같이 드실 거죠?"

"약속을 했다니 어쩔 수 없다만, 이 시간에 왜 돌아다니는 걸까. 바로 도망치면서."

"오늘은 걱정 없어요. 핸드백을 가져왔으니까. 아무 데도 가지 않고 기다리겠다는 증거예요."

"어디 좀 보자."

"구형이에요. 20년이나, 훨씬 더 전에 유행했던 것 같아요. 끈도 없고 잠금쇠도 전부 녹슬어 있어요. 이런 구식 백 드는 거 부끄럽지 않을까요?"

"안을 열어봐라."

"남의 가방을 여는 건 좋지 않아요. 아저씨답지 않은 말씀을 하시네요."

"잠깐 열어보도록 해라."

"안 열려요. 녹슬어서 그래요. 에잇, 세게 돌려볼게요. 간신히 열었는데 손수건하고 버스 회수권하고, 또 향수병밖에 들어 있지 않아요."

"버스 회수권이 있냐? 흠."

"어딘가에서 일을 하고 계셨었군요."

"글쎄다."

"어째서 회수권 같은 게 필요한 걸까요?"

"잘 봐라. 이 회수권은 전쟁 훨씬 전의, 남색 표지 아니냐? 겨우 3장밖에 남지 않았다. 요즘에 이런 걸 쓸 수 있을 거 같냐?"

"세상에."

"날 놀리려는 거냐? 이건 네가 멋대로 만들어낸 얘기다. 그만 둬라, 이런 일을 꾸며서 이 아저씨를 당황하게 만들 생각이라면, 그만둬라."

"하지만 전 실제로 다무라 씨의 손을 꼭 쥐어봤는 걸요. 강연회 때보다 훨씬 살이 붙어 있었어요."

"정원에서 기다리고 있냐?"

"그러기로 약속했어요. 오늘은 틀림없어요. 저, 속기 싫어서 아까 말이죠, 손을 아플 정도로 꼭 쥐었을 때 머리카락을 두어 가닥 물어뜯었어요. 보세요, 이거, 진짜 머리카락이죠?"

"머리카락이로구나."

"봐요, 틀림없이 사람의 머리카락이잖아요. 윤기도 그렇고, 머리가 말려 있는 상태도 그렇고……."

"머리가 말려 있구나, 하지만 오래된 흔적이다."

"아저씨, 나가봐요. 모시고 들어오면 아주 기뻐하실 거예요. 문 옆에 계세요."

"아니, 나는 여기에 있겠다."

"잠깐 나가도 상관없잖아요. 고집 부리지 말고, 자, 벌떡 일어나세요, 벌떡……."

"나는 추워서 나가기 싫다. 네가 가서 데려오도록 해라."

"나가기 싫은가요?"

"응, 나가기 싫어."

"이렇게 부탁해도 안 되나요?"

"내키지 않는다."

"냉혹하고 매정한 분이시네."

"냉혹해도 어쩔 수 없다."

"아저씨는 바보, 바보예요."

"바보, 라고."

"바보죠. 겨우 정원에도 안 나가주시다니, 그런 매정한 일이 어디 있어요. 이틀이고 사흘이고 멀리서 찾아온 사람을 말이죠, 잠깐 나가주는 게 어떻다고 그러세요?"

"네 마음대로 떠들어라. 네가 호통을 쳐도 눈 하나 깜빡하지 않을 거다."

"역시 진짜 사람이 아니라고 말씀하시고 싶으신 거죠? 그러니까 만날 필요 없다는 말씀이신 거죠?"

"그걸 잘도 깨달았구나. 그건 진짜 여자가 아니다. 네가 금붕어 가게에 가는 동안 다무라 유리코를 생각하며 걸었기에, 마침내 진짜처럼 만들어져버린 거다."

"그럼 언젠가 거리의 막다른 골목에서 본 것도 저 때문이란 말씀이신가요?"

"그때는 너와 내가 절반씩 만들어내서 본 거다. 그래서 바로 행방불명이 되어버리고 만 거야. 사람은 머릿속에서 만들어낸 여자와 길을 같이 가는 경우도 있다. 죽은 여자와 잤다는 사람까지 있어."

"그건 꿈이에요."

"꿈속에서 남자를 만난 여자가 아이를 가진 예는 아주 많다."

"아저씨의 바보스러움도 끝을 모르네요. 제발 부탁이니 정원까지만이라도 나가주세요."

"끈질긴 툭눈이로구나."

"툭눈이는 또 뭐죠? 제가 툭눈이라면 아저씨는 뭐예요? 죽다 살아난 비실비실 할아버지 아닌가요? 저 나가서, 저런 죽다 살아난 사람 만나지 말고 돌아가라고 말하겠어요."

"그리고 더는 오지 말라고도 좀 말해두어라."

"보고 싶지만 그걸 참느라 안절부절못하면서 그게 본심이란 말인가요? 보고 싶으면서 뛰어나가지도 못하고, 겁쟁이네요. 거짓말쟁이예요. 둘이 똑같은 말을 하고 있어요. 아주머니는 아주머니대로 도망만 다니고 있고, 이쪽은 이쪽대로 도망칠 궁리를 하다니, 사람들은 모두 모여서 서로에게 거짓말을 하고 있는 것 같네요. 사람이란 태어나서 죽을 때까지 서로에게 거짓말을 하는 거나 다를 바 없어요."

"죽어서도 여전히 거짓말을 할지도 모른다. 거짓말처럼 재미있는 것도 없다."

"그럼 마음대로 거짓말을 하고 계세요. 저, 아저씨는 여자의 마음을 좀 더 이해하고 있을 줄 알았는데, 조금도 모르는 분이셨네요. 세심한 것은 조금도 모르셔……."

"여자의 마음을 어떻게 알겠냐? 모르기에 소설을 쓰기도 하고 영화를 만들기도 하는 거다. 하지만 바로 앞까지 가도 역시 모르겠더구나. 알고 있는 건 뻔한 말들뿐이고, 그걸 쌓아나가고 있을 뿐이다."

"그런 얘기 더는 듣고 싶지 않아요. 늘 같은 말씀만 하셔. 질리지도 않으시나봐요."

"똑같은 말을 몇 번이고 되풀이하면서, 사람은 살아가는 거다."

"어머, 누군가가 저를 부르고 있지 않나요? 조용히 해보세요. 이거요, 들리시죠? 아주머니가 부르고 계신 거예요. 아저씨는 저 소리가 안 들리나요?"

"아무 소리도 안 들리는데. 금붕어의 환청이라는 거겠지."

"아니요. 문 바로 옆에 계시는데, 그것 치고는 멀리서 들리는 것 같네. 보세요, 다시 아름다운 목소리로 부르고 계세요."

"넌 무엇인가에 완전히 씌운 게다. 조금 이상해져버렸어."

"아주머니, 지금 나갈게요. 바로 나갈게요, 아주머니."

"그렇게 커다란 목소리를 내면 집안사람들 모두가 놀라지 않냐."

"아, 대답을 하셨어요. 얼른 나오라고요. 저 목소리가 들리지 않다니, 아저씨야말로 슬슬 귀가 멀고 있다는 증거예요."

"네게는 들리지만 내게는 들리지 않는 경우도 있다. 어쨌든 그런 여자는 더 이상 문 앞에서도 정원 안에서도 기다리고 있지 않아."

"매정한 아저씨와는 달라요. 틀림없이 기다리고 계세요. 약속이니까요."

"얼른 가서 보도록 해라."

"얼른 가든, 늦게 가든 제 마음이에요. 아저씨처럼 얄미운 사람은 더 이상 상대하지 않겠어요."

"드디어 삐쳤구나."

"내일부터는 아무 일도 도와드리지 않을 테니 각오하세요. 잘난 척만 하고 변변한 소설 하나 쓰지 못하는 주제에, 흥."

"어머, 아주머니가 안 계시네. 아주머니, 어디 계세요? 아, 그런데 웅크리고 계시면 안 보이잖아요."

"당신 혼자?"

"아저씨는 안 나오세요. 아주머니가 틀림없이 돌아가셨을 거라 생각하고 계세요."

"저도 지금 돌아가려던 참이었어요. 여러 가지로 고마워요. 그럼, 이만 가볼게요."

"하지만……, 아저씨는 만나고 싶으면서도 애써 냉정한 척하고 계신 거예요. 저, 아저씨랑 싸웠어요. 내일부터 아무 일도 도와

드리지 않겠다고요."

"저 때문에 그런 말씀을 하시면 제가 미안하잖아요."

"사실은 만나기가 무서우신가봐요. 담배를 들고 있는 손가락
의 떨림을 감추려고 일부러 손을 움직이고 있었어요."

"왜 그런 걸까요?"

"그런데 아주머니, 오른손을 좀 보여주세요."

"왜 그러죠?"

"어머, 아직도 손목시계를 뜯어간 자국이 남아 있네요. 이 상
처, 어째서 오랜 시간 남아 있는 거죠? 이거, 아저씨가 한 짓 아니
죠?"

"아니에요. 다른 사람."

"대체 누구죠? 시계를 훔친 사람."

"그건 말할 수 없지만, 아는 사람이에요."

"틀림없이 예전에 아주머니에게 시계를 사준 사람이죠? 그
사람이 찾아왔을 때, 아주머니는 이미 숨을 거두셨어요. 그런데
그 남자가, 순간적인 충동인지 뭔지는 모르겠지만 손목에서 있는
힘껏 시계를 뜯어내 달아난 거예요. 아주머니가 돌아가신 일 같
은 건 아무래도 좋았던 거예요. 그저 갑자기 시계가 갖고 싶어졌
던 거예요."

"당신은 탐정 같은 분. 그 남자는 죽은 저의 얼굴도 보지 않고
그 걸음으로 다른 여자에게로 가서, 전에 약속했던 시계야, 라고
말하며 그것을 건네주었어요. 여자는 기뻐하고 남자는 으쓱했겠

죠."

"그 남자, 아주머니의 좋은 사람이었나요?"

"글쎄요. 질질 끌려다는 게 싫었지만, 그럴 수밖에 없었던 경우가 제게도 있었던 거예요."

"아저씨도 그 사람에 대해서 알고 있었나요?"

"모르셨어요."

"아주머니가 그 사람에 대해서 숨기고 말씀하시지 않은 거죠? 아저씨의 마음을 헤아렸던 거네요."

"아니요, 저에 대해서는 아무것도 말씀드리지 않았어요. 묻지도 않으셨고……. 단지, 늘 지켜보고 계시는 것 같다는 느낌은 있었지만, 또 무슨 일에나 늘 무관심한 것 같은 모습이시기도 했어요."

"그 시계를 훔친 사람, 미우신가요?"

"그렇게 밉지도 않아요. 남자란 모두 그러니까요."

"그럼 지금은 다른 여자의 손목에 시계가 채워져 있는 거네요. 기분이 별로 좋지 않네요. 죽은 사람의 손목에서 뜯어낸 시계를 차고 있다니. 그 여자, 아주머니도 아시나요?"

"같이 일한 적이 있어서 알고 있어요. 성격이 좋은 사람이에요. 그렇기에 쉽게 속고, 속는 게 기뻤던 거예요. 그런 여자도 아주 많아요, 이 세상에는."

"속으면서도 기뻐할 수 있는 건가요? 전 그걸 잘 모르겠어요."

"속는다는 건, 깨닫지 못한 동안에는 남자에게 교태를 부리는 것과 다를 바 없어요. 깨닫는 순간, 어딘가로 덜컥 떨어져버린 듯한 느낌이 들어요."

"아주머니도 밀려 떨어진 거로군요."

"네, 벌써 어두워졌으니 그만 돌아갈게요. 이제 더는 뵐 일도 없을 듯하니, 당신도 추운 겨울 동안 몸조심하세요."

"아저씨를 한 번만 더 불러볼게요. 제가 부르기를 기다리고 계실지도 몰라요."

"부르지 마세요, 네? 부르지 마세요."

"잠깐만 기다리세요, 잠깐만. 아주 잠깐만 기다려보세요."

"그럼, 잠깐."

"아저씨, 아주머니가 돌아가신다고 하니 얼른 나와보세요. 아저씨."

"그렇게 커다란 목소리를 내면 옆집에 들리잖아요. 소리를 지르면 저 발이 굳어서 갑자기 걸을 수 없게 되어버려요."

"뭐하시는 걸까요? 아직도 뭔가에 연연해서 가만히 계신 거예요. 나와보고 싶어서 견딜 수 없으면서 늘 저렇다니까. 뭘 하고 있는 거지? 저기요, 시계 좀 보세요. 앞으로 5분 동안 기다렸다가, 5분이 지나면 가셔도 좋아요. 배웅해드릴 테니."

"네, 그럼 5분. 하지만 안 나오실 거예요. 이런 저를 만나주실 리 없어요."

"곧 나오실 거예요, 분명히. 아, 5분이 지나버렸네."

"그럼, 저는……."

"그래요, 돌아가시도록 하세요. 이 길을 똑바로 가시면 버스 정류장이 보여요. 아, 그리고 아주머니가 가지고 계신 회수권은 전쟁 전의 남색권이에요. 그런 건 쓸 수 없으니 조심하셔야 해요."

"알고 있어요."

"그래요? 그럼 왜 핸드백 속에 넣어두신 거죠?"

"왜 들어 있는 건지 저도 잘 모르겠어요. 하지만 그건 그냥 내버려두고 싶었어요."

"그쪽은 반대로 가는 길이에요. 그쪽에 인가는 더 이상 없어요. 사람이 다니지 않는 뒷길이에요."

"네."

"어머, 그곳은 불이 났던 곳이라 가로등도 켜져 있지 않아요. 길을 가르쳐드릴 테니 기다리세요. 웅덩이가 많아서 걸을 수가 없어요."

"네."

"기다리세요. 고집쟁이네요. 갑자기 그렇게 빨리 걸으시다니. 거보세요, 위험해요. 물웅덩이에 빠지셨잖아요. 잠깐 기다려보세요. 한달음에 집으로 달려가서 손전등을 가지고 올 테니."

"……."

"기다리시라니까요. 안 들리는 걸까? 뒤도 돌아보지 않고 가버리셨네."

"……."

"아주머니, 다무라 아주머니. 날이 따뜻해지면 또 오세요, 꼭.

봄이 되어도 저는 죽지 않고 있을 테니, 5시가 되면 나타나서 오세요. 꼭 오셔야 해요."

후기 불꽃의 금붕어

『꿀의 정취』의 마지막으로, 불타오르며 한 줄기 채운(彩雲) 같은 것이, 완전히 불에 타 빛줄기만 남은 채 수평선 너머로 천천히 침하해가는 것을 나는 때때로 바라보았다. 이런 거짓 자체가 수많은 말을 내게 낳게 하여 끝끝내 무너져 사라지는 화려함을 뿌리치지 못했던 것이다. 7살 소녀가 7살이기에 할 수밖에 없는 놀이라면 모르겠으나, 나는 이미 노폐(老廢), 그 폐원에 있는 물속의 해감에서 아직 솟아오르고 있는 허튼소리에 귀를 기울이고 있었던 것이다.

나는 작년 초여름에 물고기 한 마리를 사가지고 거리를 걷고 있었다. 이런 실제의 일이 내게 있을 수 없는 기적의 날을 기억하게 만들었을 정도였다. 짬이 없는 사람에게 어떤 갑작스러운 짬이라는 것만큼 복잡하고 세세하게 작용하는 시간도 없다. 그날부터 나는 여러 가지 말들을 줍기 시작했고, 참으로 한심하고 수많은 허튼소리에 정신을 팔리고 말았다. 그 동안 나는 들떠 있는 듯 기분이 좋았다. 총명한 작가라면 이런 말장난이나 회고는 늘 일축해버리고, 언제나 훌륭한 재료와 엉겨붙어 씨름을 하는 것이

본래의 일이다. 작가는 위험한 일과 친해지지 않는 법이다. 그러나 불행하게도 내 속에 있는 협잡꾼은, 제 아무리 훌륭한 완성을 이루려 해도 결국은 그저 금붕어를 가상하여 옥신각신할 뿐인 세계로 부주의하게도 흔들흔들 빠져들고 말았던 것이다.

나는 예전에 시를 써서 팔아대던 사내였고, 지금도 낡은 시를 부탁받으면 주눅 들지도 않고 쓰고 있는 퇴물 시인이다. 그러나 기특하게도 수백 편이 넘는 소설의 이야기 속에 시를 삽입한 적은 지금까지 2번 정도밖에 없었다. 소설의 구성에 있어서 시를 삽입하면 이야기가 늘어지고, 시는 앞부분을 들여쓰기 해야 하기 때문에 어떤 경우에는 그 공백이 소설의 행렬을 무너뜨릴 우려가 있기 때문이다. 그렇기에 나는 그것을 계속 피해왔다. 몇 행의 시를 삽입하는 것조차 그러니, 이 이야기에 시의 냄새를 풍기게 할 의도는 전혀 없었다. 오히려 잘못하여 시의 감응이나 방랑이 나타나려 할 때면, 나는 그것을 현실로 끌어내 극단적으로 회피했다.

그렇다면 이 이야기는 대체 무엇을 쓰려 했던 것일까? 이 문제는 이 글을 마치고 난 뒤에도 내게 여러 가지 불분명한 의혹을 가져다주었다. 읽어보면 알잖아, 이렇게 말해버리면 그만이지만, 내 자신조차 뭐가 뭔지 모르겠다. 단, 이런 이야기가 가지고 있는 아름다움은 어떤 사람의 마음속에서나 늘 맴돌고 있는 종류의 것으로, 그것은 특정한 실제는 아니나 어떤 사람에게나 깊이 박혀 있는 묘한 것이다. 어떤 소녀 하나를 만들어냈고, 그 교활한 작가가 여러 사람들을 붙들어와 면접시키는 유치한 잔재주를 부린 것이라고, 내게 그 이상의 솔직한 답은 불가능하다.

앞서도 이야기한 것처럼 한 마리의 물고기가 수평선으로 낙하하며 불타오르는, 불타오르며 죽음을 맞이하는 것을 상세히 써보고 싶었다. 다시 말해서 주요한 생물의 죽음을 써보고 싶었던 것인데, 그런 작은 일을 묘사해봐야 나 혼자서만 우쭐해질 뿐, 재미있어할 사람도 웃어줄 사람도 없으리라 생각하여 그만두었다. 소설가란 언제나 자만심 가득한 인간이어서 때로 이건 재미있어, 라고 착각을 해서 시시한 것을 길게 쓰는 과오를 언제나 되풀이하고 있으며, 거기에 사로잡히면 그대로 실수를 하게 된다.

예를 들어 오늘은 기분이 아주 좋지 않다, 현기증이 나서 유영의 평균적인 자세를 자꾸만 잃고 만다고 그녀는 말하고, 나는 붉은 비늘이 이미 퇴색한 그녀를 보고 어딘가 안 좋은 게 아니라 이건 이미 이 물고기의 마지막이 온 것이라고 생각했다. 헤엄치려 하면 빙글빙글 제자리를 맴돌고, 조금 헤엄치다 그대로 멈추고, 배를 옆으로 한 채 있는 모습을 보았고, 또 등지느러미를 다시 세우려 조바심쳐도 그것은 더 이상 불가능한 일이었다. 예전에 만약 제가 죽으면 당신은 그날부터 물만 바라보시겠지요, 라고 그녀가 말한 적이 있었는데, 이건 그와 같은 날이 다가오는 것이 느껴졌으며, 자세히 보니 물은 생기가 없고, 무겁게 흐느적거리는 물결이 납빛 하늘을 비추며 그녀 주위를 감싸고 있었다. 더욱 자세히 살펴보니 더는 말도 하지 않았으며, 얼굴을 매만지려는 움직임도 보이지 않았다. 그래서 나는 물론 말을 걸거나 소리 내어 불러보거나 하지 않았다. 당신은 죽음을 앞둔 누구에게나 냉담하다, 그것이 나이 든 사람의 습성이라는 말을 그녀에게서 들은 적이 있다는 사실을 나는 떠올렸다. 어떤 미망인에게 내가 어느 날 불쑥 말한 적이 있었다. 당신은 매달 친구의 장례식에 가거나 영결식에 나가시는데, 타인의 죽음에는 마음이 조금도 움직이지 않게 되었지요, 라고 물었더니, 그렇습니다, 저는 사람이 죽은 그 슬픔과 마주하고 있어도 남편이 죽었을 때 모든 슬픔을 맛보았기에 지금은 아무것도 남아 있지 않습니다, 라고 대답했다. 나는 그도 당연한 일이라고 생각했다. 남편의 죽음을 맛본 사람은 인간의 죽음 가운데서도 최악의 시기를 경험한 것으로, 어떤 슬픔도 그 이상으로 찾아오지는 않을 테니.

어떤 젊은 여성기자로, 그 기자직을 아직 얼마간 경험하지 못한 사람이 돌아가는 길에 구두를 신기 위해 허리를 숙이고, 구두를 신은 다음 작은 준비를 마친 눈으로 정원의 물이 있는 곳을 한 바퀴 둘러본 뒤 말했다.

"물고기는 어디에도 없는 것 같네요."

여성 기자는 200매나 되는 나의 긴 그 이야기를 읽은 것이었다.

"그건 벌써 죽었어요."

"그래요? 그거 참 딱하게 됐네요."

우리는 살아 있는 것과 직접 친밀감을 느끼는 동안에는, 그것의 마음이 우리와 함께 거기에 상주하고 있다는 사실을 의심하지 않기 위해서, 종종 그 살아 있는 것에게 고도의 애정이 어려 있다는 사실에 새삼스럽게 놀라곤 한다. 우리의 이러한 놀라움은 그 살아 있는 것을 잃었을 때 비로소 깨닫는 상태가 되며, 평소에는 아무것도 아닌 평범한 일처럼 여겨진다. 다시 말해서 우리는 상대가 설령 어떤 종류의 생물이라 할지라도 그 생태와 함께 친밀하게 그것을 바라보며 살아왔기에 다른 생물과는 비교가 되지 않을 정도로 친밀감을 느껴, 다른 사람이 보기에는 참으로 한심하게 느껴질 정도의 애정을 보이는 것이다. 한 여자를 사랑하는 상태에 있는 남자를 옆에서 보자면 상상할 수도 없는 세심한 면이 있어서 거기에는 그저, 그렇구나, 이런 일도 있을 수 있구나, 라고 결론을 내리고 그 성지(聖地)에서 물러날 수밖에 없다.

"지독한 감기잖아. 이러면서 봄까지 잘도 버텼군."

금붕어 소매점 아저씨의 진찰 결과는, 그저 간단히 이렇게 말했을 뿐이었다. 이런 거 죽으면 그 대신으로 좋은 게 또 얼마든지 있으니 사실 생각이라면 전화주시면 바로 가져오겠습니다, 라고 그는 말하고, 물고기도 이렇게 거꾸로 뒤집혀 떠오르면 아무리 저라도 손을 쓸 방법이 없습니다, 이 녀석은 세 살배기로 오래 산 편입니다, 일반인이 길렀는데 이보다 더 오래 산다는 건 쉬운 일이 아닙니다, 병의 직접적인 원인은 말하자면 수면부족으로, 밤에 마루에 들여놓으신 건 잘한 일이지만, 장지문 너머의 형광등이 밤늦게까지 물속을 비춰서 물고기가 선잠밖에 자지 못한 것이 사인이라면 사인이라고 할 수 있을 겁니다, 거기에 위에도 엃힌 게 있어서 딱딱해져 있습니다, 이렇게 되면 보시는 것처럼 피부색이 전에 비해서 빨간색을 훨씬 잃게 되기에 도저히 살려낼 방법이 없습니다, 라며 그는 매정하게 서둘러 돌아가버리고 말았다. 그리고 금붕어는 얼마 지나지 않아서 한 덩이 붉은 덩어리가 되었으며, 그마저도 점점 누렇고 탁한 빛을 비늘 사이에 띠며 떠오르기 시작했다.

대체로 나는 글을 쓰기 시작하면 중간에 그만두지 않는 편인데, 이는 원고지를 찢는 날카로운 소리가 언제나 싫어서, 산을 찢는 것만큼 두렵기 때문이다. 그런데 오늘은 더없이 화가 나고 생물의 죽음에 영향을 줄 것 같은 기분이 들어 쓰다 만 원고지를 두 번 접고, 그것을 다시 두 번 접어 잡지 사이로 치워버렸다. 그리고 산을 찢는 것 같은 소리를 봉해버렸다는 사실이 기뻤다.

오랜 작가생활 속에서도, 그 작품을 성공했다고도 성공하지 못했다고도 말할 수 없는데 뜻밖의 일로 묘하게 머리에 남아 자신만은 그것을 소중히 여기는 작품이 두엇은 있기 마련이다. 그 것을 쓰던 날이나, 움직일 수 없는 동기 등이 한 묶음의 원고 주위로까지 넘쳐, 그것을 글로 쓰거나 정리할 수도 없는 모호함이 있는 법이다. 사람이 만들어내는 안개 같은 것이다. 무릇 사람의 일 가운데 쓸 수 없는 것은 없을 터이나, 이 모호함만은 써낼 수가 없다. 쓰기에 파렴치하다거나, 쑥스럽다거나, 달콤한 일이라거나, 글로는 표현할 수 없는 얼굴이나 성격이라거나, 그러한 종류의 것들이 작가 주위에 안개나 연무처럼 모호함이 되어 늘 자욱하게 끼어 있는 것이다. 그것은 어떤 소설의 어떤 기회에 절묘하게 녹아드는 모호함인 것이다. 이러한 모호함을 여럿 가지고 있으며 거기서 얼굴만 내밀어 사방을 둘러보는 것이 작가라는 자라고 말할 수도 있다.

이 모호함이 『꿀의 정취』에 아직 풍부하게 있어서 나는 이제 그만 지긋지긋하다는 느낌이 들었다. 그리고 여기서 당연히 펜을 놓아야 할 날이 왔다는 사실을 깨달았는데, 거기에조차 아쉬움이 남아 있었다. 작가욕은 크고 실력은 부족하다. 부족한 재능 속에서 늘 버둥대고 있다는 자각을 잃어서는 쓸데없는 작위(作為)가 주제도 모르고 자신 속에서 날뛰는 것조차 차가운 눈으로 바라보고 지나치는 자도 작가다. 작가라는 자의 오체 곳곳에는 불사신 같은 개체가 있어서, 아무리 세월이 흘러도 죽지 않는 부분만이 빛깔도 변하지 않은 채 번지르르하게 살아 있다. 그곳은 제아무리 협소한 부분이라 할지라도 깊이가 있으며 기억은 멋지다. 갈팡질팡 앞길이 막혀버렸을 때 그곳을 두드리기만 하면, 문이 저절로 열리고 안의 것이 보이며 소리가 들려와, 도움을 청하지 않아도 도움을 준다. 이 명과 같은, 암과도 비슷한 불사신의 한 곳을 문지르며, 그는 살아가고 글을 쓰고, 있지도 않은 재능에 대한 동경으로 몸부림치는 잔혹함을 연출한다.

이 해설과도 같은 글을 완성한 날 밤, 몇 년 전에 보았던 영화

『빨간 풍선』이 떠올라 그것을 추가하기를 잊지 말자고 다짐하고 그날 밤은 잠을 잤는데, 이튿날 아침에 까맣게 잊어버렸고만 이틀 동안 생각해내지 못했다. 오늘 아침이 되어서야 간신히 『빨간 풍선』의 재미를 떠올렸다. 그 영화의 줄거리는 기억나지 않지만, 가난한 한 소년이 언덕 위에 있는 어떤 사람의 집 창가에서 풍선 하나를 발견하여 그것을 실례해 가지고 달아나는 것이 이야기의 발단으로, 소년이 가는 곳에는 풍선이 따라오고, 풍선이 있는 거리를 가는 소년의 모습이 있었다. 마지막으로 풍선은 악동들에 의해 야외에서 밟혀 터지지만, 다른 풍선이 갑자기 수십 개 이어져 도시 안 소년들이 가지고 있는 풍선을 모으며 파란 하늘로 올라간다는 이야기인데, 총천연색 풍선들이 역광 속에서 선명하게 하늘 높이, 고층 건물과 점차 멀어져가는 아름다운 광경으로 이 영화는 첫 번째 소년의 기쁨을 되찾으며 마지막을 알렸다. 이 『빨간 풍선』을 본 뒤, 이처럼 작고 아름다운 사건을 소설로 쓸 수는 없을까, 어떻게든 해서 이런 한 편의 살아 있는 어린 애정을 원고지 위에 나타나게 할 수는 없을까, 1개월 정도 영화 『빨간 풍선』에 사로잡혀, 멍청한 자 나름대로 영리한 척 생각을 해보려 했으나, 좋지 않은 소설가의 좋지 않은 버릇은 날이 감에 따라서 『빨간 풍선』의 성지에서 멀어져갔다. 그리고 나날의 분주함이 『빨간 풍선』의 기쁨까지도 나의 머릿속에서 형체도 없이 흩어버리고 말았다.

그러다 나는 오늘 마침내 『빨간 풍선』을 떠올렸으며, 언젠가 이런 이야기를 써보고 싶다는 소망을 가지고 있었던 네가 자각하지 못하고 쓴 『꿈의 정취』는 우연히도 너의 빨간 풍선이 된 것 아니냐? 의도한 바는 조금도 없지만 너는 너다운 빨간 풍선을 들고 다녔던 게 아니냐? 너도 작가나부랭이라고 할 수 있으니 어느 날 어느 순간에 우연히 감격하며 본 영화의 가르침이, 다른 형태로 이런 이야기를 쓰게 한 것 아니냐? 일단 써보고 싶다는 생각을 작가가 가졌다는 건, 작가라고 불리는 사람에게는 언젠가 작업을 함에 있어서 아무런 각성도 없이, 적당히 구워져 저절로 빛깔을 띠며 나타날 기회가 있는 것 아니냐? 그리고 그 사실을, 일을 마치고 난 뒤에야 역시 풍선은 이미 머릿속 깊은 곳에 새겨져 있었다는 사실을 알게 되는 것이다. 마음이 기억에 담고 있었다는 것은 대단한 일이다. 그리고 나는 사랑스러운 영화 『꿈의 정취』의 감독을 지금 막 마친 참이다. 인쇄 상의 영화라는 것에 오랜 세월 사로잡혀 있었는데, 지금 그것의 지휘를 마침내 실제로 마치고 관객의 박수를 멀리서 들으려 하고 있는 것이다.

내가 회화나 대화로 이야기를 일관한 것은, 소설로는 이번이 첫 번째 시도로, 어떤 야심이나 계획도 없었다. 처음 서너 장을 술술 써내려간 뒤 그것을 마음속에서 반추해보는 동안 자연스럽게 이런 정경은 이런 형태를 취하는 것이 재미있다는 가르침을 자신 속에서 받았으며, 또 자연스러울 것 같다는 느낌이 들어 진행해나갔는데, 100장쯤에 이르렀을 때 위기감을 느꼈으며 기세와 순조로움은 마침내 설화체가 되어버렸으나, 그것이 설령 실패로 끝난다 할지라도 평생에 1번쯤은 실패를 해도 상관없다고 배짱을 부리게 되었다. 내 자신이 조금이라도 기분 좋게 쓸 수 있다면, 아름다운 것을 만들어낼 수 있다면, 그것으로 됐다는 생각을 끝내 버리지 않았다. 옛날에는 부모를 죽이거나 주인을 죽인 사람의 이름 앞에 악(惡)이라는 부정한 글자를 붙여 그 악을 사후의 가시관으로 삼았다. 악 시치베에 군, 악 겐타 군도 전부 그런 무인이었다. 그러나 여자 가운데 악 기미코라거나, 악 야에 코라는 식으로 가시관을 쓴 이름은 없다. 악소설가, 악작가라는 자가 있다면, 나는 악이라는 관을 벌써 썼을 것이며 나 자신도 악작가라고 불리는 편이 다른 미명을 얻는 것보다 훨씬 마음 편하리라. 바로 그렇기에 이 이야기의 치기를 스스로 좋아하는 것이다. 그리고 이것이 악작가라면 더더욱 악작가라 불려야 할 것이다. 참으로 어찌해야 좋을지 모를 악작가는 아무리 둘러보아도 없는 듯하다. 그러니 거기에 버젓이 앉아 있는 것도 조금은 기분 좋은 일이다.

오늘 이 원고를 마친 뒤, 매달 다케야마 미치오 씨가 『신초』에 쓰는 수첩을 읽어오던 습관에 따라 애독의 눈을 반짝이다가 '대우주 속에서 우리의 목숨은 (마치 커다란 어둠 속에 호를 그리며 날아가는 하나의 불꽃같은 것이라고 하면 가장 정확하다.)'라는 몇 줄을 만났는데, 이 원고의 첫 부분에 쓴 나의 두어 줄과 똑같았기에 남몰래 깜짝 놀랐다. 나는 언제나 이 멀리서 소멸하는 빛줄기가 끊임없이 반짝이는 것을 느꼈으며, 다케야마 미치오

씨의 그것도 이 불꽃에 부딪친 것이다. 우연이기는 하나 말이 맞는 사람과 이야기를 나눈 짧은 순간을 느꼈다. 몇 십만 년 동안 이어온 인간의 손톱자국을 찾고 있는 다케야마 씨의 문헌도, 그리고 보잘 것 없는 나의 글이 가는 곳도, 하나의 불사신 같은 불을 느꼈다는 점에서 같은 생각이 해후한 셈이다.

봄
-2개의 연작

오카모토 가노코(岡本かの子, 1889~1939)

　도쿄에서 태어났으며 아토미 여학교에 입학할 무렵부터 『문예세계』,
『요미우리신문』 등에 단가, 시를 투고했다. 작은 오빠, 그리고 친구인 다니
자키 준이치로의 영향을 받았다. 졸업 후에는 『명성』과 『스바루』 등에 단가
를 발표했다. 1910년에 우에노 미술학교의 학생이었던 오카모토 잇페이와
결혼하나 서로의 강한 개성이 격돌했고, 가족의 불행도 있었기에 결혼생활
은 파탄을 맞이했다. 그 결혼생활의 고통을 극복하기 위해서 부부가 종교편
력을 시작했고 결국에는 대승불교에 다다르게 되었다. 1936년에 아쿠타가
와 류노스케를 모델로 한 작품으로 문단에 등장. 그 후, 「모자서정」, 「가령」,
「노기초」 등을 발표했다.

(1) 광녀의 연애편지

1

가나코(加奈子)는 정신이상자인 교코(京子)에게 하루에 한 번은 산책을 시켜야 했다. 그러나 위험해서 교코를 혼자 밖으로 내보낼 수는 없었다. 교코는 광포성이나 위험증이 있는 정신병자는 아니었으나, 교코의 초현실적 동작이 모든 현대문화의 보조와는 맞지 않았다. 가끔 밖의 거리에 나가도 전차, 자동차, 자전거, 현대인의 보행 속도와 교코의 동작은 언제나 착오를 일으켜 옆에서 보는 사람을 조마조마하게 만들었다. 가나코는 오래 전부터 자신이 따라나선다 할지라도 교코의 산책 구역은 뒷길의 주택가를 안전지대라 정해놓고 있었다. 작년 가을, 시골에서 온 하녀인 오타미(お民)는 나이도 50살 가까웠고, 모성적인 성격 덕분에 교코를 잘 돌보아주었다. 가나코는 요즘 교코의 산책에는 매일 오타미를 붙여서 내보내고 있었다.

뒤편의 문에서 왼쪽으로, 검은 판자울타리로만 둘러싸인 한적한 골목길을 1정쯤 가면 그 주택가의 거의 한가운데쯤으로 나서게 된다. 폭 2간 정도의 조용한 길인데 은행이나 회사 중역들의 저택이 파란 잎에 꽃이 섞인 널따란 앞뜰이나 서양풍의 대문을 늘어놓고 있는 곳이었다. 간간이 그들 저택의 자가용 자동차가 조용히 드나들 뿐, 거의 도회 속이라고는 여겨지지 않을 정도로 한적했다. 교코는 익숙한 그곳을 자기 집 정원과 이어진 공간이라도 되는 양 거칠 것 없이 오타미를 데리고 걸었으나, 지난 일주일쯤 전부터 무슨 이유에서인지 오타미의 동행을 귀찮아했다. 그러나 오타미의 깊은 모성적 배려심도 거기에 지지 않았으며, 오늘도 교코의 뒤를 따라갔다. 교코가 거기에 반발하는 용수철처럼 퉁명스럽고 빠른 걸음으로 걸으며 오타미를 돌아보았다.

—아직도 따라오고 있는 거야? 나, 곧 돌아갈 테니 먼저 가 있어.

—네.

오타미는 더 이상 거스르려 하지 않고 발걸음을 돌려 조금 간 곳에 있는 좁은 골목에 언제나처럼 몸을 숨겼다. 그것은 교코가 산책 도중에 오타미를 내쫓기 시작한 뒤부터 두어 번 써먹은 방법이었다. 이런 뻔한 방법, 정신이 제대로 된 사람이라면 바로 눈치를 챌 텐데, 하며 오타미는 그곳의 삼나무 산울타리에 달린 잎을 한손의 엄지와 검지로 한동안 사각사각 문질렀다. 그러자 그 마음씨 고운 중년 미인인 정신병자가, 오타미에게는 자꾸만 가엾고 딱하게 여겨지는 것이었다. 옛날에는 사람들의 입에 오르내릴 정도의 미인이었고, 어렸을 때부터의 친구인 사모님이 데려오기 전까지 여러 가지 사정도 있었을 텐데, 이 얼마나 천진난만한 성격이란 말인가. 그것은 저 사람이 옛날부터 가지고 있던 원래 성격일까, 아니면 광인이란 무릇 저런 마음을 가지고 있는 것일까. 오타미는 고향에서 아직 나이도 어린 양녀의 잔꾀에 골머리를 썩던 일을 떠올렸다. 역시 사모님의 친구라 태생이 좋아서 그런 걸까, 그래서 자신의 양녀 따위와는 저렇게 성격이 다른 걸까, 라는 등의 생각을 했다. 그러는 사이에도 오타미는 교코가 걱정되어 골목의 낡은 돌담에서 얼굴을 반쯤 가만히 내밀어 교코의 동정을 살폈다.

교코는 몸을 웅크린 채 서둘러 걸어갔다. 겨울에도 시원하게 녹색으로 홀치기염색을 한 비단 옷을 좋아했기에 사모님도 차례차례로 곧잘 만들어주었다. 그런데 그 위에 걸친, 검은 바탕에 붉게 홀치기염색을 한 금실 무늬의 하오리[1]가 어깨에서 흘러내리고 있었다. 수선을 해주어야겠다고 생각하며 오타미는 교코의 걸어가는 모습을 열심히 바라보았다. 그런데 교코가 발걸음을 딱 멈췄다. 오타미가 숨어 있는 곳에서 1정 반쯤 떨어진, 이 주택가가 직각으로 꺾여진 곳에 빨갛게 칠한 원통형 우체통이 고요한 주위에 잊혀진 것처럼 서 있었다. 그 우체통 옆에서 교코는 서둘러 주위를 다시 둘러보았다.

교코의 시선이 고정되더니 약간 섬뜩함을 띠기 시작했다. 마침 주위에는 인기척이 없었다. 그녀는 오른손으로 품속에서 편지

---

1) 羽織. 기모노의 위에 입는 겉옷.

인 듯한 것을 재빨리 꺼내 우체통의 투입구로 밀어넣었다. 그런 다음 오른손을 일단 거둬들였다가 이번에는 손가락을 투입구 안으로 가능한 한 깊게 찔러넣어 집요하게 안을 더듬는 모양, 잠시 후 손가락을 꺼내더니 다음에는 다시 우체통의 투입구를 세심히 들여다보았다. 이것은 요즘, 거의 매일처럼 교코가 되풀이하는 같은 동작이었다. 일주일쯤 전부터 신기할 것도 없는 교코의 동작이었다. 그러나 지금까지 오타미는 특별히 마음에도 두지 않고, 평범한 사람이 품을 들여 편지를 보내는 것이라는 정도로밖에 그런 교코의 동작을 생각하지 않았다. 그런 오타미가 오늘 의심을 품게 되었다. 오타미가 산책에 따라나서는 것을 거부하는 것도 교코의 이 동작 때문이라는 사실을 깨닫게 되었다. 교코에게는 편지를 보낼 가족도 친구도 없을 터였다. 평생 낫지 않을 정신병자로 부모형제들도 세상을 떠나버린 교코가 세 번째로 결혼한 프랑스인과 이혼함과 동시에 사모님이 데려온 이후, 교코는 세상과 완전히 단절되어 있었다.

오타미가 일을 하게 된 이후부터도 교코에게는 방문객 한 사람, 편지 한 통 오지 않았다는 사실을 오타미는 아주 잘 알고 있었다.

—사실은 나도 애를 먹고 있어. 교코가 보내는 편지는 전부 엉터리거든.

교코가 매일처럼 어딘가로 편지를 보낸다는 사실을 밀고하자

가나코는 자신의 수치스러운 부분이라도 들킨 사람처럼 당황했으나, 오타미가 너무나도 진지한 얼굴로 밀고하는 모습이 가나코에게는 우습기도 했다.

　—교코는 오늘 것까지 합쳐서 벌써 5통 정도 보냈어.

　—네? 어느 분께?

　—누군지, 그게 영 엉터리라는 거야.

　가나코는 자신도 모르게 남편이나 친구에게 사용하는 말투를 오타미에게 써버리고 말았다. 오타미는 가나코의 복잡하고 난처한 듯한 입가에 가엾은 미소도 섞여 있었기에 좀 더 물어보고 싶기도 하고 말없이 물러나야 할 것 같기도 하다는 애매한 기분을 느끼면서도, 역시 조금 더 자세히 물어보고 싶었다. 가나코는 교코를 딸처럼 아끼는 오타미에게 숨길 정도의 일도 아니라고 생각했기에 대략적인 이야기를 들려주었다.

　요즘 교코는 광인에게서 흔히 볼 수 있는 이성 동경증에 걸린 모양이었다. 광인이 되기 전의 그녀는 현실에서의 남녀생활을 오히려 싫어했다. 그녀의 결혼생활이 파탄에 이른 것도 아마 거기에 기인한 것이리라. 그런 그녀였으나, 옛날부터 정서적으로 그녀는 오히려 이성 동경자였다. 광인이 되면 그것이 병적으로 극단에 이르는 것일지도 모르겠다. 특히 최근 들어서 그녀의 뇌리에 한 남성의 환상이 생겨난 듯했다. 하지만 그게 누구인지는 짐작이 가지 않았다. 그저 막연한 한 남성에 지나지 않는 듯했다. 5통의 편지 가운데 같은 성은 거의 없었으나 오직 이름만은 전부

히데오(秀雄) 귀하라고 적혀 있었다. 그리고 그녀는 자신의 주소와 이름만은 분명하게 적으면서, 상대방의 주소는 간단히 파리라거나, 아카사카라거나, 야나카라거나, 혼고라고만 적을 뿐이었다. 처음에는 얼마간 불만스럽게 보였던 배달부도 결국에는 교코의 천진함에 빙그레 웃으며, 그래도 임무이니 어쩔 수 없이 우습기 짝이 없는 편지를 반송하러 왔다. 대여섯 통 보내고 나면 교코도 대충 포기하고 이후부터는 보내지 않으리라, 안 그래도 감독을 하여 배달부를 괴롭히는 일은 그만두게 할 생각이었는데, 오타미로부터 오늘도 교코가 우체통으로 갔다는 이야기를 들은 것이었다.

오타미가 특유의 울상을 짓는 듯한 웃음을 남긴 채 교코에 대한 가나코의 고심을 위로하며 부엌 쪽으로 간 후, 가나코는 요즘 몇 번이고 거듭한 것처럼 교코의 편지에 적힌, 받는 사람에 대해서 생각해보았다. 히데오, 히데오. 그런 이름은 교코의 정사 관계에서, 헤어진 남자 가운데는 한 사람도 없었다.

가나코는 언젠가 어떤 사람에게서 인간의 잠재의식에 대해 들은 적이 있었다. 인간의 잠재의식계에는 과거의 생각지도 못했던 기억까지 상세하게 들어 있다는 것이었다. 때로 그것은 한 사람의 현재, 미래에 중대하게 작용하기도 하며, 또 한때의 파도처럼 일어났다가 사라지는 경우도 있다고 했다. 가나코는 교코의 과거 가운데 전혀 다른 방면에서 히데오라는 이름을 찾으려 생각해보았으나 알 수가 없었다. 가나코와 알기 전인 옛 소학교 시절

의 이웃집 아들이나, 교코가 M백작과 결혼생활을 하던 시절의
저택에 있었다던 똑똑한 서생의 이름일까? 그도 아니면 온전히
가상의 이름일까? 편지는 5장의 봉투에 7통쯤. 2통을 합쳐 하나
의 봉투에 넣은 것도 있었다. 거의 종잡을 수 없는 말들의 연속이
기는 하지만, 그래도 왠지 교코의 비애나 미적 감각, 리리시즘을
일관되게 볼 수 있는 듯하여 신비한 현실감과 매력이 느껴졌다.

교코의 편지 1

히데오 씨. 오랜만이에요. 봄이라도 춥네요. 하지만 괜찮아요.
우리 집 정원의 매화가 얼마 전에 막 피었으니까요. 매화는 봄에
피는 게 당연하죠. 그 매화, 수정의 꽃을 피웠어요. 제가 그걸
수정이라고 말했더니 가나코는 그런 말도 안 되는 소리가, 하며
웃었어요. 저는 참으로 불만스럽습니다. 하지만 끝까지 수정이라
고 말할 수 없을 만큼의 은혜가 있어요. 가나코는 저의 부처님,
구세주이니. 그래도 은혜는 은혜. 당신에게만은 끝까지 수정이라
고 말하고 싶어요. 동의해주세요. 하지만 은혜는 은혜예요. 저는
이 집을 난처하게 만들지 않기 위해서 검약하고 있어요. 죽으로
생활하려 하고 있어요. 그런데 가나코가 몸이 약해진다며 죽을
먹게 하지 않아요. 가나코는 다정하지만 야무져서 도저히 동성의
○○ 같은 건 할 수가 없어요. 그리운 건 당신뿐.

교코의 편지 2

당신을 아무리 찾아보아도 이 세상에는 없을 것 같다는 느낌이 들어요. 게다가 찾으려 해도 저는 이 집에서 벗어날 수가 없어요. 가나코는 제게 무엇이든 다 주어요. 이렇게 좋은 사람을 두고 갈 수는 없어요. 녹색으로 홀치기염색을 한 비단 기모노, 가나코는 언제든 제게 만들어주어요. 그리고 자신은 낡은 양장만 입고 있어요. 가나코는 파리에서 본 스페인 가수인 라켈레멜레를 은고양이 같은 느낌의 미인이라며 동경하고 있어요. 당신, 스페인에서 라켈레멜레를 찾아와서 가나코에게 주세요. 그건 그렇고 당신이 그리워요.

교코의 편지 3

당신은 답장을 전혀 주지 않으시는군요. 그야 어찌됐든 홍작지대가 저는 마음에 걸려요. 제가 가지고 있는 것 전부를 가져다 주러 갈까요? 하지만 다이아몬드는 홍작지의 밭으로 가져가면 감자처럼 변질되지 않나요? 가나코가 수정 관음상에 열심히 기원을 드리고 있어요. 역시 저의 병을 낫게 해달라고 기원하는 거겠지요. 가나코가 저를 환자 취급할 때, 저는 가나코가 제일 미워요. 가나코의 수정 부처님처럼 저는 당신을 작은 수정으로 만들겠어요. 그런데 당신은 어디에 계신 거죠? 세상의 어디에 있나요? 내일은 오시겠죠?

외로워요. 마치 햄릿이나 야에가키히메[2]처럼 외로워요. 앙드레 지드 할아버지께 잘 좀 전해주세요. 할아버지 주제에 문학 같은 건 그만두라고요. 저 외로워요. 아아, 땅 속으로 들어가고 싶어요.

교코의 편지 4

가나코의 남편은 좋은 사람이에요. 하지만 젊었을 때 호남아인 양 행세해서 가나코를 괴롭혔다고 하기에 저는 별로 좋아하지 않아요. 가나코는 젊었을 때 제게 미안한 행동을 했기에 저를 이렇게 소중히 여기는 거래요. 어떤 미안한 행동을 한 걸까요? 당신이 좀 물어봐주세요. 어젯밤에 저 이상한 꿈을 꿨어요. 제 몸 주위에 보라색 꽃이 가득 피었어요. 그곳으로 고양이가 와서 꽃을 전부 핥았어요. 꽃의 색이 전부 변하고 시들어버렸어요. 저 이상한 꿈을 자주 꿔요. 제 이가 전부 별이 되어 입 안에서 반짝이는 꿈 같은 거. 아아, 하늘에서는 비행기가 날고 있는데, 저는 조그만 마차를 타고 흉작지로 가고 싶어요. 바로 저편의 흉작지에서 당신이 일을 하고 있을 것만 같아요.

가나코가 제게 가스스토브를 켜주었어요. 자줏빛 불이 너울너울 하루 종일 타올라요. 저, 하루 종일 말없이 불을 보고 있으면 불길 속으로 지옥과 극락이 번갈아 나타났다가는 사라져요. 지옥 속에는 큐피 같은 귀신들이 아주 많았어요. 그 주위에는 저를 아내로 들였으면서 모르는 척하는 남자들이 득시글했어요. 극락

---

2) 八重垣姬. 가부키의 등장인물. 우에스기 겐신의 딸로 등장하나 가공의 인물.

이라는 곳, 의외로 따분한 곳이에요. 밋밋한 얼굴의 부처님 하나가 부지런히 땅을 파고 있었어요. 하지만 그 다음이 좋아요. 금과 은의 분수가 솟아났어요. 마지막에 튀어나온 게 뭔지 아세요? 히데오 씨 당신이었어요. 처음에는 가토 기요마사[3] 같았어요. 그 다음에 클레오파트라를 만나러 가는 안토니우스가 되었어요. 그리고 그 다음에는 나폴레옹이 되었고, 아쿠타가와 류노스케가 되었고……. 아아, 귀찮아라. 얼른 저리로 가세요.

교코의 편지 5

히데오 씨. 그립고 보고 싶어요. 하지만 그리울 때, 당신은 조금도 와주지 않네요. 어젯밤에는 왜 그러셨죠? 그렇게 많은 하인들을 데리고 와서 제 침실의 문을 쿵쿵 두드리시고……. 저, 물론 끝까지 일어나지 않았어요. 그렇게 늦게 많은 사람들을 데리고 왔는데(발소리로 분명히 알 수 있었어요.) 혹시 제가 문이라도 열어보세요. 오타미가 바로(오타미는 주조히메[4]가 환생한 것 같은 사람이에요. 조용하고 친절하지만 얄밉게도 가나코에게 고자질을 해요. 역시 전생에서 계모에게 시달렸기 때문이겠죠.) 일어나 가나코에게 고자질을 할 거예요. 가나코는 지금 희곡을 쓰고 있으니까요. 그 속의 주인공이 어떤 무장을 하고 와서 당신을 쫓아갈지 몰라요. 전 그런 생각이 들었기에 당신이 가여워서 이

---

3) 加藤清正. 일본 전국시대의 무장.
4) 中将姫. 전설상의 인물로 후지와라 도요나리의 딸.

불 속에 가만히 숨어 있었어요. 얼마나 보고 싶었는지요. 저, 밤새도록 울었어요. 아아, 저와 당신은 영원히 만날 수 없는 운명인 걸까요?

교코의 편지 6

가나코의 남편이 오늘 밤, 가나코에게 우성학(작자 주, 우생학의 잘못)에 대해서 이야기했어요. 왠지 저더러 들으라고 하는 소리처럼 여겨졌어요. 저희 아버지와 어머니는 사촌지간으로 모두가 결혼을 반대했지만 아버지에게 어머니보다 더 사랑하는 여자는 이 세상에 없었던 걸요. 사촌지간 같은 건 문제도 아니었어요. 하지만 어머니는 장님이었대요. 그런데 제가 알고 있는 어머니는 장님이 아니었어요. 가나코의 남편은 저를 바보라고 생각하고 있는 걸까요? 사촌지간인 부모에게서 태어난 바보라는 것을, 우성학 이야기로 교묘하게 비꼬아서 말하려는 것일까요? 아아, 당신이 그리워요. 정원사라도 되어서 우리 집 정원으로 오세요. 아니면 활동적인 대학생이 되어 이 부근으로 로케이션을 오세요.

아아, 저는 무엇 때문에 태어난 걸까요? 저는 태어나서 한 번도 당신을 본 적이 없는데, 이렇게 그리워서 견딜 수가 없어요. 저는……

교코의 편지 7

사랑.

사랑하다.

사랑하라.

이 문법이 어려운, '사랑'이라는 글자. 사단활용인가요? 아아, 문법 같은 건 전부 잊어버렸어요.

더는 쓰지 않겠어요. 저, 러브레터 같은 거 쓸 자격이 없어요. 저는 폐물. 연못의 금붕어를 보며 살아가자. 정원의 꽃을 뜯어먹으며 살아가자. 오늘 밤 저희는 근사한 중화요리.

아아, 가나코의 손을 잡고 울까요? 그러면 당신, 나타나 주실래요? 당신은 어떤 분? 중국인? 유태인? 앵글로색슨? 라틴? 예전에는 일본인이었겠죠? 사냥모를 쓰고 계신가요? 모자는 안 쓰셨나요? 혹시 당신, 저의 아이 아닌가요? 코만 큰 사람이라면 실망이에요.

철학공부 하는 것도 좋지만, 문학, 시가 제일 좋아요.

가나코의 남편은 왜 이상한 그림만 그리는 걸까요? 그래도 가나코를 아끼니 그럭저럭 좋은 사람의 부류예요. 저는 외로워요. 제 곁에는 네모난 사람도 세모난 사람도 없어요. 주조히메의 환생인 오타미밖에 없어요.

아아, 레오나르도 다 빈치여, 내게 오라.

제발, 제발 오시라고, 태양과 달을 동시에 바라보며 기다리고 있어요.

밤에는 침실에 혼자 있어요. 밤이 좋아요. 지난번처럼 하인을 여럿 데려오지 말고 혼자서, 오직 혼자서만 몰래 와주셨으면······.

2

가나코네 직사각형 정원의 한가운데에는 대문에서 현관까지 네모난 포석이 깔려 있다. 그 한쪽 옆에는 잔디 곳곳에 철쭉과 비쭈기나무를 심어놓은 화분이 있고, 반대편은 조금 높아져 정원 구석의 한 그루 크고 단단한 소나무 주위로 훌쩍 자란 팔손이나무의 줄기가 우거져 있었다. 거기에 얼마간 떠밀리듯 하여 새빨간 꽃투성이가 된 동백이 통로의 포석 쪽으로 묵직한 가지를 늘어뜨리고 있었다.

교코가 현관의 유리문을 열고 얼굴을 내밀었다. 포석을 하나하나 나막신으로 밟으며 동백나무 옆으로 왔다. 3월 말 무렵부터 피기 시작한 붉은 동백의 위쪽 가지에 달린 꽃은 조금 시들기 시작해서 꽃잎 주위가 갈색으로 변했지만, 가운데 있는 가지에는 싱싱하게 만개한 꽃이 무리지어 있어서 4월 하순의 이제 막 오후로 접어든 강렬한 태양의 광선이 비스듬히 그 꽃의 무리 일부를 비추고 있었다.

교코는 튀어나온 동백 가지의 끝부분에 달린 꽃 하나를 노려보았다. 오른손 집게손가락으로 찔렀다가 손을 떼었다. 꽃은 가지와 함께 위아래로 흔들렸다. 흔들리는 꽃은 정신병자의 감각에 자극을 준다. 그것이 점점 작은 동물처럼 교코의 눈에 보이기 시작했다…… 갑자기 대문 한편의 쪽문이 활짝 열렸다. 기세 좋

게 구두소리를 올리며 제복을 입은 학생이 내던져진 듯 들어왔
다. 교코는 깜짝 놀라 학생을 보았는데 돌발적이고 충동적인 수
치심이 일종의 고민증이 되어 교코를 엄습했다. 다급하게 돌린
교코의 옆얼굴에서 핏기가 걷히고 안면근육의 경련이 희미하게
나타났다. 동백꽃을 찔렀던 교코의 오른손은 그대로 내민 채였으
며 왼손은 아래로 내려져 있었는데, 양쪽 모두 가느다랗게 떨고
있었다. 그리고 두 다리는, 갑자기 판단력을 잃은 뇌가 지배력을
잃어, 떨리고 있는 교코의 몸을 지금까지처럼 간신히 지탱하고
있었으며, 도망쳐 돌아온 피를 어떻게 처치해야 좋을지 몰라 불
규칙하게 헐떡이는 심장은 교코를 거의 졸도하게 만들 듯했다.
교코는 그 어떤 복잡한 거리라도 평범하게 걷는 듯싶다가도, 때
로 어떤 한 사람을 보면 이처럼 과장스럽게 놀라는 경우가 있었
다.

　누가 있으리라고는 생각지 않았던 문 안에서 이상한 여자의
모습을 본 학생은 약간 당황했으나, 다리는 타성에 의해 거침없
이 여자 가까이까지 와버리고 말았다. 그리고 묘한 모습으로 서
있는 여자에게서 발산되는 일종의 음성적인 기운을 느꼈다. 그러
나 곧 단순하고 명랑한 기분으로 돌아간 학생은 교코를 이 집
사람이거나 친척일 것이라고 해석하여,

　—실례하겠습니다. 사모님 계십니까?

　학생의 정중하고 차분한 목소리가 고막까지 경직되어버린 교
코의 귀 안에, 처음에는 희미하게 들렸으나 점점 또렷하게 들려

오기 시작했다. 그와 함께 한껏 긴장되었던 교코의 신경도 풀어지기 시작했다. 교코는 제정신으로 돌아와 '네.'라고 대답을 하는 대신, 훅 숨을 내뱉었는데, 그 순간 발이 움직여서 열린 채로 있던 현관 안으로 후다닥, 동물적인 민첩함으로 달아나버리고 말았다.

하녀들의 방으로 달려들어간 교코는 바느질을 하고 있던 오타미에게,

—사람, 사람이 왔어, 오타미.

교코가 다급하게 말하는 '사람'이라는 발음이 오타미에게는 왠지 괴물이라도 나타난 것처럼 들렸다.

"사람? 어디에?

오타미는 바느질감을 아래에 내려놓고 교코 쪽을 바라보았다.

—현관에.

—네. 누구지?

—금단추가 달린 제복. 대학생이야.

—그래요? 그분 조금 전에 전화로 약속하신 분. 사모님께 강연을 부탁하러 오겠다고 말씀하셨던 분일 거예요, 분명히.

오타미는 서둘러 일어나 현관 쪽으로 가버렸다.

교코는 오타미에게 우롱당한 사람처럼 납득할 수 없다는 기분으로 거기에 털썩 주저앉아버리고 말았다. 그러나 한동안 무릎에 묻고 있던 얼굴을 들었을 때, 교코의 눈동자는 생생하게 빛나고 있었다.

가나코에게 안내했던 손님은 곧 돌아갔고, 오타미가 하녀들의

방으로 돌아왔다. 그러자 마치 기다리고 있던 사람처럼 교코가 오타미를 끌어안을 듯한 손짓을 하며 물었다.

—그분, 나에 대해서 뭐라고 하셨어?

—특별히 아무 말씀도 안 하셨는데……

—하지만……

—벌써 돌아가셨어요.

—어머.

교코가 눈을 반짝이며 오타미에게 물었다.

—그분, 나에 대해서 아무 말씀도 안 하고 돌아가셨다고? 그럴 리 없어. 그분, 사실은 나를 보러 온 거야. 부끄러워서 사모님 찾는 시늉을 한 거고.

—그럼 도망치지 말았어야죠.

—하지만 부끄러운걸.

오타미는 상대를 해봐야 끝도 없을 것이라 생각했다. 그랬기에 하고 있던 바느질을 다시 시작했다. 교코도 입을 다물어버리고 말았다. 다리를 옆으로 접고 말없이 앉은 채 장지문을 바라보았다. 숨결에는 홍분이 담겨 있었다. 잠시 후 교코는 무엇인가를 발견했다. 계절을 잊은 듯 이른 봄의 따뜻한 날에 나온 작은 파리 한 마리였다. 파리는 고독한 아이처럼 장지문의 살을 겁먹은 듯 느리게 기고 있었다. 조그만 파리는 꽃가루 같은 머리를 한동안 흔들더니 죽어버리고 말았다. 교코는 그것은 빤히 바라보고 있었다. 그리고 그것을 한쪽 손에 올려 다시 바라보고 있다가 눈물을 줄줄 흘리며 혼잣말처럼 중얼거렸다.

—가엾게도. 죽어서 부모님이 계신 곳으로 가렴.

3

교코는 그 후, 매일 오후가 되면 현관 옆의 격자문을 조용히 열어놓고 누군가 오기를 기다렸다. —얼마 전에 제복을 입고 왔던 대학생을 기다리는 것이었다. 어제도 오늘도 내일도 올 리가 없었다. 그래도 교코는 반드시 올 것이라 믿고 있었다. 끝끝내 오지 않았다. 일주일째 되던 날 저녁부터 교코는 매우 언짢고 우울한 기분이 들었다. 옆에서 보기에도 그것을 분명히 알 수 있었다. 가나코는 오타미와 함께 교코의 방에 틀어박혀 교코의 마음에 들 만한 일을 해주었다. 그러나 교코는 죽음기도, 가나코의 샤미센[5]도, 카드놀이도, 책을 읽어주는 것도 마음에 들지 않았다. 교코는 시무룩해서 과자도 과일도 먹지 않았다.

—일찍 자고 싶어.

차라리 그게 낫겠다며 교코의 말대로 침상에 눕히기로 했다. 가나코는 낮에 입는 것보다 더 좋은 옷을 교코의 잠옷으로 입히기를 좋아했다. 교코도 그것이 좋았다. 오늘 밤에는 오타미가 막 완성한 초록색 홀치기염색의 면사로 지은 겹옷을 교코에게 입혔

---

5) 三味線. 사각형 통에 개나 고양이의 가죽을 바르고 그 통을 관통하는 기다란 막대에 줄 3개를 쳐서 연주하는 일본 고유의 현악기.

다. 교코는 말없이 그것을 입기는 입었으나 오늘 밤에는 기뻐하는 표정도 짓지 않았다.

—귀찮아. 모두 그만 저리 가. 교코는 일단 잠들기는 했으나 주체할 길 없는 불만으로 초조함과 원한의 충격에 시달리다 곧 눈을 떴다. 잠을 자는 동안 피로가 회복됨에 따라서 다시 그런 잡다한 감정이 되살아났다. 그러한 것들이 주위의 정적 때문에 교코의 뇌리에 격렬하게 스쳤다.

조용한 밤이었다. 근처 집들은 정체된 공기 속에서 안개에 휩싸여 희미하게 보였다. 2, 3정쯤 떨어진 앞쪽의 전찻길에서도 조그만 울림조차 들려오지 않았다. 흐릿하게 번지며 빛나는 달빛이 지상의 것들에 닿아 세상을 부드럽게 보이게 했다.

교코의 머리 위 전등은 조금 전 가나코가 방에서 나갈 때 씌워 놓고 간 짙은 자주색 덮개 너머로 어두컴컴한 빛을 내뿜고 있었다.

교코는 갑자기 자리에서 일어났다. 요 위에 앉아서 무엇인가에 가만히 귀 기울였다. 문 밖에서인지, 혹은 자신의 마음속에서인지 높아졌다 낮아지는 휘파람 소리가 들려왔다. 온 신경을 기울여 휘파람 소리에 집중하며 바깥으로 향한 교코의 눈은, 구멍처럼 앞뜰에 면한 창에 직면했다. 그러자 그 눈 안쪽의 망막에, 바깥과의 경계를 이루고 있는 벽과 유리창을 배제하고 앞뜰의 포석 위에 이쪽을 향해 서 있는 대학생복의 남자가 또렷하게 직접 비쳤다. 그러나 목깃과 모자 사이에 위치한 학생의 용모는 거의 생략된 것처럼 흐릿했다.

　―드디어 왔군요. 지금 나갈 테니, 기다려요. 힘주어 말한 교코의 목소리가 죽통을 부는 숨결처럼 갈라져 단조롭게 입에서 새어 나왔다. 교코는 포도 잎 무늬 비단 잠옷 위에 폭이 좁은 갈색 허리띠를 서둘러 두르고 방 안을 서너 걸음 걸어가다 창가의 벽에 얼굴을 세게 부딪치고 말았다.

　―아, 아파라.

라고 교코는 외쳤으나, 그 아픔이 그녀의 의욕을 더욱 채찍질했다. 교코는 곧장 창으로 달려들어 그 부근을 닥치는 대로 더듬었다. 장님처럼 창을 마구 매만졌다. 조급했으며, 눈동자는 남자의 영상을 놓치지 않으려 허공을 바라보고 있었기에 걸쇠의 위치를 좀처럼 찾아낼 수 없었다. 마침내 2개의 유리창 중앙에서 겹쳐진 나무틀 가운데 있는 나사를 찾아냈다. 그리고 드르륵 매우 커다란 소리를 내며 현관에 가까운 한쪽의 창문을 열었다. 정원 표면에 반사되어 떠돌던 달빛이 순간 실내로 은빛 부채를 펼친 것처럼 비춰들었다. 창틀에 왼쪽 발을 얹은 교코는 갑자기 한기를 느끼게 하는 달빛의 반사를 받아 발바닥이 마비되어버린 것 같은 무기력함에 사로잡혔다. 교코는 일단 뛰어오르기를 미루고 생각을 바꾸어 장지창문을 열어둔 채 현관으로 신을 것을 가지러 갔다. 교코는 검은 칠을 한 나막신을 들고 방으로 돌아왔다. 그리고 다다미 위에서 그것을 신은 뒤, 이번에는 힘차게 창틀에 나막신의 굽을 대더니 몸의 무게에 반비례하는 가벼운 반동으로 간단히 앞뜰의 잔디 위로 내려섰다.

달빛을 받자 헝클어진 머리카락이 은발로 변색되어 교코는 순식간에 기괴한 노파처럼 변모했다. 교코는 그 기괴한 무표정의 얼굴을 앞으로 내밀고 두 손을 뻗어 찾으려 했으나, 조금 전의 영상 같았던 검은 그림자의 모습은 원래 있던 자리에서 슥 움직여 밖으로 통하는 쪽문 쪽으로 사라져갔다. 교코는 달려서 쪽문까지 갔다. 환영은 다시 달아났다. 쪽문을 나서 왼쪽으로 달리다 구부러진 길에서 오른쪽으로 꺾어졌다. 교코는 안타까움에 멈춰섰다. 자신을 데리러 온 것이라 생각한 남자가, 아무도 의식할 필요 없는 한밤중에 왜 이리저리 도망다니는 건지. 그도 아니면 남자에게 다른 생각이 있는 걸까? 교코는 더 이상 망설이고 있을 수 없었다. 더욱 기세를 더해 어딘지도 모를 곳을 향해 똑바로 달려갔다.

한밤중, 산송장처럼 녹초가 되어버린 교코가 중년 순사의 부축을 받으며 돌아왔다. 가나코는 놀라 어처구니없어 하는 오타미를 꾸짖듯 달래고 교코를 이부자리에 눕혔다. 그리고 발이 얼음장처럼 차가웠기에 조그만 탕파를 넣어 녹여주었더니 교코는 아무런 말도 없이 눈을 감고 있었다. 순사의 말에 의하면, 이 한밤중에 헝클어진 옷자락과 머리카락으로 누군가를 쫓아가듯 전차 선로변까지 달려갔던 교코가 순찰을 돌던 순사에게 잡힌 것이라고 했다. 처음에는 강경하게 반항하던 교코가 결국은 지쳐서 따라온 것이었다. 다행스럽게도 순사는 교코가 정신병자라는 사실도, 가나코의 집에서 살고 있다는 사실도 알고 있었다.

완전히 지쳐서 침상에 누운 교코를 자꾸만 어루만지려 하는 오타미를 가나코는 억지로 내보낸 뒤, 교코가 열어놓고 나간 창문을 닫고 다시 교코의 머리맡에 혼자 앉았다. 평소 약간 붉은빛을 띠며 부드럽게 이마에 걸쳐져 있던 교코의 머리카락이 오늘 밤의 전등 아래서는 창백하고 희미하게 보였다.

교코에 대한 가엾음과 곤혹스러움이 가나코의 가슴으로 한꺼번에 밀려왔다. 순사가 돌아가는 길에 넌지시, 그러나 엄격하게 주의를 준 것처럼 교코는 앞으로 더욱 엄중하게 보호하지 않으면 안 된다. 밤이면 오타미와 가나코가 교대로 교코의 침실에 있지 않으면 안 되리라. 오늘 밤과 같은 교코의 행위도, 언젠가 교코의 의사가 말한 것처럼 정신병자가 가지고 있는 일종의 변태성욕의 표출 아닐까? 이러한 증상이 집요하게 진전되어 나간다면 교코는 결국 어떤 행위를 하게 되는 걸까?

—아하, 친척도 아닌데 단지 옛날 친구였다는 인연만으로 이 환자를 거두고 계신 거로군요.
라고 순사는 돌아가기 전, 가나코에게 그거 참 별일도 다 보겠다는 듯한, 혹은 참으로 감탄했다는 듯한 투로도 들리는 말을 하고 갔다. 그때 가나코는 순사의 말을 쓸데없는 참견이라고 생각했으나, 가만히 생각해보니, 타인의 입장에서 냉정하게 보자면 자신이 교코를 거두어 여러 가지 어려운 생활에 휘말리는 것이 이상하게 보이는 것도 당연한 일처럼 여겨졌다. 가나코는 교코를 거둔 이유를 다시 한 번 돌아보았다.

교코는 젊은 시절 가나코의 미모의 친구였다. 교코에게 있어서 가나코는 마음의 친구였다. 가나코는 교코의 품위 있고 초현실적인 성격도 좋아하기는 했으나, 결국 교코는 가나코의 미모만의 친구였다고 단정할 수 있었다. 교코는 자신의 어떠한 심경이나 신변의 변화까지도 숨김없이 털어놓으며 가나코의 마음에 의지해왔으나, 가나코는 자신의 운명이나 마음을 교코에게 이야기한 적이 없었다. 물론 나쁜 마음이나 매정함이나 트릭으로 그렇게 한 것은 아니었다. 교코보다 야무진 자신의 마음을 섬세한 교코의 마음에 심고 싶지 않았다. 가나코는 교코의 미모와 고상한 취향 등을 미술적으로 감상하는 것만으로도 교코와의 교제에서 충분한 것을 얻고 있는 것이라 생각하여 만족하고 있었던 것이다. 젊은 시절 교코의 훤칠하고 늘씬한 몸, 뾰족한 우윳빛 턱. 흰 백합 같은 뺨과 이마. 별만 비치고 있는 깊은 산의 호수 같은 눈. 여름이면 갈색 무늬가 들어간 흰색 삼베옷에, 삼나무 잎 무늬가 들어간 홑겹 허리띠. 그리고 백금 사슬에 칠보로 국화를 새긴 메달이 달린 목걸이에 조그만 자수정 알의 귀걸이를 교코는 하고 있었다. 그런 교코는 내성적이어서 무슨 말인가 하려 해도 좀처럼 말이 나오지 않았다. (정신이 이상해진 뒤부터 교코는 오히려 말을 많이 하게 되었다.) 말을 하는가 싶으면 떨곤 했으며 얼굴이 금방 빨개졌다. 남들과 거의 이야기하지 않는 데 비해서, 그리고 기품이 높았으면서, 세 번이나 잘도 결혼했을 만큼 남자에게만은 열을 올렸다. 가나코는 말없이 그것을 지켜보았다. '아름다운 꽃은 흔들리기 쉽다.'며, 다시 말해서 감상만 했던 것이다. 교코가 부모님도 재산도 남자도 전부 잃고 정신이 이상해지고 난 뒤에서야 갑자기 가나코의 마음이 노골적으로 교코에게 향했다. 춥고 음식이 형편없는 병원에서 데려와 돌봐주는 것이라고 하면 남을 돌보기 좋아하는 사람의 극히 평범한 마음 같지만, 실제로 정신이 이상해진 교코와 생활한다는 것은 얼마나 신경이 쓰이고 마음 아픈 일인지. 게다가 요즘처럼 염치도 체면도 없이 이성 동경증에 걸린 교코를 돌보는 일은, 자신의 부끄러운 모습을 내보이고 있는 것 같아서 예를 들자면 오타미나, 남편이나, 조금 전의 순사처럼 한정된 사람에게만이 아니라, 조금 과장스럽게 말하자면 천지간의 한없이 부끄러운 일을 하고 있는 자신의 모습을 천지간의 모든 사람에게 보이고 있는 것 같아서 매우 괴롭고 견디기 어려웠다.

이처럼 교코를 감싸며 살아가는 것은, 가나코에게 물질적으로나 정신적으로 적지 않은 부담이었다. 그럼에도 불구하고 가나코는 마음 깊은 곳에서 그것은 당연히 자신이 짊어져야 할 책임이라 생각하고 있었다.

자연스러운 부담이라는 곳에 생각이 머물러 있었다.

의무네 도덕이네 이름 붙일 수 없는 마음의 방향이 분명히 이 세상 사람들의 행위를 지배하고 있다. 가나코는 그것을 의심하지 않겠다며 결국 이 생각에 머문 것이다.

가나코는 자리에서 일어나 벗겨져 있던 전등의 커버를 씌웠다. 자는 척을 하는 것인지 진짜 잠든 것인지, 교코는 눈을 감은 채 움직이지 않았다. 교코는 정신이 이상해진 뒤부터, 장난꾸러기 소년이나 망령 든 할머니처럼 멋쩍을 때면 곧잘 자는 척을 하곤 했다.

(2) 정신병원의 벚꽃

정신이 이상해진 교코의 머리가 사오일 전부터 조금 더 안 좋아진 듯했다. 눈 안에 커다란 별이 나왔다며 소란을 떨기 시작했다. 아침에 일어나면 집안사람들을 만나자마자 바로 눈을 들이밀었다.

—내 눈에 크고 하얀 별이 떴지? 내 생각에는 분명히 떠 있는 거 같아.

그렇지 않아, 넌 평소와 다름없이 분명하게 눈을 뜨고 있어, 눈동자가 오히려 평소보다 더 아름다워, 들여다보면 정원수의 싹이 진짜 싹보다 훨씬 반짝여서 싱싱하게 보여, 라고 말해도 교코는 온전히 납득하지 않았다.

—그래?

일단은 얌전히 받아들였다. 그것이 오히려 가엾게 여겨져 나

중에 다시 붙들려 같은 말을 들으면 사람들도 매정하게 뿌리치지
는 못했다.

거울을 가지고 가서 보여주었다. 둥근 손거울의 틀에 끼워져
깨끗하게 닦인 거울의 면이, 정신이 이상해진 교코의 쓸쓸한 미
모 앞으로 다가갔다. 봄날 이른 아침의 냄새 같은 공기가 이제
막 연 유리창을 통해서 스며들었다. 가느다란 손으로 받아든 거
울을, 교코는 아침 해에 비춰 반짝이게 해서 곁의 사람을 눈부시
게 한 뒤 다시 한 번 아침 해가 있는 곳을 확인했다. 반짝이는
아침 해와 거울을 살펴보았다. 그리고 자신도 거울 속에 비친
자신의 눈동자에 별이 있는지 없는지 살펴볼 테니 옆에서도 거울
속 자신의 눈동자와 자신의 진짜 눈동자를 잘 비교해보라고 말했
다.

—없어. 별 같은 건 없어.

교코가 시원한 이를 드러내며 옆 사람을 돌아보고 기쁘다는
듯 웃었다. 웃는가 싶더니 이번에는 일부러 그러는 듯 어두운
장지 쪽으로 향해 가장 어두운 광선을 거울의 등으로 돌려 발랄
하게 눈 속을 들여다보았다.

—별, 있어. 있다고.

교코는 느닷없이 엉뚱한 소리를 하며 거울을 들고 있지 않은
빈손의 손가락으로 눈꺼풀을 쳤다. 자신의 손으로 자신의 눈꺼풀
을 친 것이니 얼마간 조절은 했으리라 여겨지지만 상당히 아프지
않을까 걱정이 될 정도로 세게 쳤다.

세수를 마치고 립스틱만을 바른 가나코가 그곳에 모습을 드러내자 교코는 거울을 툭 툇마루에 떨어뜨리고 어리광을 부리듯 콧소리를 냈다.

　—오늘 아침에도 눈에 별이 떴어.

　—거짓말.

　가나코는 부드럽게 교코를 꾸짖었다. 가나코보다 나이가 한 살 많고 가나코보다 키가 훨씬 큰 교코는 정신병 때문에 몸과 마음 모두 나이의 추이를 잊은 듯, 병적인 젊을 유지하고 있었다. 교코는 오래 함께 사는 동안 언제부턴가 가나코를 언니처럼 따르게 되었다. 정신이 이상해져 있는 사람에게 인생의 순서나 상식을 이야기해봐야 소용없는 일이다. 가나코는 2년쯤 전부터 자녀가 없는 선량한 남편과의 둘만의 삶에 여학교 시절부터 미모의 친구였던 아다치 교코의 살아 있는 송장을 받아들여 뒤죽박죽 고생스러운 생활을 하고 있었다. 단, 가끔 이 생활을 좋은 쪽으로 생각하여, 교코가 정신이 이상해지기는 했으나 예전의 모습을 간직하고 있어서 아직 미모를 품고 있다는 점, 가나코의 시인기질이 뭔가 상당히 로맨틱한 환상을 자신의 가여운 생활 속에서 상상한다는 점, 이것들에 의해서 가나코의 환자를 짊어진 비참한 생활의 현실적 고생이 얼마간 위로를 받았다.

　—거짓말.

　가나코는 다시 한 번 교코를 꾸짖어 자신의 태도에 힘을 더했다. 교코가 눈의 별에 집요하게 신경 쓰는 편집성을 물리치기 위해서 가나코는 약간 강한 태도를 취할 필요가 있었다.

—넌 요즘 너무 이해할 수 없는 말만 해. 뜨지도 않은 눈의 별에만 계속 신경을 쓰고…….

강하게 나가려 했으나 가나코의 말끝은 내심 약해져 힘을 잃었다.

—어머, 미안해. 앞으로 별에 대해서는 더 이상 말하지 않을게. 알았지? 미안해, 미안하다니까.

이것이 마흔 가까운 여자의 교태일까? 정신이 이상해져 있기에 교코가 소녀 같은 교태를 부려도 그것은 조금도 부자연스럽지 않았다.

어젯밤에 일찍 잠든 교코의 얼굴은 창백한 광녀의 얼굴이기는 했으나, 건강한 듯 활기가 살짝 맴돌고 있었다. 그러나 지난 삼사일 동안 눈의 별에만 신경을 써온 교코의 편집이 오늘 아침에도 여전히 눈썹과 턱에 가슴 아픈 검은 그림자를 드리우고 있었다. 교코가 파란 비단잠옷을 입은 가나코의 어깨에 손을 대고 말했다.

—교코, 오늘은 날씨가 좋아. 어딘가 꽃이 가득 피어 있는 데로 산책이라도 가자. 나간 김에 의사선생님도 뵙고.

—싫어. 의사선생님한테는 안 갈 거야. 이젠 아픈 데도 없는걸.

—그래도 잠깐 가보지 않을래? 산책하는 김에.

—…….

교코는 발병 당초 잠시 있던 뇌병원에 대한 기억이 매우 좋지 않았던 모양이었다. 하지만 가나코가 거두고 난 뒤부터, 가나코가 교코를 병원에 입원시키는 일은 결코 하지 않으리라 믿고 있었다. 그랬기에 가나코가 가끔 데려가는 병원으로 진찰을 받으러 가기는 갔었다. 하지만 늘 내키지 않는다는 태도를 분명하게 보였다.

교코는 용태가 좋지 않을 때면 먹을 것을 먹지 않는 버릇이 있었다. 지난 삼사일 동안에도 교코는 다시 먹지 않는 날이 계속되었다.

—오늘은 먹어야 돼. 알았지, 교코 오믈렛하고 토스트빵. 그리고 바나나도 구워줄게. 먹어야 돼.

—싫어.

교코는 풀어지려 하는 잠옷의 허리띠를 가녀린 손가락으로 다시 묶으며 머리를 흔들었다.

—왜? 그럼 두부를 넣은 된장국에 구운 김.

—싫어. 밥을 먹으면 별이 눈에 더 많이 나오는걸.

—아직도 그런 소리 한다.

가나코는 가만히 눈물지었다. 교코는 이렇게 되면 소화불량에 걸려 식욕을 완전히 잃은 채 눈의 별이라는 둥, 또 때로 어처구니없는 가공의 망상을 좇으며 일주일이고 열흘이고 거의 먹지도 마시지도 않는다. 그래도 비교적 마르지도 여위지도 않는 것이 역시 정신병자의 생리상태일까 싶어 놀랄 뿐이다. 놀라면서도 가나코는 그것이 오히려 더 안쓰러웠다.

교코가 갑자기 어떤 병적 망상에 사로잡히면 가나코의 생활은 마치 무엇인가에 씌우기라도 한 것처럼 어두운 그림자를 드리우기 시작한다. 교코는 환각이나 망상에 사로잡힌 협박관념 때문에 가나코 곁에서 떨어지려 하지 않았다. 가나코는, 슬퍼하고 두려워하며 어리광을 부리듯 따르는 교코와 함께 자신도 역시 이끌려 들어가듯 불안과 우울함에 빠졌다. 그러나 오랜 세월 동안 가나코는 언제부턴가 거기에도 익숙해지기 시작했다. 그리고 그 순간 순간의 국면을 타개해나갈 방법까지 익히게 되었다. 가나코는 쉽게 싫증을 내는 이 증상의 환자에게 새로운 감각을 부여하기 위해 교코를 수시로 다른 의사나 병원으로 데리고 갔다. 교코의 증상이 불치의 병이라 할지라도 더 이상 깊어지지 않게 하기 위해서 수시로 다른 의사에게도 진찰을 받게 하고 싶었다.

가나코는 얼마 전에 어떤 사람에게서 들은 도쿄의 명정신병원으로 교코를 데려가기 위해 집을 나섰다. 야마노테(山の手) 전차에서 내려 자동차를 불렀으나, 교코는 눈에만 신경 쓰느라 거리를 보지 않았다. 바깥의 빛을 싫어하여 검은 색안경을 쓰고 눈을 내리깐 채 무릎 위의 손만 보았다. 교코의 한쪽 손은 무엇인가를 두려워하여 떨며 가나코의 무릎 위에 놓여 있었다. 가나코는 그 손을 바라보다 20년 전, 두 사람이 소녀 시절이었던 때의 한 장면을 떠올렸다. 교코가 그 손의 손가락으로, 뽀얗게 먼지가 앉은 피아노의 검은 뚜껑을 연 일을 떠올렸다.

—베토벤의 곡은 내가 치면서도 압박감을 느껴.

교코에게는 보다 정서적인 쇼팽의 곡이 어울렸다. 교코는 날카로운 리스트의 곡도 가끔 즐겨 쳤다. 그다지 잘 치는 것은 아니었으나 교코의 피아노에는 커다란 매력이 있었다. 그때 가나코는 무엇 때문인지 지쳐서 교코의 피아노를 듣고 있었다. 피아노 위의 꽃병에 작고 새빨간 장미가 한 송이 꽂혀 있었다. 가끔 그 장미가 새카만 장미로 보인다며 교코가 겁먹은 모습으로 말했다. 그 무렵부터 교코의 심신에는 오늘의 병원(病源)이 잠재되어 있었던 모양이다. 그리고 어느 해의 저물녘, 아오야마(青山) 묘지 앞길의 만개한 벚꽃 아래를 둘이서 걷고 있었다. 그때 앞쪽에서 일렬로 늘어선 병사들이 다가왔다. 사이가 가까워지자 병사들은 구둣발 소리를 터벅터벅 울리며 두 사람을 놀리기 시작했다. 두 소녀는 당황하여 길을 피하려 했다. 그때 대열 속의 한 병사가 철컥 검을 울리며 두 사람에게 보란 듯이 거수경례를 했다. 순간 교코가 광분한 암사슴처럼 갑자기 묘지를 향해 달리기 시작했다. 그때 교코의 손이 채찍처럼 튕겨져 가나코의 한손을 낚아챘다. 1정쯤 가자 묘지의 구석진 곳에 약간 널따란 공터가 있었다. 걸터앉을 수 있게 쌓은 돌이 서너 개, 파란 잎이 달린 커다란 단풍나무가 땅에 닿을 만큼 우거진 가지를 늘어뜨리고 있었다. 교코는 거기까지 가서 멈춰 서더니, 한손으로 헐떡이는 가나코의 손을 잡은 채 다른 한 손으로 우거진 단풍나무 가지를 쥐었다. 거리의 병사들은 탱크처럼 무리를 이루며 지나치려 하고 있었다. 교코는 단풍나무 가지 사이로 눈을 반짝이며 병사들을 바라보았다. 그때 교코의 상기된 뺨과 눈, 새파란 단풍나무 잎째 가지를 쥔 희고 가느다란 손가락이 지금 가나코의 무릎 위에 놓인 교코의 손가락 에서부터 떠올라 가나코의 눈앞에 그려졌다. 그처럼 겁에 질려 흥분한 교코에게는, 훗날 정신병에 걸릴 전조가 역시 얼마간 있 었을 터였다.

병원의 문 안에 깔린 자갈이 고르지 않은 알맹이 사이에 벚꽃 잎을 가득 머금고 있었다.
—어딘가에 아주 커다란 벚나무가 있나봐, 그렇지?
가나코가, 시선을 내리깐 채 가나코의 어깨에 손을 걸치고 있 는 교코의 기운을 북돋기 위해 말했다.
—응.
교코는 검은 색안경을 쇠고리처럼 흔들며 사방을 둘러보았다. 벚나무는 병원 뒤편에 있는 듯했다. 주변 일대, 봄 낮의 먼지 냄새 가 나는 가운데 계절을 잊은 서향이 흐릿하게 삼나무 아래에 피 어 향기를 피워올리고 있었다.
낡은 현관. 나이 든 현관지기. 갈아신으라고 내어준 닳아빠진 짚신. 어두컴컴한 응접실. 이 낡아빠진 먼지 냄새가, 정신병 환자 와 무슨 관계를 가지고 있는 것인지, 가나코는 누군가에게 묻고 싶을 만큼 불쾌했다. 낡을 대로 낡은 의자와 테이블, 찢어진 위생 잡지가 탁상에 어질러져 있고 오래 된 정신수양 책이 1권, 한낮의 덧없는 꿈처럼 천연덕스럽게 놓여 있었다.

―이 병원 마음에 들지 않아!

교코가 마침내 말해버리고 말았다. 교코의 목소리는 낮지만 또렷했다. 가나코가 그 다음 말을 막으려 했으나 옆에 있는 환자를 따라온 마흔쯤의 사내가 들어버리고 말았다. 사내가 어쩔 줄 몰라 하는 가나코를 이해한다는 듯 상냥하게 말했다.

―원장님께서 체면 같은 건 조금도 생각지 않는 분이시라. 그 대신 이곳 박사님의 진찰은 틀림이 없습니다. 하, 하, 하, 하.

이 활달한 보호자와는 반대로 긴장한 채 입을 다물고 있는 환자인 젊은 사내는 장님처럼 까맣게 웅크려 있었다.

복도에 면한 응접실의 문은 활짝 열려 있었다. 복도를 쉴 새 없이 오가는 간호수들의 모습이 보였다. 나이는 대부분 마흔 전후 정도. 건장한 사내들로 광포한 남성 환자들을 감금하는 방의 간수라도 되는 모양이었다. 위에 하얀 겉옷을 걸친, 인상과 체격 모두 우락부락하게 보이는 사람들뿐이었다. 광포함의 끝을 모르는 환자에 대한 끊임없는 주의와 쉴 새 없는 경계, 그리고 온갖 비상식 속에서 때로는 압박적으로, 통찰적으로 그들은 눈을 반짝이고 있어야 하기 때문에 자연스레 차갑고 날카롭게 가라앉아 있는 것이리라. 한두 사람씩, 그들은 응접실에 어떤 용무 때문인지 수시로 드나들었다. 교코는 그들을 힐끗힐끗 쳐다보다, 자못 지긋지긋하다는 듯 가나코의 어깨에 머리를 얹어 눈을 돌려버리고 말았다. 교코는 이제 완전히 지쳐서 눈의 별에 대한 환상에 집착할 기운도 없을 만큼 커다란 무기력감에 빠져버린 모양이었다. 검은 색안경도 언젠가 벗고 있었다.

한 쌍의 남녀가 응접실로 들어왔다. 아직 자리를 잡고 앉지도 않았는데 그 가운데 아내인 듯한 세련된 여자가 기침을 하더니 눈물을 글썽이며 말했다.

—당사자는 자신이 틀렸다는 걸 모르고 있어요. 왜 나를 이런 곳에 넣은 거지? 다른 데 남자라도 만들어서……

여자는 주위 사람들을 의식해서 말을 잇지 못했다.

—그게 환자의 당연한 의심이니 어쩔 수 없어.

—하지만 너무해요, 삼촌.

—그러니까 너무 심하다 생각하면 원장선생님께 설득을 해달라고 해.

삼촌은 쉰 살 전후로 상점의 주인인 듯 온화하게 보이는 사내.

—어멋.

교코가 갑자기 소리를 질렀다.

—불덩이! 어멋.

그것은 응접실 창가의 빨간 동백꽃이었다.

—안 돼, 놀라서는. 꽃이야, 동백꽃.

가나코가 조금 엄한 목소리로 달래자 교코는 멍하니 동백꽃을 다시 살펴보았다. 조금 지나자 공포가 가신 뒤의 창백한 얼굴을 묘하게 찌푸리며 쑥스러움을 감추려는 듯 방 안 사람들의 얼굴을 장난스러운 눈으로 둘러보았다. 그러나 모두가 자신을 주목하고 있었다는 사실을 알자 교코는 극도의 수치심에 기분이 나빠졌는지 가나코의 손을 거칠게 잡고는 방에서 나가려 했다. 그때 간호부가 교코의 이름표를 들고 부르러 왔다.

하나하나 검은 그림자를 숨기고 있을 것처럼 음울한 몇 개의 문을 여닫은 뒤, 두 사람은 진찰실 옆의 대기실로 안내되었다.
거기에도 낡고 오래 된 의자와 소파, 그리고 대여섯 명의 환자와 보호자가 앉아 있기도 하고 서 있기도 했다. 가나코는 새로운 사람들 속에 와서 새로운 자극을 교코에게 주는 것이 두려웠다. 그랬기에 교코의 어깨를 끌어안듯이 하여 자기 옆으로 교코의 의자를 잡아당기고 교코의 머리를 자신의 품으로 감싸려 했다.
—피곤하지? 이렇게 잠깐 자도록 해.
—응.
교코의 목소리가 얌전히 가나코의 품으로 떨어져갔다. 살짝 붉은 빛을 띤 교코의 부드러운 머리카락이 젖먹이처럼 가녀린 목덜미를 덮고 있었으며, 품에 안고 보니 가련할 정도로 가벼운 체중. 등을 쓰다듬으니 잠이 든 것 같은 희미한 숨결.
사람들의 시선은 전혀 의식하지 않은 채 가나코에게 모든 것을 맡긴 모습이 가여워서 더 깊이 끌어안은 가나코의 코에 어딘가 풋내 같은, 그리고 양털과 같은 희미한 교코의 체취가 맡아졌다.
실내의 환자 가운데 한 사람은 30세쯤으로 피부가 하얗고 복스러운 미모의 여자. 그 여자는 그 미모를 물방울이 듣는 것 같은 올림머리와 함께 좌우로 조용히 흔들었다. 한동안 흔들다가 잠시 멈출 때면 무엇인가 중얼중얼 입 속에서 혼잣말을 했다. 눈물을 흘렸다. 손수건으로 꼼꼼하게 눈물을 닦고 뭔가 다시 입 안에서 잠깐 중얼거리다 처음처럼 머리를 좌우로 흔들었다. 그녀를 데리고 온 듯한 나이 든 하녀의 말과 행동, 차림새. 어딘가 중류 이상 가정의 젊은 마님인 듯했다.

그 옆자리에는 건강한 팔다리에 불그스름한 얼굴을 한 50세쯤의 사내가 줄무늬 무명으로 지은 옷에 얇은 허리띠. 윤기 넘치는 그 붉은 얼굴을 기울여 혼자 히죽히죽 웃고 있었다. 소리도 내지 않는 얼굴뿐의 웃음. 기쁜 건지 즐거운 건지 알 수 없는 웃음. 이건 대체 무슨 광(狂)이라고 하는 걸까, 하고 가나코는 하마터면 남자의 웃음에 끌려들어갈 뻔한 자신의 어리석은 마음을 다잡으며 그 사내를 가만히 바라보았다. 그 사내는 농부임에 틀림없었다. 따라온 사람은 마치 그 남자를 그대로 여자로 만든 것 같은 농가의 아낙이었다. 아내이리라.

조금 떨어져서 교원이라도 되는 듯한 중년의 사내. 혼자 구석에서 눈만 반짝이고 있었다. 바싹 마른 몸이 의자의 등받이와 하나가 되어 있었다. 품위 있는 노인이 따라온 학생은 절대 아무 말도 하지 않겠다는 듯한 모습으로 웅크려 있었다. 축농증이라도 있는지 코를 킁킁 울렸다.

나이 든 간호부가 진찰실에서 나왔다. 다음 순서인 환자를 찾으며 이름을 불렀다.

—요시무라 씨.

—네에.

소녀 같은 투로 대답한 것은 의외로 붉은 얼굴의 농부였다. 사내는 조금 전까지 보였던 넋 빠진 듯한 웃음을 슥 거두고 의자에서 일어나 간호부에게 다가가더니 이번에는 전과 달리 여유만만한 웃음을 지으며 간호부에게 몇 번이고 연달아 인사를 했다. 그것은 사람이 어떤 커다란 호의를 접하기 전의 태도였다. 아내는 서둘러 환자를 따라 일어서더니, 그녀는 또 뭔가 매우 부끄러운 일이라도 찾아오기 전의 수줍음을 사방의 사람들에게 보이며 조심스러워 했다.

진찰실 입구의 한쪽을 칸막이로 나누어놓고 병력노트를 옆에 둔 젊은 의원이 의자에 앉아 있었다. 간호부는 남자 환자를 그곳으로 데리고 갔다. 아내도 뒤를 따라 들어갔다.

—요시무라 씨, 요시무라 씨죠, 당신은?

젊은 의원이 여유 있게 생글생글 웃으며 들어온 남자 환자를 맞은편 의자에 앉히고 물었다.

—네에……

정신병 환자에게는 익숙해져 있는 젊은 의원도 약간 당황한 듯한 눈을 껌뻑였다.

—당신의 성함은?

—네에 (잠시 사이를 두었다가) 오하루(お春)……

—어머, 그건 내 이름이잖아요, 여보.

아내가 펄쩍 뛰며 그를 말리려 했으나 사내는 유유히 의원의 얼굴을 똑바로 바라보며 당당하게 다음 질문을 기다렸다. 의원은 딱하다는 듯 아내를 보다가 다시 환자에게 묻기 시작했다.

—요시무라 씨. 당신의 나이는 어떻게 되시나요?

—나이요⋯⋯. 나이는⋯⋯, 그러니까⋯⋯, 몇 살이었죠⋯⋯. 그게⋯⋯, 아마 19살⋯⋯, 네. 19살이에요⋯⋯.

아내는 더욱 당황해서 몸을 흔들었다.

—무슨 소리를 하는 걸까, 이 사람. 선생님, 그건 딸의 나이예요.

—네, 알겠습니다.

그러나 아내를 제지하며 의원도 마침내 웃고 말았다. 대기실의 사람들도 웃고 말았다. 모두 참고 있던 웃음이 한꺼번에 터졌다. 그 가운데서도 가장 크게 웃은 것은 당사자인 환자였다. 가나코도 교코를 안은 가슴을 부풀리며 웃었으나, 그 웃음이 도중에 겁을 먹고 오그라들고 말았다. 가나코 바로 정면에 있는 환자의 웃음이 너무나도 음침했기에 가나코의 웃음이 겁을 먹은 것이었다. 그 교원인 듯한 사내의 웃음은, 안쪽 깊은 곳에서 차갑게 빛나는 눈으로 정면을 응시한 채 그 눈빛을 조금도 늦추지 않았으며, 턱과 뺨 사이에서 이상하게 치켜올려진 웃음의 근육의 작용이 짙은 자주색 얇은 입술만을 꿈틀꿈틀 일그러트리고 있었다. 그 섬뜩한 웃음 뒤에서 새어나온 딸꾹질 같은 웃음소리가 가나코를 겁먹게 만든 것이었다.

—시끄러워. 왜 웃고 있는 거야.

교코가 눈을 떠 고개를 들었다. 아직 졸려서 견딜 수 없는 강아지처럼 눈을 감은 채 가나코의 웃음을 시끄러워했다. 교코는 불면증에 걸려 열흘 밤낮을 자지 못했다. 그러고 나면 기면증 환자처럼 계속해서 잠을 잤다. 교코는 어젯밤부터 그렇게 될 듯한 기색을 보이고 있었다. 졸리고 졸려서 견딜 수 없는 것이다.

—손수건.

교코는 어린아이가 나무에 오를 때 같은 손짓으로 몸을 세워 가나코의 귀에 한 손으로 가림막을 만들더니 주위 사람을 의식하며 손수건을 졸랐다. 잠을 잘 때 침을 흘리는 것은 교코의 버릇이었다.

가나코는 한손으로 품속의 손수건을 꺼내며 교코가 가능한 한 주위를 보지 않도록 자신의 가슴으로 교코의 얼굴을 다시 묻으려 했다.

—환자 분, 몸이라도 안 좋으신가요?

젊고 친절해 보이는 간호부가 가나코 곁에 서서 물었다.

—아니요, 졸린 거예요. 오늘 아침에 일찍 깨웠더니.

간호부는 가나코가 자신보다 키가 큰 교코 때문에 쩔쩔매고 있는 모습을 보다 못해,

—그럼 침대에서 잠깐 재우세요. 친찰 순서는 조금 뒤로 돌릴 테니.

─고마워요. 하지만 전 이런 일에는 익숙해요.

─그래도 환자 분이 졸다가 감기에라도 걸리면 안 되니.

─졸려, 침대에서 잘래.

교코가 결정적으로 간호부의 친절을 받아들였다.

침대가 있는 방─가나코는 이 병원에 온 이후 이곳에서 처음으로 새 물건을 보았다. 이 병원의 누가 이렇게 장식을 해놓은 것일까? 화병, 유화, 액자. 온화한 다리를 세우고 있는 나무침대에 흰색과 자주색 공단을 섞어 꿰매고 새털을 넣은 이불이 창에서 쏟아지는 외광을 적당히 받으며 놓여 있었다.

─허리띠를 풀고 잘래.

교코는 초록색 비단에 벚꽃과 등나무꽃을 자수로 새긴 허리띠를 풀어 가나코에게 건네주고 몸을 던지듯 침대 속으로 들어갔다.

─이불을 덮고 자면 눈에 별 같은 건 뜨지 않아.

여전히 이런 소리를 하는 교코의 목소리는 덮은 이불에 묻혀 고양이 같았다. 교코가 덮은 이불에서 눈을 살짝 내밀어 가나코를 보았다.

─지켜보고 있지?

─응.

그러나 이 가련한 에고이스트는 곧 새근새근 숨소리를 내기 시작했다. 그리고 잠이 이불을 당겨 덮고 있던 손의 힘을 앗아가자 교코의 얼굴이 이불에서 드러났다.

데스마스크 같았다. 더없이 차갑고 조용히 낮잠을 자는 정신병자의 얼굴. 짧고 오뚝한 콧날을 중심으로 깎아낸 듯한 두 뺨, 움푹한 눈, 그 위의 넓은 이마는 물이 빠져버린 해변처럼 낮의 빛이 쓸쓸한 각도를 이루고 있었다. 눈썹이 부드럽게 드리워져 있었지만 여인의 털 같다는 느낌은 없고, 나약한 새의 가슴털처럼 가엾은 광녀의 운명을 묵도(默禱)하고 있었다. 부자연스럽게 다문 입술로 살아 있는 인간의 호흡은 거의 드나들지 않을 것처럼 보였다.

이것이 예전에 성동(城東) 최고의 미소녀였던 아다치 교코의 모습일까? 하지만 그 미모가 교코에게 지금의 운명을 가져다준 것이라고 말한다면 그렇게 말할 수도 있으리라.

교코의 미모를 둘러싼 그 수많은 남성과 여성. 가나코 역시 그 가운데 한 사람이었다. 그리고 그들 다른 남성이나 여성들처럼 교코의 미모에만 시선을 빼앗겨 교코의 마음까지 바라보지 못했던 것도 다른 사람들과 마찬가지였다. 교코가 그 미모만을 본 Y백작, M무관, 그리고 그들 남성에게서 버림받아 프랑스인인 H씨에게까지 시집을 갔다가 다시 어긋난 끝에 결국은 정신이 이상해지기까지, 가나코는 아름다운 꽃이 위태로운 바람에 이리저리 흔들리는 아름다운 모습처럼 별 생각 없이 교코의 운명을 바라보고 있었다.

굳이 말하자면 여리고 기품이 높고 세상물정 모르는 교코가, 교코의 운명을 말없이 지켜보기만 하던 가나코의 성격을 오히려 듬직하게 여겨 의지해왔기에 20년 가까운 교우가 계속 되었던 것이다. 그러나 가나코의 입장에서 보자면 교코가 가나코를 진심으로 의지했던 것과는 비교가 되지 않을 정도로 교코를 미모만의 친구로 여기고 있었다. 가나코가 자신의 연애나 연구 등에 대해서 교코에게는 일체 털어놓지 않은 것도 그 증거였다. 교코는 가나코에 대해서, 그런 성격 해부도 하지 않은 것인지, 하지 못하는 것이 교코의 성질이었던 것인지 그녀는 가나코와의 어설픈 우정을 의심한 적조차 없는 듯했다. 어쨌든 가나코는, 교코를 좀 더 비판적인 친절로 대했다면 가나코의 친밀한 우정만으로도 교코가 어떤 시기부터 운명의 방침을 조금 다른 곳으로 돌려 설마 정신병자가 되기까지 운명에 내몰리지는 않았을 것처럼 여겨졌다. 그런 생각이 들었기에 가나코는 이제 와서 교코를 거둔 것이었다. 이번에야말로 진심으로만 교코를 대하리라 결심했다. 더는 나을 수 없는 환자가 되어 한 정신병원에 종신환자로 들어가 있던 교코를—교코는 사족(士族)으로 중산계급이었던 육친과도 사별했으며 재산도 전부 잃었다.— 가나코는 자신의 집으로 데리고 왔다.

교코는 그때부터 이미 가나코의 새로운 우정을 고맙다고도 기쁘다고도 느끼지 못하는 정신병자의 얼굴을 하고 있었다. 그것이 극히 당연한 일이라는 듯한 얼굴로 따라왔다. 그리고 도무지 종잡을 수 없고 번거로운 증상을 발휘했다. 그러나 원래 칙칙함이 없는 교코의 타고난 성격 때문인지 가나코는 정신병자인 교코에게서, 다른 정신병자들이 하는 것과 같은 추잡함이나 극도의 음침한 행동은 보지 못했다. 교코는 미쳤어도 역시 미친 꽃이었다. 아름다움은 퇴색했으나 그윽한 미를 가진 정신병자의 가련함이 있었다. 가나코는 교코의 우울함이나 편집증에 어려움을 겪기는 했으나 칙칙하고 비참하기 짝이 없는 생활에 빠져들지는 않았다. 엉뚱함이나 번거로움이나 우울함이나 편집증에 '자신'도 '마음'도 지쳐버리려 할 때면 가나코는 문득 교코의 그 반면에 있는 정신병자의 로맨틱을 만나곤 했다. ──올해 우리 집 매화나무에 수정 꽃이 필 것이라는 말만 되풀이하던 교코는, 진짜 매화꽃이 피어도 수정 매화꽃이라고 우기며 지는 꽃이 아쉬워 녹색 비단 기모노 위에 붉은 무늬를 염색한 검은 바탕의 하오리를 걸치고 아직 차가운 초봄의 문 밖 나무 아래서 떨어지는 꽃을 맞으며 한나절이고 질리지도 않고 놀았다. '아름다워.'라며 넋을 놓고 바라보던 가나코는, 아니, 정신이 이상해진 교코까지 향락해서는 안 돼, 스스로가 자신의 마음을 꾸짖는 목소리를 들은 적도 있었다. 교코는 정신이 이상해졌지만 색에 대한 감식안은 매우 뛰어났다. 교코가 조르는 옷을 가나코가 사주면, 그것은 정말로 교코에게 아주 잘 어울렸다. 가나코가 밤의 외출을 위해 검은 야회복을 입으면, 주홍색 프랑스 비단으로 그 자리에서 꽃과 같은 것을 만들어주었다. 전문가가 만든 조화가 아니기에 오히려 다보록해서 가나코의 가슴 부근으로 드리워지는 효과가 있었다. 교코는 또 묘하게 알뜰했다. 하녀들에게는 맛있는 고기반찬을 해주라고 가나코에게 조르면서도, 자신은 며칠이고 흰죽을 먹었다. 흰죽에 채소를 잘게 썰어 섞어 먹었는데 가나코에게도 그것을 먹게 했다. 며칠이고, 며칠이고 그것만 먹어서는 몸이 약해져서 안 된다고 말하면서도 가나코의 미적 감각은 오히려 교코가 먹는 그 음식의 색채와 담백함을 좋아했다. 그리고 가나코는 교코가 보지 않는 곳으로 가만히 가서 고기와 반찬을 먹었다.

—환자 분 아직 주무시나요? 제가 잠깐 보고 있을게요. 뒤뜰이라도 둘러보고 오세요.

조금 전 이곳으로 교코와 가나코를 데려다주었던 젊은 간호부가 들어와서 말했다.

—네, 고마워요. 날씨가 좋네요.

—정원이라도 둘러보며 잠깐 바람 좀 쐬고 오세요. 벚꽃이 피었으니.

가나코는 앞뜰 가득 떨어져 있던 벚꽃잎을 떠올렸다.

—그럼 잠깐만 봐주세요. 부탁드릴게요. 눈을 뜨면 바로 알려주세요.

—네, 그렇게 할 게요.

교코를 들여다보며 깊이 주무시고 계시네요, 라고 말하는 간호부의 말을 등 뒤로 들으며 가나코는 복도로 나섰다. 지금까지 있던 실내와 같은 건물일까 싶을 정도로 낡은 복도였다. 그러나 앞쪽의 어딘가에 매우 밝은 곳이 있을 것 같은 복도였다. 가나코가 천천히 걷고 있자니 앞쪽에서 창백한 얼굴의 여자가 다가왔다. 광녀(?), 가나코는 흠칫해서 복도 옆쪽 끝으로 몸을 비켜 조금 빨리 걷기 시작했다. 가나코는 아무렇지도 않은 얼굴로 지나치려다 여자를 힐끗 보았다. 은은한 빛의 오래 된 명주 겹옷에 가늘고 바랜 허리띠. 머리카락은 빗어 올려 머리 위에서 형용하기 어려운 모양으로 말았다. 귀밑머리가 흘러내리기 전부터 마구 비벼대 곳곳이 더부룩하게 뭉쳐 있었다. 서른 살 전후의 품위 있어 보이는 그 광녀는, 가나코에게 얌전히 머리를 숙이고 지나쳤다.

묵직하고 어지러운 발소리가 들려왔다. 가나코는 그만 이 복도를 되돌아가야겠다 싶어 발걸음을 돌리려 했다. 순간 옆의 문이 갑자기 열리더니 뚱뚱한 여자 둘이 나왔다. 한 사람은 간호부 옷을 입은 50살쯤의 여자. 한 사람은 환자, 생기를 잃은 채소처럼 흐물흐물 살이 찐 스물대여섯쯤의 여자였는데 바랜 갈대 이삭처럼 둔탁한 빛의 부은 눈으로 슬며시 가나코를 본 섬뜩함. 그때 벽의 판자를 사이에 둔 가까운 곳에서 다시 쿵하고 무엇인가 쓰러지는 듯한 소리가 들려왔다. 우우 하는 남자 환자의 낮은 신음. 약간 떨어진 곳에서 히이, 이히 하며 여자 정신병자가 기이한 소리를 올리는 것이 들려왔다.

가나코는 당황했다. 그리고 그 젊은 간호부가 자신에게 겁을 주기 위해 교코가 잠들어 있는 방에서 이런 곳으로 내몬 것이 아닐까 갑자기 분노와 당혹스러움에 사로잡혔다.

─어디로 가시려는 거죠?

하고 뚱뚱한 환자와 함께 일단 지나쳤던 나이 든 간호부가 되돌아와서 가나코를 이상하다는 듯한 눈으로 바라보며 물었다.

—네, 정원으로 가려고요.

—아니에요. 여기는 병실로 가는 복도예요.

넓고 둥근 정원은 놀라울 정도로 눈부시고 밝았다. 광포함이 없어서 감금이 필요 없는 환자들의 산책장소였다. 널따란 잔디에 초목이 단순한 열을 지으며 자라고 있었다. 지금은 벚꽃만이 흐드러지게 피어 있었다.

정원 한가운데를 횡단하는 산책로 양 끝에 특히 커다란 벚나무가 가지를 드리우고 있고, 그것을 기준으로 중키 정도의 벚나무가 몇 십 그루나 정렬해 있었다. 담홍빛으로 만개한 꽃이 가득한 우듬지가 일제히 늘어서 있어서 각 나무를 구분 짓기 어려웠다. 길게 둘러친 꽃의 층이었다. 층이 두터운 부분은 자연스럽게 그윽한 그늘을 드리우고 있었으며, 옅은 부분으로는 떨어지는 꽃잎이 미풍에 따라서 지는 모습이 한층 더 눈에 띄었다. 떨어지는 꽃잎은 바로 근처에도, 어디인지도 모를 먼 곳에도 날아 떨어지는 것처럼 보였다.

음정이 맞지 않는 군가를 부르며 벚나무 아래, 가나코가 서 있는 정원에 면한 복도의 창 쪽으로 턱수염이 짙은 50살쯤의 사내가 모습을 드러냈다. 국방색 범포인 듯한 천으로 지은 헐렁헐렁한 옷을 입고 있었다. 떨어진 꽃잎을 뒤집어쓴 머리의 백발이 봄 햇살에 반짝였다.

—안녕하세요.

선량해 보이는 웃음과 함께 거수경례를 했다.

—네, 안녕하세요.

가나코가 깜짝 놀랄 만큼 커다란 목소리로 인사를 받은 것은 가나코 근처의 창문에 서서 아까부터 역시 정원을 바라보고 있던 중년 사내였다. 사내가 가나코 바로 옆으로 왔다.

—저 사람은 이 병원에서도 오래 된 환자입니다.

사내가 가나코에게 이야기를 시작했을 때, 군가를 부르던 환자는 원래 왔던 쪽으로 다시 군가를 되풀이하며 걸어갔다.

—저처럼 하루 종일 속편하게 바깥을 산책하기 때문에 몸은 건강합니다. 오래 살 겁니다.

사내는 가부토초(兜町)에서 격한 노동을 하기에 가끔 가벼운 뇌병에 걸려 이 병원에 다니기 시작한 지도 20년쯤 지났기에 병원 안의 오래된 환자와는 알고 지내는 사람이 많다고 했다.

—저 사내는 러일전쟁의 용사였습니다. 제1차 여순 공격 때 부상을 입었는데 목숨은 건졌지만 머리가 이상해졌습니다.

—점잖으신 모양이네요.

—정말 점잖습니다. 하지만 나을 가망이 없습니다. 평생 환자로 지내야 합니다. 그래도 보신 그대로이기에 병원에서는 모두가 좋아합니다. 바깥세상에서 제정신으로 고생을 하는 것보다는 차라리 훨씬 나을 겁니다.

정원 곳곳에 파랗게 칠한 벤치가 놓여 있어서 일광욕이나 산책에 지친 환자들이 말없이 앉아 있었다. 음정이 맞지 않는 군가를 부르는 사내 외에 입을 움직이는 사람은 아무도 없었다. 감금되어 있는 환자의 광포함과는 반대로 지나치게 얌전하고 정적인 환자들인 것이리라.

한 노인이 자신의 낡은 하오리를 벗기도 하고 입기도 하고 개기도 하다가, 잔디 위에 무릎을 꿇고 앉아 한쪽 하늘을 올려다보며 절을 했다.

—저 사람은 젊었을 때 누군가의 옷을 훔쳤다고 합니다. 마음이 약해서 그것이 그를 괴롭혔고 정신이 이상해진 것이라고 합니다.

가나코가 묻자 곁의 사내가 다시 설명했다. 실오라기를 잔뜩 무릎에 올려놓고 그것을 묶고만 있는 여자, 멀리서 혼자 토끼를 흉내 내어 두 손으로 귀를 높이 세우고 한 곳에 웅크리고 있는 사내.

바로 가까이에 있는 벤치로 시선을 되돌린 가나코는 거기서 젊은 사내 둘을 발견했다. 얼굴과 차림새도 아주 닮은 두 사람이었다. 한 사람은 약간 나이가 많고 제정신으로 건강한 사람이라는 것을 잘 알 수 있었지만, 나이가 어린 쪽은 한눈에 보아도 바로 정신병이라는 것을 알 수 있었다.

—저 사람들은 형제입니다.

가나코 옆에 있던 사내가 다시 말했다.

—대장장이 형제들이었습니다. 부모도 처자도 없이 둘이서 열심히 일했습니다. 하지만 동생의 솜씨가 영 좋지 않았습니다. 형이 어느 날 화가 나서 쇠망치를 동생에게 휘둘렀습니다. 설마 때리지는 않았지만 동생은 놀라서 정신이 이상해져버리고 말았습니다. 5, 6년쯤 전입니다, 저 동생이 여기에 입원한 것은. 형은 한 달에 3번은 이곳을 꼬박꼬박 찾아옵니다. 그리고 동생과 함께 놀아줍니다. 다정한 마음씨로 모두 저들을 보면 가엾어 합니다. 형은 여기에 오면 동생의 말은 무엇이든 들어줍니다. 속죄의 마음이겠지요. 동생은 이상한 짓들을 시킵니다. 자신의 손짓발짓을 전부 따라하라고 형에게 시킵니다. 형은 따라합니다, 무엇이든. 혀를 내밀어라, 손을 들어라, 엎드려라, 누워봐라—곧 시작할 겁니다, 또.

가나코는 남자의 설명이 이제 지긋지긋하다는 생각이 들었다. 누구나 모두 한 번 받은 것은 갚지 않으면 안 되며, 자신이 한 일에 대해서는 결국 책임을 지지 않으면 안 되는 것이라고 생각했다. 지긋지긋하고 슬픈 인생이라고 생각했다. 하지만 또 황홀할 정도의 인과응보의 세상이라고도 생각했다.

그러나 가나코는 이 정신병자들의 산책장소를 보는 것도 이제 지긋지긋해졌다. 정신병자들의 머리 위에 아주 자랑스럽다는 듯 가득 피어 있는 벚꽃도 끈질기게 버티는 집요한 것으로 보이기 시작했다. 이 설명하기 좋아하는 사내와도 같이 있고 싶지 않았다. 가나코는 여기에 이 이상 머물면 혐오 이상의 어떤 것에 몸과 마음 모두 푹 빠져버릴 것만 같다는 위험한 생각이 들었다.

가나코가 몸을 획 돌려 유리창에서 멀어졌을 때, 마침 교코를 지켜보고 있던 젊은 간호부가 서둘러 다가왔다.

—환자 분, 깨셨어요.

서둘러 온 것에 비해서 간호부는 차분하게 말했다.

—벚꽃이 만개했죠?

그보다 가나코의 눈은 그 간호부의 어깨 너머 복도 안쪽에서 교코의 얼굴을 환영으로 보았다. 그것은 가나코를 평생 비추며 따라다닐 쓸쓸하고 아름다운 백등(白灯)의 빛 같은 교코의 얼굴의 환영이었다.

오솔길

나가이 가후(永井荷風, 1879~1959)

　소설가. 도쿄 출생. 본명은 나가이 소키치(壯吉). 별호는 단장정 주인(斷腸亭主人, 단초테슈진). 『지옥의 꽃(地獄の花)』 등으로 졸라이즘을 표방. 프랑스에서 돌아온 후 피상적인 근대화에 반발하여 일본의 옛 정서에 관심을 보이며 평생 반속적(反俗的)인 문명비평가로서의 자세를 관철시켰다. 대표작으로는 『아메리카 이야기(あめりか物語)』 『프랑스 이야기(ふらんす物語)』 『냉소(冷笑)』 『힘겨루기(腕くらべ)』 『왜형죽(おかめ笹)』 일기 『단초테니치조(斷腸亭日乘)』 등이 있다. 『프랑스 이야기』는 풍속을 해친다는 이유로 발매금지 당하기도 했으며, 『묵동기담』은 일본에서 두 차례(1960년, 1992년)나 영화화되었다.

고우노다이(国府台)에서 나카야마(中山)를 지나 후나바시(船橋) 쪽으로 솔숲에 덮인 한 줄기 언덕이 이어져 있다. 언덕을 따라서는 널따란 평야가 혹은 높게, 혹은 낮게, 완만히 기복을 이루어 단조로운 조망 곳곳에 화폭 같은 느낌을 주기에 충분한 변화를 보이고 있다.

이치카와(市川)로 이사하고 난 뒤부터 나는 거의 매일처럼 목적지를 정해놓지 않고 부근의 시골길을 걸었으며, 인가에서 멀리 떨어진 솔숲 속, 혹은 움푹 패인 땅의 수풀에 몸을 던진 채 파란 하늘과 구름을 올려다보고 새와 바람이 속삭이는 소리를 들으며 초여름의 긴 해조차 그 저물어가는 것을 안타까워하는 날도 있었다.

그러나 내가 바라보며 즐기는 이 부근의 풍경은, 특별히 추천하여 사람을 데리고 갈 만한 종류의 것은 아니었다. 이른바 명소의 풍경은 아니었다. 예를 들자면 솔숲 사이로 빠져나가는 언덕길 아래로 물이 흐르고 낡은 다리 아래에서 여자가 채소를 씻고 있다거나, 혹은 색비름이 쓸쓸하게 서 있는 농가의 정원에서 가을 햇살을 받으며 두어 명의 여자가 멍석을 깔고 곡물의 씨앗을 말리고 있다거나, 혹은 숲 사이로 석양이 내리고 있는 먼 곳의 밭을 바라보며 콩 꽃이나 채소 잎의 색을 아낀다거나 하는 등의, 한마디로 말하자면 시골의 어디를 가도 볼 수 있는 참으로 시골답고 평온하고 평범한 풍경. 그림을 배우기 시작한 학생의 캔버스에 한 번쯤은 반드시 오를 만한 풍경에 지나지 않았다. 특징이 없는 만큼, 평범한 만큼, 커다란 찬미의 정에 휩싸이지 않는 만큼, 이들 조망은 오히려 한층 더 커다란 위안과 친애를 느끼게 해주었다. 평상복에 꾸미지 않은 모습의 여자를 발 너머로 보는 풍치에도 비할 수 있으리라.

나는 도쿄에 있는 지인 가운데 한 명에게 산책의 소감을 적어 보냈다. 그러자 그 친구는 답장을 보냈을 뿐만 아니라, 어느 날 불쑥 찾아와서는,

"제게도 그 부근의 시골길에는 얼마간 추억이 있습니다. 법화경사(法華経寺) 본당 안쪽의 건물에서 조금 더 가면 경마장이 있었는데 전쟁 후에는 어떻게 됐을지."라고 말했다.

"경마장은 지금도 그대로 남아 있는 듯합니다. 하지만 페인트칠을 한 그 건물과 무선전신의 철탑은, 예전에 무코지마(向嶋)의 풍경을 보러 간 사람들이 구라마에(蔵前)나 가네가후치(鐘ヶ淵)의 굴뚝을 싫어했던 것처럼 저도 가능한 한 그런 것들은 보이지 않는 쪽을 걷고 있습니다."

"네, 바로 그렇습니다. 당신의 편지를 읽고 제가 떠올린 곳도 바로 그런 곳입니다. 저는 지금까지 경마장이라는 곳에는 딱 한 번, 그 나카야마로 사람을 따라간 적밖에 없습니다. 전쟁 전이었

으니 오래 전 일입니다. 벌써 10년이 되었습니다. 처음 결혼했던 여자였습니다만, 그 여자는 경마를 좋아했습니다. 경마뿐만 아니라 세상 사람들의 입에 오르내리는 곳이라면 연극이든, 댄스홀이든, 해수욕이든, 어디든 가고 싶어 하는 여자였습니다. 그러나 저는 반대로 경마뿐만 아니라 씨름이 됐든, 야구가 됐든, 그것이 무엇이든 승부를 겨루는 것에는 조금도 흥미를 가지고 있지 않습니다. 아무리 봐도 금방 질려버리는 성격입니다. 결혼을 한 지 얼마 지나지 않았을 무렵이었기에 권하는 대로, 대체 어떤 것인지 가보고 싶다는 생각이 들어 아내와 둘이서 자동차를 타고 갔었습니다. 봄처럼 따뜻한 초겨울의, 바람도 없는 날이었습니다. 일본 외에는 세계 어디를 가도 이렇게 좋은 날씨는 볼 수 없으리라 여겨질 정도의 어느 초겨울이었습니다. 길은 잘 기억하고 있지 못하지만, 에도가와(江戶川)를 건너 국도인 듯, 포장이 되어 있는 널따란 도로를 조금 달리자 잠시 후 길 한쪽으로 멀리 바다까지 이어져 있는 논이 보이기 시작했습니다. 다른 한쪽은 어디까지 가도 같은 풍경으로, 인가 뒤에 솔숲이 이어져 있었습니다. 그러다 어떤 길로 접어드니 솔숲 사이의 언덕을 깎아 만든 듯 완만한 언덕길이 있었는데, 꼭대기에 올라서자 시선이 닿는 곳은 전부 널따랗게 펼쳐진 밭이었습니다. 지평선 위에 하얀 구름이 떠 있을 뿐. 도쿄의 번화가에서 나와 갑자기 이 널따란 조망을 바라보자 저도 모르게 가슴이 탁 트이는 듯하고 청량한 공기가 폐 깊숙이 스며드는 것 같은 기분이 들었습니다. 그런 기분을 맛볼 새도 없이 사람들 외치는 소리가 점점 가까이 들리더니 차가 경마장 문 앞에 닿았습니다. 차에서 내렸는데 어디를 보아야 좋을지 모르겠을 만큼 밭과 숲의 조망은 더욱 좋았습니다. 초겨울이었기에 배추와 무의 연한 초록색 잎이 햇빛을 받아 융단처럼 반짝였으며, 소나무 숲 사이로 울창하게 우거진 나무의 우듬지는 짙게 물들어 있었습니다. 경마장만 없었다면 이 부근의 풍경이 한층 더 잘 보였을 텐데, 라고 문득 생각한 것이 그날 있었던 희극의 시작이었습니다. 장내로 들어서기 전부터 저는 경마 따위 볼 마음이 들지 않았던 것입니다. 자동차의 흙먼지와 구경 온 사람들의 혼잡한 모습이 참으로 난폭하게 전원의 풍치를 훼손하고 있다는 생각이 들어 화가 나기 시작했던 것입니다. 관람석에서 한두 경기를 보았으나 조금도 재미없었을 뿐만 아니라, 지루하고 지루해서 견딜 수가 없었습니다. 그러다 아내가 아는 사람들을 만나서 함께 말을 보러 갔습니다. 저는 시시한 도박에 흥분하는 아내의 얼굴과 모습을 보는 심경이 복잡하기도 하고 끓어오르는 듯한 장내 일대의 소란스러움에도 견딜 수가 없어졌기에 그대로 인파에 뒤섞여 문을 훌쩍 빠져나왔고, 경마장의 돌담을 따라 난 한 줄기 길을 초가집 지붕이 보이는 쪽으로 걸어갔습니다. 청명하게 맑은 초겨울 하늘에 따사로운 햇빛을 받으며 솟아 있는 나무의 모습이 그때는 말로 표현할 수 없을 만큼 더없이 아름답게 보였습니다. 그 부근의 산울타리에 흐드러지게 피어 있는 동백꽃과 국화꽃은, 먼지투성이 도쿄의 정원에서 보는 것과는 달리 씻어놓은 듯한 선명함을 자랑하고 있었습니다. 농가의 마당에서는 수건으로 얼굴을 감싼 아가씨들이 벼를 찧고 있었습니다. 짐수레가 지나는 길가를 닭이 걷고 있었습니다. 눈에 들어오는 풍경 모두가 그림과도 같았습니다. 허물어져가는 헛간도, 낡은 우물도, 버려진 농기구까지가 전원의 평화와 행복을 보여주고 있는 것처럼 여겨졌습니다. 방울처럼 새빨간 감이 달린 나무 아래에 대나무의자와 나무 평상을 꺼내놓고 우유를 파는 초가집이 눈에 들어왔습니다. 나무 숲 안쪽에서 소 울음소리가 들려왔습니다. 목장이 있었던 거겠지요. 자리를 잡고 앉아 우유를 마셔보니, 도쿄에서 팔고 있는 것과는 품질이 완전히 달랐습니다. 저는 같은 가정을 꾸리는 것이라면 도쿄의 번화한 곳보다는 차라리 이런 시골에서 살아보고 싶다, 처마가 깊은 초가집의 툇마루에서 참새와 함께 겨울 햇살을 받으며 책이라도 읽고 싶다, 하지만 저런 아내이니, —경마와 마작을 좋아하는 아내이니 도저히 말이 통하지 않을 것이다. 제대로 교제도 해보지 않고 이른바 중매로 얻은 아내이니 마음이 맞지 않는 것도 어쩔 수 없는 일이라고 저는 어딘가 우울한 마음이 들어 옆에 서 있는 팽나무의 우듬지에서 나뭇잎이 반짝이며 떨어지는 것을 바라보고 있었습니다. 그때 역시 경마를 보러 온 것인 듯한 도쿄풍의 양장을 입은 젊은 여자가 한 사람 우유집의 의자에 앉았습니다. 나이는 스물두엇. 벗은 상의를 핸드백과 함께 옆구리에 끼고 있었으며, 회색 스커트에 하얀 털실로 짠 스웨터를 입고 있었기에 통통한 몸의, 특히 볼록한 가슴의 모습을 그대로 생생하게 그려볼 수 있었습니다. 뒤따라올 동행이라도 기다리는 건가 싶었으나 그런 기색은 조금도 보이지 않았습니다. 여자는 우유를 한 모금. 그리고 담배에 불을 붙였으나 두어 번 빨다 땅바닥에 내던지고 초조하다는 듯 밟아 문지르기도 하고, 어딘가 차분히 있을 수 없다는 듯한 모습. 우유 값을 치르고 바로 일어나 가버렸습니다. 시계를 보니 경마가 끝날 시간은 아직 좀처럼 올 것 같지 않았습니다. 저는 안심하고 밭 가운데의 좁은 길로 꺾어져, 풀이 말라 있는 오솔길을 어디로 가겠다는 생각도 없이 숲이 보이는 쪽으로 걸어갔습니다. 갈아놓은 흙에서 두어 치 싹을 내민 것은 보리였겠지요. 당근과무는 그 잎의 생김새로 도회 출신인 저도 쉽게 알아볼 수 있었습니다. 우엉의 잎은 머위처럼 펼쳐져 있고, 더없이 부드러워 보이는 새하얀 잎 뒷면의 배추 줄기에는 햇빛이 쏟아지고 있었습니다. 수레바퀴자국이 깊이 새겨진 오솔길은 갈수록 점점 낮아짐과 동시에 양쪽의 밭은 점점 높아져 마침내는 올려다보아야 할 정도가 되었고, 수수줄기가 일렬로 나란히 늘어선 땅 옆은 억새와 조릿대가 우거진 절벽이 되어 있었습니다. 걸어온 쪽을 돌아보니 경마장의 건물도 농가의 지붕도 절벽에 가려 보이지 않았으며, 길 앞쪽은 솔숲의 가지에 시야가 가려져 있었습니다. 땅은 한층 더 낮아졌고, 역시 밭이 이어져 있었을 테지요. 그러나 밭일은 당시가 농한기였던 듯, 사람이 지나는 모습은 하나도 보이지 않았습니다. 저는 서리를 맞아 시든 풀 사이로 뭔가 조그만 꽃을 피운 잡초가 있는 것을 보고, 그것을 꺾기 위해 허리를 구부렸다가 두 발을 앞으로 뻗었습니다. 절벽을 뒤에 둔 그 우묵땅은 바람도 통하지 않고 새의 지저귐도 들리지 않고 따사로운 햇볕만 내리쬐고 있을 뿐. 그 따뜻함은 모자를 쓴 머리가 금세 근질거릴 정도였습니다. 저는 밑도 끝도 없이 마을의 아가씨가 밝은 대낮에 좋아하는 남자와 몰래 만나는 것은 들판의 이런 곳일지도 모르겠다고 문득 생각했습니다. 참으로 한심한 상상일지 모르겠으나 너무나도 조용하고 밝고 따뜻했기에 저 스스로도 영문을 알 수 없는 공상을 시작한 것이었습니다. 전원의 고요한 낮은 오히려 밤보다 틀림없이 젊은이의 마음을 자극할 것이다, 도회에서는 추하게 여겨지는 일이라도 전원에서 행하면 곧 아름다운 시 속의 광경으로 변하여……. 이런 공상을 하고 있을 때, 저는 뜻밖에도 조금 전 우유집의 걸상에서 봤던 하얀 스웨터의 여자가 어느 길로 걸어온 것인지 제가 쉬고 있는 쪽으로 오고 있는 모습을 보았습니다. 여자는 풀 위에 제가 누워 있는 모습을 보고 발걸음을 조금 늦추기는 했으나, 갑자기 발걸음을 돌리면 너무 노골적으로 보이리라. 그렇다고 해서 샛길이 있는 것도 아니고 어쩔 수 없이 제 옆을 지나갈 수밖에 없었습니다. 저는 그러한 경우의 어색함을 고려하여 제가 먼저 예사롭게 말을 걸어주었습니다.

"또 뵙네요."

여자는 어쩔 수 없다는 듯 미소를 지어 보였습니다.

"경마를 보러 오셨나요?"

"네."

"벌써 가시게요?"

"네."라며 멈춰서더니 손수건으로 이마의 땀을 닦았습니다.

"걸으면 땀이 날 정도네요. 좀 쉬었다 가세요. 벌레도 개미도 없으니."

"저기, 전차까지는 아직 멀었나요?"

"글쎄요. 그렇게 멀지는 않겠죠. 지나는 사람이 있으면 물어보죠, 뭐."

여자는 지쳤는지 저를 마주보고, 그러나 조금 떨어진 곳에 앉아 스커트를 잡아당겨 무릎을 가렸습니다. 저는 조금 전까지 잠겨 있던 공상의 꿈에서 아직 완전히는 깨어나지 못했습니다. 햇볕을 받고 있는 몸의 따사로움은 고타쓰[1]에라도 들어가 있는 듯했으며, 젊고 낯선 여자가 가까이에 있다는 사실이 그저 한없이 기뻐서 견딜 수가 없었습니다.

"그 우유 맛있었죠?"

"네에."라고 여자는 우물쭈물하고 있었습니다.

"친구를 따라서 처음 보러 왔는데 저 같은 사람에게는 맞질 않습니다, 시끄러워서. 당신은 좋아하시나요, 활기찬 곳을……."

여자는 말없이, 이번에도 어쩔 수 없다는 듯 미소를 지었습니다. 저는 어떻게든 조금 더 마음 편하게 해주어야겠다고 생각하

---

[1] 炬燵. 일본 전통의 난방기구. 낮은 탁자 아랫면에 난방장치가 있고 탁자 위에 이불을 씌워 온도를 유지한다.

여,

"혼자서 보러 오셨나요?"라고 물어보았습니다.

"아니요. 그게."

"저는 친구를 내버려두고 그냥 나와버렸습니다. 찾고 있을지도 몰라요."

"어머."라며 여자는 비로소 제 쪽을 바라보더니 잠시 후, "저도 친구랑 왔는데……."

"그랬군요. 그럼 경마 같은 건 역시 취향에 안 맞으시는 모양이군요."

애교 있는 표정을 짓기는 했으나 여자는 아무 말도 하지 않았습니다. 저는 곁으로 다가가 손이라도 잡아보고 싶다는 마음에 사로잡혔습니다. 여자가 손을 뿌리치든 소리를 지르든, 사람들의 눈에 띄지 않는 들판의 우묵땅이었습니다. 이대로 두 번 다시 얼굴을 보지 않는다면 무슨 짓을 해도 상관없다, 이런 마음을 눈치 챘는지 여자가 일어설 듯이 보였기에 저도 일어나 여자가 걸으면 함께 걷겠다는 듯한 자세를 보였습니다. 그러자 여자는 무슨 생각을 한 것인지 일어서지 않고 오히려 상반신을 옆으로 기울여 한쪽 손으로 풀 위를 짚었기에 그것을 기회로 옆으로 다가가 몸을 수그리며 동시에 손을 잡았습니다.

나중에야 알게 된 사실인데, 그날 여자도 역시 남자를 따라서 경마장에 온 것이라고 합니다. 그런데 장내에서 그 남자가 전부터 알고 지내던 기생인 듯한 여자를 만나 이야기를 나누기 시작했습니다. 그 모습이 아무리 봐도 뭔가 사연이 있는 듯 여겨졌기에 여자는 앞뒤 생각할 것도 없이 남자에게 보란 듯이 밖으로 나와버리고 만 것이라고 합니다. 그때는 아무것도 알 리 없었기에, 저는 함께 역으로 가는 길을 찾는 척하며 밭이나 숲 속의 오솔길을 여기저기 일부러 다른 방향으로 걸어갔습니다.

여자는 굽이 높은 구두를 신고 있었기에 한 솔숲 속에서 잠시 쉬었을 때는 매우 지쳐 있었는지, 가을 햇살이 기울어가기 시작했다는 사실도 깨닫지 못한 채 제가 손을 잡고 안아 일으킬 때까지 풀밭 위에 다리를 뻗고 앉아 있었습니다. 세 번째로 우거진 억새 사이에서 쉬었을 때는 조릿대의 잎이 바람에 흔들리는 소리가 적잖이 귀를 때렸으며, 해도 벌써 낮아져 있었습니다.

그날 밤, 저는 그녀와 함께 이치카와의 여관에서 묵고 말았습니다. 10년 전의 일이니 저도 아직은 마흔 살 전이었습니다. 그렇게 해서 첫 번째 아내와 헤어졌으며, 그 여자와 얼마 전까지 같이 살았습니다. 우연히 오솔길에서 만나, 우연히 숲 속에서의 모험에 성공한 처음의 일들이 오래도록 마음 깊은 곳에 남아 있었기에 그 이후 여러 가지 성가신 사정이 생겨났음에도 불구하고 저는 좀처럼 포기할 수 없었던 것입니다. 정숙하지 못한 여자의 가벼운 행동만큼, 저희 같은 남자의 마음을 유혹하는 것도 없습니다. 편지를 읽고 그 부근의 풍경이 떠올랐습니다. 그때 어디를 어떻게 걸었는지, 밭이나 숲이 그대로 남아 있다면 나무의 생김새나 오솔길의 굽은 모습 등에서 그 장소를 떠올릴 수 있지 않을까 싶습니다."

　나는 지인과 함께, 그가 10년 전에 꾸었던 꿈의 흔적을 찾기 위해 산책에 나섰다.

소 년

다니자키 준이치로(谷崎潤一郎, 1886~1965)

도쿄 니혼바시 상점의 장남으로 태어났다. 아버지는 무기력한 타입, 어머니는 성격이 강한 미인이었다고 한다. 그러한 환경이 준이치로의 정신 형성에 크게 작용했다. 도쿄 부립 제1중학교에 입학했으나 아버지가 가업에 실패해 서생을 하며 제1고등학교 영법과에 진학, 이후 도쿄 제국대학 국문과에 적을 두었으나 1911년 학비 미납으로 퇴학, 곧 작가 생활을 시작했다. 제2차 『신사조』를 도쿄 제국대학 재학 중에 창간, 발표한 「문신」이 나가이 가후의 극찬을 받았다. 마조히즘의 묘사나 높은 이야기성이 자연주의 중심이었던 문단에 충격을 주었다. 관동대진재 후 간사이로 이주, 일본의 전통문화로 회귀하여 「세설」이나 「음예예찬」 등을 발표했다.

벌써 그럭저럭 20년쯤 지났으리라. 나는 겨우 10살 정도로 가키가라초(蠣殼町) 2번가의 집에서 스이텐구(水天宮) 뒤편에 있는 아리마(有馬) 학교에 다니던 시절. —닌교초(人形町) 도로의 하늘은 흐릿하고 처마를 나란히 한 상점들의 감색 포렴에 햇살이 따뜻하게 쏟아져 종잡을 수 없는 꿈결 같은 어린 마음에도 막연하게 봄이 느껴지던 따사로운 계절의 일이었다.

어느 화창하게 맑은 날, 졸음이 쏟아질 것 같은 오후의 수업이 끝나 먹물투성이 손으로 주판을 끌어안고 학교의 문을 나서려 한 순간,

"하기하라 에이(萩原栄)짱[1]."

하고 나의 이름을 부르며 뒤에서 부지런히 따라오는 사람이 있었다. 그 아이는 동급생인 하나와 신이치(塙信一)였는데, 입학한 당시부터 심상 4학년이 된 오늘까지 따르는 하녀를 곁에서 한시도 떼어놓은 적이 없다는 소문의 용기 없는, 누구나 겁쟁이네 울보네 험담을 하며 같이 놀아주는 사람이 없는 부잣집의 도련님이었다.

---

1) ちゃん. 이름이나 별명 뒤에 붙여 친근감을 더해주는 말.

"무슨 일이야?"

평소와 달리 신이치가 먼저 말을 걸어왔기에 이상히 여기며 나는 그 아이와 따르는 하녀의 얼굴을 빤히 바라보았다.

"오늘 우리 집에 와서 같이 놀자. 집의 정원에서 오이나리[2]님의 제사가 열리니."

주홍색 끈으로 꼰 것 같은 입으로 다정하고 겁을 먹은 듯한 목소리로 말하며 신이치가 애원하는 듯한 눈빛을 보였다. 평소에는 외톨이로 주눅이 들어 있는 아이가 어째서 이런 생각지도 못했던 말을 하는 건지, 나는 약간 당황스러워서 상대방의 얼굴을 읽듯 멍하니 선 채로 있었는데, 평소에는 겁쟁이네 뭐네 험담을 하며 괴롭히기는 했지만 이렇게 눈앞에 두고 보니 과연 양가의 아들답게 기품이 있고 아름다운 면이 있는 듯 여겨졌다. 명주로 지은 통소매 옷에, 옛날에 하카타 지방의 영주에게 바쳤다는 직물로 지은 허리띠를 두르고, 노란 바탕에 줄무늬가 들어간 하오리를 입고, 옥양목 버선에 셋타[3]를 신은 모습이 희고 갸름한 얼굴과 아주 잘 어울려서, 새삼스럽게 품위에 압도당하기라도 한 듯, 나는 넋을 잃고 말았다.

"그래요, 하기하라 도련님. 우리 도련님하고 같이 노세요. 사실은 오늘 저희 집에서 축제가 있어서요, 될 수 있으면 얌전하고 귀여운 친구를 데려 오라고 마님께서 말씀하셨기에, 그래서 도련

---

2) お稲荷. 곡식을 관장하는 신.
3) 雪駄. 대나무 껍질로 지금의 샌들처럼 만든 신 바깥쪽 밑창에 가죽을 댄 것.

님이 하기하라 도련님을 초대하는 거예요. 그러니 같이 가요. 아니면 싫으신가요?"

따르는 하녀가 이렇게 말했기에 나는 내심 뿌듯한 마음이 들었으나,

"그럼 일단 집에 갔다가, 말을 하고 놀러 갈게."

라고 일부러 착한 아이인 양 대답했다.

"아아, 그렇죠. 그럼 도련님 집까지 같이 가서 어머님께는 제가 부탁을 드릴까요? 그런 다음 저희 집에 같이 가도록 해요."

"아니, 됐어. 너희 집은 알고 있으니 나중에 나 혼자서도 갈 수 있어."

"그런가요. 그럼 꼭 오셔야 돼요. 돌아가실 때는 제가 댁까지 바래다드릴 테니 걱정하시지 말라고 댁에 말씀드리세요."

"응, 그럼 안녕."

이렇게 말하며 나는 아이 쪽을 보고 다정하게 인사를 했는데, 신이치는 예의 품위 있는 얼굴에 미소 하나 짓지 않고 그저 의젓하게 고개를 끄덕였을 뿐이었다.

오늘부터 그 훌륭한 아이와 친해지는 건가 싶자 왠지 기쁘다는 생각이 들어 평소의 친구였던 다리[4] 집의 고키치(幸吉)나 사공의 아들인 뎃코(鉄公) 등에게 들키지 않도록 서둘러 집으로 가서 학교 다닐 때 입는 감색 면포 옷을 노란 바탕에 줄무늬가

---

4) 예전에 머리숱이 많아 보이라고 덧넣었던 딴머리.

들어간 천의 평상복으로 갈아입자마자,

"어머니, 놀다 올게요."

라고 셋타를 발에 걸치며 격자문 너머로 외치고 그대로 하나와의 집을 향해 달리기 시작했다.

아리마 학교 앞에서 나카노하시(中之橋) 다리를 똑바로 건너 하마초(浜町) 오카다(岡田)의 담장을 따라 나카스(中洲)에서 가까운 해안도로로 나선 곳은 어딘가 퇴색한 듯하고 한정한 일곽을 이루고 있다. 지금은 없어졌지만 신오바시(新大橋) 다리 부근 조금 앞의 오른쪽에 유명한 단고[5] 가게와 생과자 가게가 있고, 그 대각선으로 맞은편 모퉁이에 기다란 담장을 두른 삼엄한 쇠창살 문이 있었는데 그곳이 하나와의 집이었다. 앞을 지나자 나무가 울창하여 어둑한 저택 안 정원수의 파란 잎 사이로 삼각형 모양의 널빤지를 붙인 일본식 건물의 기와가 은회색으로 빛나고 있었으며, 그 뒤로 서양식 건물의 연붉은색 벽돌이 얼핏얼핏 보여 참으로 부잣집다운 그윽한 구조였다.

과연 그날은 안에서 뭔가 축제라도 벌어진 양, 활기차고 요란스러운 큰북 소리가 담장 밖으로 흘러나왔으며, 열어젖힌 골목의 쪽문으로 이 부근에 살고 있는 가난한 아이들이 여럿, 줄줄이 정원 안으로 들어갔다. 나는 앞쪽 대문에 있는 문지기의 방으로 가서 신이치를 불러달라고 할까도 생각해보았으나, 왠지 무서운

---

5) 団子. 둥근 구슬 모양의 떡.

마음이 들었기에 그 아이들과 함께 뒤편의 쪽문으로 해서 저택 안으로 들어갔다.

이렇게 커다란 집도 다 있었나. 이런 생각이 들어 나는 표주박 모양의 연못 부근에 있는 잔디에 서서 널따란 정원 안을 둘러보았다. 지카노부[6]가 지요다(千代田)의 에도 성 안채를 그린 3폭짜리 그림에 있는 것 같은 수로, 인공 산, 석등, 자기로 구운 학, 세면용 분주 등이 보기 좋게 배치되어 있었으며, 하나의 커다란 초석에서부터 작은 징검돌이 몇 개고 몇 개고 길게 이어져 있고, 저 멀리로 대궐 같은 건물이 보였다. 여기에 신이치가 있는 걸까 생각하자 오늘은 도저히 만날 수 있을 것 같지 않은 기분이 들었다.

수많은 아이들이 양탄자 같은 파란 풀 위를 밟으며 화창하고 따스한 햇볕 아래서 놀고 있었다. 바라보니 아름답게 장식한 정원의 한쪽 구석에 있는 이나리의 사당에서부터 쪽문까지, 1간 정도의 간격으로 곁말이 적힌 행등이 늘어서 있고, 접대를 위한 감주네 어묵이네 단팥죽이네 하는 것들의 수레가 곳곳에 놓여 있었으며, 여흥을 위한 음악단과 어린이 씨름판 주위에는 사람들이 시커멓게 모여 있었다. 한껏 기대하며 놀러 왔음에도 불구하고 어딘가 실망스러운 느낌이 들어 나는 그 부근을 목적도 없이 돌아다녔다.

---

6) 요슈 지카노부(楊洲周延, 1838~1912). 에도 말기, 메이지 초기에 활약했던 화공.

"애야, 이리 와서 감주를 마시고 가렴. 돈은 없어도 된단다."

감주 수레 앞으로 갔더니 빨간 어깨끈을 걸친 하녀가 웃으며 말을 걸어왔으나 나는 심각한 얼굴을 하고 그곳을 그냥 지나쳤다. 잠시 후, 어묵 수레 앞으로 가자 다시,

"애야, 이리 와서 어묵을 먹어라. 돈을 내지 않아도 줄게."
라고 머리가 벗겨진 할아버지가 말을 걸었다.

"됐어, 됐어."
라고 한심한 소리를 올리며 내가 포기한 듯 뒤편의 쪽문으로 돌아서려던 순간, 감색 핫피[7]를 입은 술 냄새 나는 숨결의 사내가 어딘가에서부터 다가와서,

"애야, 넌 아직 과자를 못 받았지? 집에 갈 생각이라면 과자를 받아가지고 가거라. 자, 이걸 들고 저쪽 방의 아줌마한테 가면 과자를 줄 테니, 얼른 받아오도록 해."

이렇게 말하며 새빨갛게 물들인 과자 교환권을 건네주었다. 나는 슬픔이 가슴으로 밀려왔으나, 혹시 방 쪽으로 가면 신이치를 만날 수 있을지도 모르겠다는 생각이 들어 사내의 말대로 교환권을 들고 다시 정원 안을 걷기 시작했다.

다행스럽게도 그로부터 얼마 지나지 않아서 신이치를 따라다니는 하녀가 나를 발견하고,

"도련님, 잘 오셨어요. 아까부터 기다리고 있었어요. 자, 저쪽

---

7) 法被. 옛날 무가에서 하인에게 입히던 상의.

으로 가세요. 이런 천한 아이들 속에서 놀아서는 안 돼요."
라며 친절하게 손을 잡았기에 나도 모르게 눈물이 고여 바로는
대답이 나오지 않았다.

바닥이 높은, 어린아이의 키 정도 될 법한 툇마루를 따라서
정원으로 튀어나온 널따란 방의 뒤편으로 돌아드니 10평 정도의
안뜰에 싸리나무로 짧고 낮게 칸막이를 친 작은 방 앞으로 나왔
다.

"도련님, 친구 분이 오셨어요."

벽오동 아래서 하녀가 외치자 장지문 너머에서 종종걸음 치는
소리가 우당탕 들리더니,

"이리 들어와."

라고 높다란 목소리로 외치며 신이치가 툇마루 쪽으로 달려왔다.
그 겁쟁이의 어디를 누르면 이렇게 씩씩한 목소리가 나오는 걸
까, 나는 신기하게 여기며 몰라볼 정도로 화려하게 차려입은 친
구의 모습을 눈부시다는 듯 올려다보았다. 집안의 문양이 찍힌
노시메[8]에 하오리와 하카마[9]를 입고 서 있는 모습이 툇마루 가
득 쏟아지는 아름다운 햇빛을 정면으로 받아서, 하오리의 검은
비단이 은박가루처럼 반짝반짝 빛나고 있었다.

친구의 손에 이끌려서 들어간 곳은 8첩쯤 되는 깔끔한 방으로
과자 상자 바닥의 냄새를 맡는 것 같은 달콤한 향이 방 안에 감돌

---

8) 熨斗目. 예복에 받쳐 입던 통소매 옷.
9) 袴. 기모노의 겉에 입는 짧은 하의.

고 있었으며, 폭신한 비단 방석이 2개 우리를 기다리듯 깔려 있었다. 곧 차와 과자와 찐밥과 다과 등이 담긴, 옻칠을 한 자기그릇 등이 들어왔으며,

"도련님, 마님께서 친구와 사이좋게 이걸 드시라고 하셨어요. ……그리고 오늘은 좋은 옷을 입고 계시니 너무 심하게 장난치지 말고 얌전하게 노셔야 해요."

라고 말한 뒤, 하녀는 조심스러워하고 있는 내게 찐밥과 긴톤[10]을 권하고 옆방으로 물러났다.

조용하고 햇빛이 잘 드는 방이었다. 불타오르는 것 같은 장지문의 종이에 툇마루 앞 홍매화의 그림자가 비치고, 멀리 정원 쪽에서 땅땅땅 연주곡의 큰북소리가 아이들의 웅성웅성 떠드는 소리와 섞여 울려왔다. 나는 신기하고 먼 나라에 온 듯한 기분이 들었다.

"신짱, 너는 언제나 이 방에 있는 거야?"

"아니. 여기는 사실 누나 방이야. 저기에 누나의 여러 가지 재미있는 장난감이 있는데, 보여줄까?"

이렇게 말한 신이치는 서랍장 안에서 꺼낸 원숭이 인형과 할아버지·할머니 인형과, 작은 목조인형, 흙으로 구운 인형, 호분을 바른 인형 등을 두 사람 주위에 아름답게 늘어놓고, 여러 가지 남녀의 모습을 한 얼굴인형을 2첩 정도의 다다미 사이에 헤아릴

---

10) きんとん. 강낭콩과 고구마를 삶아 으깨어, 밤 따위를 넣은 단 음식.

수도 없이 꽂아놓았다. 두 사람은 이불에 배를 깔고 엎드려 수염을 기른 것과 눈을 부릅뜬 것 등 정교한 인형의 표정을 들여다보고 있었다. 그러면서 이렇게 조그만 사람들이 사는 세계를 상상했다.

"그리고 여기에는 그림책이 아주 많아."

라며 신이치는 벽장에서 한시로(半四郎)와 기쿠노죠(菊之丞)의 초상화가 가득 들어찬 책들을 끄집어내 여러 가지 그림책을 보여주었다. 몇 십 년이 지났는지도 모를 목판인쇄의 극채색이 광택도 잃지 않은 채 선명하게 빛나고 있는 두툼한 표지를 펼치면, 곰팡내 나고 거친 종이 위에 옛 막부 시절의 아름다운 남녀의 모습이 생생한 이목구비에서부터 가느다란 손끝과 발끝까지 살아 움직일 듯 그려져 있었다. 마치 이 저택과도 같은 에도 성의 안뜰에서 수많은 시녀와 함께 아가씨가 반딧불이를 쫓고 있는가하면, 한적한 다리의 끝자락에서 커다란 삿갓을 쓴 사무라이가 전령의 목을 베고 시체의 품속에서 빼앗은 통 속의 편지를 달에 비춰가며 읽고 있기도 했다. 그 다음에는 온통 검은 옷에 복면을 한 침입자가 안채로 숨어들어 버섯 모양으로 머리를 묶은 채 깊은 잠에 빠져 있는 여자의 목에 이불 위에서 칼을 찔러 넣고 있었다. 또 어떤 곳에서는, 희미하게 등불이 밝혀진 방 안에 농염한 잠옷차림의 여자가 피가 듣는 면도칼을 입에 물고, 허공을 붙잡으려 하며 발밑에 쓰러져 있는 남자의 죽은 모습을 흘겨보면서, '꼴좋다.'고 말하며 서 있었다. 신이치와 내가 가장 재미있어하며 본 것은 기괴한 살인 광경으로 안구가 튀어나온 사람의 죽은 얼굴이네, 몸이 두 동강이 나서 허리 아랫부분만 서 있는 사람이네, 시커먼 핏자국이 구름 같은 반점을 그리고 있는 신기한 도면을 정신없이 들여다보고 있는데,

"어머, 신쨩은 또 남의 물건으로 장난을 치고 있네."

이렇게 말하며 화려한 무늬의 비단 긴소매 옷을 입은 열서너 살쯤의 여자아이가 장지문을 열고 달려왔다. 이마가 좁고 눈매와 입매가 다부진 얼굴에 어린아이다운 분노를 머금은 채 꼿꼿하게 서서 동생과 나를 매섭게 노려보았다. 신이치는 주눅이 들대로 주눅이 들어 새파랗게 질리는 것 아닌가 싶었으나,

"무슨 소리 하는 거야? 장난 같은 거 치지 않았어. 친구한테 보여주고 있잖아."

라고 조금도 상관하지 않고 누나 쪽은 처다보지도 않은 채 그림책을 넘겼다.

"장난을 치지 않았다고? 어머, 안 된다니까."

누나가 후다닥 달려와서 보고 있던 책을 낚아채려 했으나 신이치도 좀처럼 놓지 않았다. 표지의 앞과 뒤를 서로가 잡아당겨 당장에라도 철한 곳이 터질 것 같았다. 한동안 그렇게 노려보고 있다가,

"누나는 치사해! 다시는 빌리나 봐라."

라며 신이치는 책을 냅다 내던지고 거기에 있던 인형을 누나의 얼굴을 향해 던졌으나 빗나가서 장식공간의 벽에 부딪쳤다.

"이것 봐. 이렇게 장난을 치잖아. —나를 또 때렸지? 좋아, 때릴 테면 마음껏 때려. 요전에도 너 때문에, 이것 봐, 이렇게 멍이 생겨서 아직도 없어지지 않았어. 이걸 아버지께 보이고 일러줄 테니 두고봐."

원망스럽다는 듯 눈물을 글썽이며 누나는 비단 옷자락을 걷어 올려 새하얀 오른쪽 다리의 정강이에 생긴 멍자국을 보였다. 무릎 부근에서부터 종아리에 걸쳐서 혈관이 파랗게 비쳐 보이는 얇고 부드러운 피부 위에 자줏빛 반점이 흐릿하게 염색을 해놓은 것처럼 애처롭게 번져 있었다.

"이를 테면 마음대로 일러. 치사하다, 치사해."

신이치는 인형을 발로 마구 차대며,

"정원에 가서 놀자."

고, 나를 데리고 그곳에서 뛰쳐나와 버리고 말았다.

"누나, 우는 거 아닐까?"

문 밖으로 나와서 가엾고 안쓰럽다는 생각이 들었기에 내가 물었다.

"울어도 상관없어. 매일 싸워서 울게 만들 거야. 누나라고 해봐야 첩의 딸이니까."

이렇게 시건방진 소리를 하며 신이치는 서양식 건물과 일본식 건물 사이의 커다란 느티나무와 팽나무 아래로 걸어갔다. 그곳은 무성한 노목의 가지가 으슥하게 해를 가려 눅눅한 지면에 파란 이끼가 가득 자라고 있었으며, 어둡고 싸늘한 기류가 두 사람의 옷깃 속으로 스며드는 듯했다. 아마도 옛 우물의 흔적이리라, 늪인지 연못인지 분간이 되지 않는 탁한 물웅덩이가 있었는데, 수초가 녹처럼 떠 있었다. 두 사람이 그 물가에 다리를 뻗은 채 멍하니 앉아 눅눅한 흙의 냄새를 맡고 있자니, 어딘가에서 그윽하고 미묘한 연주 소리가 들려왔다.

"이건 뭐지?"

이렇게 말하며 나는 유심히 귀를 기울였다.

"이건 누나가 피아노를 치는 거야."

"피아노가 뭐야?"

"오르간 같은 거라고 누나가 말했어. 외국인 여자가 매일 저 서양식 건물로 와서 누나에게 가르쳐주고 있어."

이렇게 말하며 신이치는 서양식 건물 2층을 가리켰다. 살색 천이 걸린 창 안에서 끊임없이 흘러나오는 신비한 울림. ……어떨 때는 숲 속에서 요마(妖魔)의 웃음이 메아리치는 것처럼, 어떨 때는 옛날이야기 속의 난쟁이들이 여럿 모여 춤을 추는 것처럼, 수천 가닥 가느다란 상상의 고운 실로 어린 머리에 미묘한 꿈을 짜나가는 것처럼, 신비한 울림은 이 낡은 연못의 물속에서 들려오는 것이 아닐까 여겨졌다.

연주 소리가 끝난 뒤에도 나는 아직 지워지지 않은 ecstasy의 꼬리를 마음속에 드리운 채, 당장에라도 저 창으로 외국인과 누나가 얼굴을 내미는 것 아닐까 동경하는 마음으로 가만히 2층을 바라보았다.

"신짱, 저기로는 놀러 가지 않아?"

"응, 장난을 쳐서는 안 된다며 어머니가 절대로 못 들어가게 해. 언젠가 몰래 들어가보려고 했었는데 자물쇠가 걸려 있어서 도저히 열리지 않았어."

신이치도 나와 같이 호기심 어린 눈으로 2층을 올려다보았다.

"도련님, 셋이서 뭔가를 하며 놀지 않을래요?"

문득 이런 목소리가 들리더니 뒤에서부터 달려오는 사람이 있었다. 그는 같은 아리마 학교의 한두 학년 위의 학생으로 이름은 몰랐으나 매일 나이 어린 아이들을 괴롭히기로 유명한 골목대장이었기에 얼굴은 잘 알고 있었다. 저 녀석이 어떻게 여기에 온 걸까 이상히 여기며 말없이 상황을 지켜보고 있자니, 그 아이는 신이치에게 센키치(仙吉), 센키치라고 그냥 이름으로 불렸으며 도련님, 도련님하며 신이치의 비위를 맞추고 있었다. 나중에 얘기를 들어보니 하나와 집안에서 일하는 마부의 아들이었다고 하는데, 그 당시 나는 맹수를 부리는 찰리네 곡마단의 미녀를 보는 듯한 눈으로 신이치를 보지 않을 수 없었다.

"그럼 셋이서 도둑놈 놀이를 하자. 나하고 에이짱은 순사를 할 테니, 너는 도둑놈을 해."

"도둑놈이 되는 건 상관없지만, 지난번처럼 너무 난폭하게 대하기 없기에요. 도련님은 끈으로 묶기도 하고 코딱지를 묻히기도 하잖아요."

이 대화를 듣고 나는 더욱 놀랐으나, 귀여운 여자아이 같은 신이치가 거친 곰 같은 센키치를 묶고 괴롭히는 광경은, 아무리 생각해봐도 실제로는 상상을 할 수가 없었다.

마침내 신이치와 내가 순사가 되어 연못 주위와 나무들 사이를 돌아다니며 도둑인 센키치를 뒤쫓았지만, 우리는 둘이어도 상대는 나이가 많았기에 좀처럼 잡히지 않았다. 서양식 건물 뒤편의 담장 구석에 있는 광까지 간신히 뒤따라갔다.

두 사람은 은밀히 신호를 주고받은 뒤 숨을 죽인 채 살금살금 걸어서 광 안으로 가만히 들어갔다. 그러나 어디에 숨었는지 센키치는 보이지 않았다. 겨된장이네 간장 통이네 하는 것들의 숨이 막힐 듯한 묵은 냄새가 어두운 광 안에 들어차 있고, 쥐며느리가 꿈틀꿈틀 거미줄투성이인 천장과 통 주위를 기어다니는 모습이, 어딘가 신기하고 재미있는 장난으로 어린 마음에 자극을 주는 것 같았다. 그 순간 어딘가에서 큭큭 웃음 참는 소리가 들리더니 곧 들보에 매달려 있는 비상용 바구니가 우지직 울리는 소리가 들려왔고, 기기시 '와아.' 외치며 센키치가 얼굴을 내밀었다.

"이놈, 내려와라. 내려오지 않으면 혼쭐을 내주겠다."

신이치가 아래서 소리를 질렀으며, 나와 함께 빗자루로 얼굴을 찌르려 했다.

"어서 와라. 누구든 옆에 오는 놈이 있으면 오줌을 갈겨주겠다."

센키치가 바구니 위에서 진짜로 오줌을 누려 했기에 신이치는 비상용 바구니 바로 아래로 들어가 마침 거기에 있던 대나무 장대로 바구니의 눈을 통해서 센키치의 엉덩이와 발바닥을 마구 찔러대기 시작했다.

"자, 이래도 못 내려오겠느냐."

"아야, 아야. 네, 그만 내려갈 테니, 용서해주십쇼."

비명을 올리며 사과하고 아픈 마디마디를 감싼 채 내려온 녀석의 멱살을 움켜쥐고,

"어디서 무엇을 훔쳤는지 솔직히 자백해."

라고 신이치가 엉터리 신문을 시작했다. 센키치는 또, 시라키야에서 옷감을 5필 훔쳤다는 둥, 닌벤에서 가쓰오부시[11]를 훔쳤다는 둥, 일본은행에서 지폐를 훔쳤다는 둥, 주제넘은 일들을 엉터리로 떠들어댔다.

"음, 그래. 대담한 놈이로군. 그 외에도 뭔가 나쁜 짓을 했겠지? 사람을 죽인 적은 없나?"

"네, 있습니다. 구마가야(熊谷)의 둑에서 안마사를 죽이고 50냥이 든 지갑을 훔쳤습니다. 그리고 그 돈으로 요시와라[12]에 갔습니다."

싸구려 연극이나 활동요지경에서 들은 것인 듯, 참으로 분위기에 어울리는 적절한 대답을 했다.

"그 외에도 또 사람을 죽였겠지. 그래, 어서 말해봐. 말하지 않으면 고문을 해주겠다."

---

11) 鰹節. 가다랑어 살을 찐 후 건조·발효시켜서 만든 식료품.
12) 吉原. 에도 시대의 유곽지.

"정말 이게 다이니 용서해주시기 바랍니다."

신이치는 손을 모아 애원하는 듯한 소리는 들은 척도 하지 않고 재빠르게 센키치가 두르고 있던 꾀죄죄한 연노랑 모직물 허리띠를 풀어 손을 뒤에서 묶고, 그 남은 부분으로 두 다리의 발목까지 솜씨 좋게 묶었다. 그런 다음 센키치의 머리카락을 잡아당기기도 하고 뺨을 꼬집어 올리기도 하고, 눈꺼풀 안쪽의 빨간 부분을 까뒤집어 흰자를 보이게도 하고, 귓불과 입술 끝을 잡고 흔들기도 하고, 연극의 어린이 배우나 어린 기생의 손처럼 아름다운 하얀 손가락이 교활하게 움직여 살결이 거칠고 검고 추하고 살이 찐 센키치의 얼굴 근육을 고무처럼 재미있게 늘어나게도 하고 오그라들게도 했다. 그것도 물리자,

"잠깐, 잠깐만. 네놈은 죄인이니 이마에 문신을 해주겠다."

이렇게 말하며 거기에 있던 숯가마니 안에서 상수리나무로 만든 숯 덩어리를 꺼내 침을 바른 뒤 센키치의 이마에 문질러대기 시작했다. 센키치는 엉망으로 당해서 무너져내릴 것 같은 얼굴의 윤곽을 이상하게 일그러뜨리며 꺽꺽 울고 있었으나, 결국에는 그럴 기운조차 잃었는지 상대방이 하는 대로 그냥 몸을 맡겼다. 평소 학교에서는 어마어마하게 세고 거친 골목대장 녀석이, 신이치에게 차마 눈뜨고 볼 수 없을 만큼 당해 괴물과 같은 얼굴을 하고 있는 모습을 보자 나는 지금까지 맛본 적이 없는 일종의 신기한 쾌감에 휩싸였으나, 내일 학교에서 앙갚음을 당할지도 모른다는 두려움이 있었기에 신이치와 함께 장난을 칠 마음은

들지 않았다.

잠시 후 허리띠를 풀어주자 센키치는 원망스럽다는 듯 신이치의 얼굴을 곁눈질로 노려보며 힘없이 그곳에 엎드린 채 무슨 말을 해도 움직이지 않았다. 팔을 잡아 일으켜세우려 해도 다시 힘없이 쓰러져버렸다. 두 사람 모두 살짝 걱정이 되어 모습을 살펴보며 말없이 서 있다가,

"야, 왜 그래?"

라며 신이치가 목깃을 거칠게 쥐어 몸을 똑바로 눕히자 어느 틈엔가 센키치가 우는 시늉을 하며 더러워진 얼굴을 통소매로 반쯤 닦아 우스운 꼴이 되었기에,

"와하하하하."

하고 세 사람은 얼굴을 마주하고 웃었다.

"이번에는 뭔가 다른 것을 하며 놀자."

"도련님, 또 난폭하게 굴어서는 안 돼요. 여길 보세요. 이렇게 심하게 흔적이 남았잖아요."

보니, 센키치의 손목에 묶였던 자국이 빨갛게 남아 있었다.

"난 늑대가 될 테니 두 사람은 나그네가 되지 않을래? 그래서 두 사람 모두 늑대에게 잡아먹히는 거야."

신이치가 이번에는 이렇게 말했기에 나는 약간 불길한 마음이 들었으나 센키치가,

"해요."

라고 말했기에 같이 하지 않을 수도 없었다. 나와 센키치가 나그

네, 이 광을 사당이라 생각하고 노숙을 하고 있자니, 한밤중에 늑대가 된 신이치가 다가와 문 밖에서 자꾸만 울부짖기 시작했다. 늑대는 마침내 문을 물어뜯고 들어와 당 안을 네 발로 기어 돌아다녔고, 개 같기도 하고 소 같기도 한 희한한 소리로 으르렁거리며 달아나는 두 나그네의 뒤를 쫓았다. 신이치가 너무나도 진지하게 임했기에 붙잡히면 어떤 일을 당하게 될지 내심 살짝 두려웠기에 히죽히죽 불안한 웃음을 지으며, 실제로는 열심히 가마니 위와 멍석 뒤로 돌아다니며 숨었다.

"이봐, 센키치. 너는 다리를 물렸으니 더 이상 걸어서는 안 돼."

늑대가 이렇게 말하고 나그네 가운데 한 명을 사당의 구석으로 몰아가더니 몸 위로 뛰어올라 곳곳을 물어대자, 센키치는 배우들이 하는 것처럼 괴로운 표정을 짓기도 하고 눈을 까뒤집기도 하고 입을 일그러뜨리며 여러 가지 몸짓을 그럴 듯하게 했는데, 결국은 목을 물어뜯겨 컥 하는 죽음의 비명을 마지막으로 손발가락을 부들부들 떨었으며 허공을 붙잡으려 버둥대다가 털썩 쓰러지고 말았다.

자, 이제는 내 차례다, 이런 생각이 들자 제정신이 아니었기에 서둘러 통 위로 뛰어올라갔으나 늑대가 옷자락을 물었고 굉장한 힘으로 아래에서 획획 잡아당겼다. 나는 새파랗게 질려서 통에 있는 힘껏 매달렸으나 늑대의 험악하기 짝이 없는 기세에 짓눌려 '아아, 이제는 끝장이다.'라고 체념의 눈을 감을 새도 없이 끌려

내려와 땅바닥에 천장을 향해 나뒹굴었나 싶은 순간 신이치가 질풍처럼 내 목줄기에 들러붙어 목을 물어뜯었다.

"자, 두 사람 모두 시체가 되었으니 무슨 일이 있어도 움직여서는 안 돼. 지금부터 뼈까지 씹어주겠어."

신이치가 이렇게 말하자 두 사람 모두 힘없이 큰대자로 땅바닥 위에 쓰러진 채 조금도 움직일 수 없었다. 나는 갑자기 몸 곳곳이 가려워졌으며, 옷자락이 벌어진 곳으로 차가운 바람이 술술 들어와 사타구니까지 불어들었고, 한쪽으로 뻗은 오른손 가운뎃손가락 끝이 미묘하게 센치키의 머리카락에 닿아 있는 것이 느껴졌다.

"이놈이 살이 쪄서 맛있을 것 같으니 이놈 먼저 먹어야겠군."

신이치가 자못 즐겁다는 듯한 표정을 지으며 센키치의 몸 위로 기어올라갔다.

"너무 심하게 하지는 말아주세요"

라고 센키치가 가느다랗게 눈을 뜨고 조그만 목소리로 애원하듯 속삭였다.

"그렇게 심하게는 하지 않을 테니, 움직이면 가만두지 않을 거야."

쩝쩝 입맛 다시는 소리를 마구 내며 머리에서부터 얼굴, 가슴에서 배, 두 팔에서 허벅지와 정강까지 닥치는 대로 깨물고 흙 묻은 신을 신은 채 얼굴 위고 가슴 위고 마구 짓밟았기에, 센키치는 이번에도 온몸이 흙투성이가 되었다.

"자, 지금부터 엉덩이 살이야."

마침내 센키치는 엎드리게 되었고 엉덩이 쪽의 옷을 들추자 마늘을 2알 나란히 놓은 것처럼 허리에서부터 아랫부분이 알몸이 되어 불쑥 튀어나왔다. 걷어올린 옷자락으로 시체의 머리를 덮고 등으로 뛰어오른 신이치가 다시 쩝쩝 소리를 냈는데 어떤 일을 당해도 센키치는 가만히 참고 있었다. 추운 듯, 소름이 돋은 엉덩이의 살이 곤약처럼 떨고 있었다.

다음에는 나도 저런 꼴이 되는 건가 싶어 남몰래 가슴을 두근거렸는데, 설마 센키치처럼 험한 꼴은 당하지 않겠지 하는 정도로 생각하고 있는 사이에 신이치가 마침내 내 가슴 위에 걸터앉아 우선 코끝부터 씹기 시작했다. 내 귀에는 비단으로 된 하오리 안감이 바스락바스락 스쳐 울리는 소리가 들려왔으며, 내 코는 옷에서 내뿜는 장뇌 냄새를 맡았고, 보드라운 비단이 나의 뺨을 문질렀으며, 가슴과 배는 신이치의 따끈한 몸의 무게를 느끼고 있었다. 윤기 있는 입술과 매끄러운 혀끝이 날름날름 간질이듯 핥으며 옮겨가는 기괴한 감각이 무섭다는 생각을 지우고 나를 매료시키듯 마음을 정복해 나갔으며, 심지어는 유쾌함을 느끼게 되었다. 곧 나의 얼굴은 왼쪽 옆머리에서부터 오른쪽 뺨에 걸쳐서 힘껏 밟히게 되어 그 아래에 있는 코와 입술이 짚신 바닥의 홈에 문질러졌는데, 나는 그것조차 유쾌하게 느껴졌으며 언제부턴가 몸과 마음 모두 완전히 신이치의 꼭두각시가 된 것을 기뻐하게 되어버리고 말았다.

나도 마침내 엎드린 자세가 되어 옷자락이 올려지고 허리에서 아랫부분을 쩔쩔 씹히게 되었다. 신이치는 2개의 시체가 엉덩이를 까고 땅바닥에 나란히 쓰러져 있는 모습을 아주 재미있다는 듯 깔깔 웃으며 바라보았는데 그때 갑자기 조금 전의 하녀가 광의 문가에 모습을 드러냈기에 나와 센키치는 깜짝 놀라 벌떡 일어났다.

　"어머, 도련님 여기에 계셨어요? 세상에 옷을 엉망으로 만들며 놀고 있다니, 대체 뭘 하신 거예요. 왜 맨날 이런 더러운 데서만 노시는 거예요. 센짱, 너 때문이야, 정말."

　하녀가 매서운 눈빛으로 야단을 치며 흙발자국이 찍혀 있는 센키치의 눈과 코를 뭔가 짐작이 간다는 듯 바라보았다. 나는 짓밟혔던 얼굴의 흔적이 아직 화끈거리는 것을 가만히 참으며 뭔가 아주 나쁜 짓이라도 하고 난 뒤와 같은 기분이 되어 자리에서 일어났다.

　"자, 목욕물이 벌써 끓었으니 적당히 놀고 집에 들어가시지 않으면 어머님한테 야단을 맞을 거예요. 하기하라 도련님도 다음에 또 놀러 오세요. 벌써 늦었으니 제가 댁까지 모셔다드릴까요?"

　하녀도 내게만은 부드럽게 말했으나,

　"혼자서 갈 수 있으니 데려다주지 않아도 돼."

　나는 이렇게 거절했다.

　문까지 배웅을 나온 세 사람에게,

　"안녕."

하고 문 밖으로 나서자 어느 틈엔가 거리는 푸르스름한 저녁 안개에 잠겨 있었으며, 강가의 길에는 깜빡깜빡 등불이 켜져 있었다. 나는 무시무시하고 신비한 나라에서 갑자기 사람의 세상으로 나온 듯한 느낌이 들어서 오늘 있었던 일들을 꿈결처럼 되돌아보며 집으로 향했는데, 신이치의 기품 있고 아름다운 얼굴과 사람을 얕보듯 멋대로 구는 행동이 하루 만에 나의 마음을 완전히 빼앗아버리고 말았다.

다음 날 학교에 갔더니, 전날 그렇게 지독한 일을 당했던 센키치는 변함없이 여럿의 골목대장이 되어 약한 아이들을 괴롭히고 있는 대신, 신이치는 또 평소와 다름없는 겁쟁이로 하녀와 함께 운동장 구석에 웅크리고 앉아 풀이 죽어 있는 가엾음.

"신짱, 뭔가 하며 놀지 않을래?"

라고 내가 기껏 말을 걸어도,

"아니."

라고 말한 채 눈썹을 가운데로 몰아 불편하다는 듯 머리를 흔들 뿐이었다.

그로부터 사오일쯤 지난 어느 날의 일, 학교에서 나오려는데 신이치의 하녀가 다시 나를 불러 세우더니,

"오늘은 아가씨의 히나 인형13)을 장식하니, 놀러 오세요."

이렇게 나를 초대해주었다.

---

13) 雛人形. 3월 3일에 여자아이를 위해 음식을 장만하고 인형을 장식하는 행사를 히나마쓰리라고 부르는데, 그때 장식하는 인형을 말한다.

그날은 정문을 통해서 문지기에게 인사를 하고 들어가 정면의 현관 옆에 있는 작은 격자문을 열었는데, 그러자 센키치가 바로 달려와 복도를 따라 안쪽 2층에 있는 10첩짜리 방으로 데려갔다. 신이치와 누나인 미쓰코(光子)는 히나마쓰리의 제단 앞에 누워 볶은 콩을 먹고 있었는데, 두 사람이 들어가자 갑자기 큭큭 웃기 시작한 모습이 뭔가 또 좋지 않은 장난을 꾸미고 있는 듯했기에,

"도련님, 뭔가 재미있는 일이 있었나요?"

라며 센키치가 불안하다는 듯 남매의 얼굴을 바라보았다.

빨간 모직물이 발려 있는 장식공간의 제단에는 아사쿠사의 관음당[14]처럼 시신덴[15]의 기와가 솟아 있고 귀인과 악사와 궁녀가 궁전 안에 늘어서 있었으며, 오른쪽의 벚나무와 왼쪽의 귤나무 아래에는 세 가지 표정을 짓고 있는 세 사람이 술을 데우고 있었다. 그 다음 단에는 촛대와 밥상과 이를 검게 물들일 때 쓰는 도구와 칠기에 금으로 당초무늬를 새긴 귀여운 가구가, 요전에 누나의 방에 있던 여러 가지 인형들과 함께 장식되어 있었다.

내가 제단 앞에 서서 그것들을 정신없이 바라보고 있자니 신이치가 뒤에서부터 가만히 다가와,

"지금 말이지, 센키치를 탁주에 취하게 할 거야."

귀에 대고 이렇게 속삭이더니 곧 센키치에게로 후다닥 달려가,

"이봐, 센키치. 지금부터 넷이서 술을 마시지 않을래?"

---

14) 아사쿠사(浅草)에 있는 센소지(浅草寺)의 관음상을 모신 당.
15) 紫宸殿 궁전 가운데 하나.

라고 평소와 다름없는 얼굴로 말했다.

　네 사람은 둥글게 앉아 볶은 콩을 안주로 탁주를 마시기 시작했다.

　"이건 정말 좋은 술이네요."

라는 등 어른처럼 말하여 모두를 웃기며 센키치가 술잔을 드는 것 같은 손동작으로 찻잔을 들어 벌컥벌컥 탁주를 들이부었다. 곧 취할 것이라고 생각하자 우스움이 마음속에서 치밀어올랐으며, 누나인 미쓰코는 때때로 참을 수 없다는 듯 배를 움켜쥐었으나 센키치가 취했을 쯤에는 찔끔찔끔 상대를 해주던 다른 세 사람도 조금씩 이상해지기 시작했다. 아랫배 부근에서 뜨거운 술이 부글부글 끓어올랐으며, 이마에서 양쪽 관자놀이까지가 땀에 축축하게 젖었고, 머리 주위가 묘하게 마비되고, 방바닥이 배의 바닥처럼 상하좌우로 흔들렸다.

　"도련님, 저는 취했습니다. 모두 새빨간 얼굴을 하고 있잖아요. 한번 일어나서 걸어보지 않겠습니까?"

　센키치가 일어나 손을 크게 흔들며 방 안을 걷기 시작했으나 곧 발걸음이 흐트러져 쓰러지면서 장식공간의 기둥에 머리를 찧었기에 세 사람 모두 웃음을 터뜨리자,

　"이놈, 이놈."

하고 머리를 비비며 얼굴을 찌푸리고 있던 본인도 우스움을 견딜 수 없었는지 코를 울리며 컥컥 웃었다.

　잠시 후, 세 사람도 센키치를 흉내 내어 자리에서 일어나 걷다

가는 쓰러지고, 쓰러져서는 웃고, 꺄아꺄아 신이 나서 엉망으로 떠들어대기 시작했다.

"에잇, 아아 기분 좋다. 나는 취했다, 이놈들아."

센키치가 엉덩이 부근의 옷자락을 걷어붙이고 두 주먹을 옷깃 안쪽에 넣어 장색 흉내를 내며 걷자, 신이치와 나는 물론 미쓰코까지 엉덩이 부근의 옷자락을 걷어붙이고 주먹을 어깨로 찔러넣어 마치 오조키치자[16]와 같은 모습으로,

"이놈들아, 나는 취했다."

라며 방 안을 비틀비틀 줄줄이 걷다가는 깔깔거리고 웃었다.

"앗, 도련님, 도련님. 여우놀이를 하지 않으실래요?"

센키치가 갑자기 재미있는 일을 생각해낸 것처럼 이렇게 말했다. 나와 센키치 두 시골 사람이 여우를 잡으러 갔다가 오히려 여자로 둔갑한 여우인 미쓰코에게 홀려서 곤욕을 치르고 있을 때, 사무라이인 신이치가 지나가다가 두 사람을 구하고 여우를 퇴치해준다는 이야기였다. 아직 취해 있던 세 사람은 바로 찬성하고 그 연극에 들어갔다.

우선 센키치와 내가 머리띠를 두르고 옷자락을 걷어붙이고 저마다 손에 빗자루를 들고 흔들며,

"이 부근에서 나쁜 여우가 나타나 장난을 치는 듯하니 오늘은 반드시 잡고 말겠어."

---

16) お嬢吉三. 가부키에 등장하는 여장 도적.

라는 말과 함께 등장했다. 맞은편에서 여우인 미쓰코가 다가와,

"여보세요, 당신들께 맛있는 음식을 대접할 테니 저를 따라오세요."

이렇게 말하며 두 사람의 어깨를 툭 건드리자 나와 센키치는 바로 홀려버려서,

"이야, 세상에 둘도 없는 미인이잖아."

라는 등의 말과 함께 헤벌쭉한 얼굴로 미쓰코에게 치근대기 시작했다.

"두 사람 모두 홀렸으니 똥을 맛있는 음식처럼 먹는 거야."

미쓰코가 재미있어서 견딜 수 없다는 듯 깔깔 웃으며 자기 입으로 씹던 팥고물 찰떡이네, 발로 마구 짓밟은 메밀만두네, 콧물을 묻혀 뭉친 볶은 콩이네 하는 것들을 아주 더럽다는 듯 접시 위에 수북이 담아 우리 앞에 늘어놓고,

"이건 오줌으로 만든 술이라고 생각해. ─자, 두 분 모두, 드셔보세요."

라며 탁주 안에 가래와 침을 뱉어 두 사람에게 권했다.

"오오, 맛있군. 오오, 맛있어."

라고 입맛을 다시며 센키치와 나는 맛있다는 듯 하나도 남김없이 먹어 치웠는데 탁주와 볶은 콩에서는 묘하게 찝찔한 맛이 났다.

"지금부터 내가 샤미센을 연주할 테니 두 사람은 접시를 쓰고 춤을 춰."

미쓰코가 빗자루를 샤미센 대신으로 하여 '아아, 아아' 노래를

시작하자 두 사람은 과자 접시를 머리에 쓰고,

"얼씨구, 좋구나, 좋아."하고 발로 박자를 맞추며 춤을 추기 시작했다.

그때 다가온 사무라이 신이치가 곧 여우의 정체를 꿰뚫어보았다.

"짐승 주제에 사람을 홀리다니, 괘씸한 놈이다. 꽁꽁 묶어서 죽여버릴 테니 각오해라."

"어머, 신짱. 난폭하게 굴면 난 안 할 거야."

기가 센 미쓰코가 지기 싫어서 신이치에게 맞서 말괄량이 본성을 드러내더니 고집스럽게도 좀처럼 항복하지 않았다.

"센키치, 이 여우를 묶어야겠으니 네 허리띠를 빌려줘. 그리고 난동을 피우지 못하도록 둘이서 이놈의 다리를 잡고 있어."

나는 얼마 전에 봤던 이야기책 속의 젊은 하타모토[17]가 친구들과 힘을 합쳐 미인을 약탈하는 삽화를 떠올리며 센키치와 함께 기모노의 무늬 위에서부터 두 다리를 힘껏 끌어안았다. 그 사이에 신이치는 미쓰코의 손을 뒤로 해서 간신히 묶었으며, 결국에는 툇마루의 난간에 묶어버렸다.

"에이짱, 이놈의 허리띠를 풀어서 재갈을 물리도록 해."

"그래, 알았어."

라며 내가 잽싸게 미쓰코의 뒤로 돌아가 노란색 비단 허리띠를

---

17) 旗本. 에도 시대에 쇼군에 직속된 무사로 쇼군을 직접 볼 자격이 있는 자.

풀고, 새로 묶은 지 얼마 되지 않은 머리가 망가지지 않도록 기다란 목덜미 아래로 손을 넣어 촉촉하게 기름에 젖은 머리채 아래에서부터 귀 부분을 스쳐 턱 근처를 칭칭 2바퀴 정도 감은 다음 있는 힘껏 잡아당겼기에 비단이 통통한 아래쪽 뺨의 살로 깊이 파고들었고, 미쓰코는 금각사의 눈공주[18])처럼 몸부림치며 괴로워했다.

"자, 이번에는 반대로 네놈을 똥으로 공격해주겠다."

신이치가 떡을 닥치는 대로 입에 넣었다가 퉤퉤 하고 미쓰코의 얼굴에 뱉기 시작하자 그렇게 아름다웠던 눈공주의 얼굴도 삽시간에 나병에 걸린 것처럼 두 번 다시 보기 싫은 모습으로 변해가는 재미. 나와 센키치도 그 재미에 이끌려서 마침내,

"이놈, 조금 전 우리에게 더러운 것을 잘도 먹였겠다."

이렇게 말하며 신이치와 함께 퉤퉤 뱉기 시작했는데 그것도 재미가 떨어지자 결국에는 이마고 뺨이고 곳곳에 씹던 떡을 문지르고 팥소를 문지르고 찹쌀떡 껍질을 문지르기도 해서 순식간에 미쓰코의 얼굴을 남김없이 더럽혔다. 눈과 코도 구분할 수 없을 정도로 새카맣고 밋밋한 괴물이 머리를 묶어 올린 채 농염한 기모노 차림을 하고 있는 모습은 마치 밤에 이야기하는 괴담이나 귀신들의 싸움 이야기에 나올 법했으며, 미쓰코는 더 이상 저항할 힘도 없는 듯 무슨 짓을 해도 죽은 사람처럼 얌전히 있었다.

---

18) 雪姫. 가부키 중에서 연기하기 어려운 3가지 여자 역 중 하나.

"이번만은 목숨을 살려주겠다. 앞으로는 사람을 홀리거나 하면 죽여버리겠다."

잠시 후 신이치가 재갈과 몸에 묶은 허리띠를 풀어주자 미쓰코는 벌떡 일어나 갑자기 장지문 밖으로 나가더니 복도를 후다닥 달려나갔다.

"도련님, 아가씨가 화가 나서 고자질하러 갔나봐요."

이제 와서 터무니없는 짓을 했다는 듯 센키치가 말했으며, 걱정스럽다는 표정으로 나와 얼굴을 마주보았다.

"고자질해도 상관없어. 여자 주제에 잘난 척을 하니 매일 싸워서 괴롭힐 거야."

신이치가 하늘을 향해 콧방귀를 뀌며 허세를 부리고 있을 때 이번에는 장지문이 스르르 조용히 열리더니 얼굴을 깨끗이 씻은 미쓰코가 들어왔다. 팥소와 함께 분까지 닦아낸 듯 오히려 전보다 산뜻해져서, 윤기 있는 피부의 고운 맨얼굴이 한층 더 맑게 빛나고 있었다.

틀림없이 또 한바탕 싸움을 벌이리라 기다리고 있자니,

"누군가에게 들키면 안 되니까, 몰래 욕실에 가서 씻고 왔어. —정말, 모두 왜 그렇게 난폭하게 구는 거야."

라고 원망스럽다는 듯 부드럽게 말했을 뿐, 게다가 미쓰코는 생글생글 웃고 있었다.

그러자 신이치는 신이 나서,

"이번에는 내가 사람을 할 테니 세 사람은 개가 되지 않을래?

내가 과자 같은 걸 던져줄 테니 모두 네 발로 기어서 그걸 먹는
거야. 어때, 좋지?"
라고 말했다.

"그래, 좋아요. 우리 해요. —자, 개가 되었어요. 멍, 멍, 멍."

센키치는 바로 네 발로 엎드려 방 안을 기세 좋게 뛰어다녔다.
그 뒤를 따라서 내가 뛰기 시작하자 미쓰코도 무슨 생각을 한
것인지,

"난 암캐야."

라며 우리들 사이로 비집고 들어와서 곳곳을 뛰어다녔다.

"자, 두 발로 서. ……먹지 마, 먹지 마."

등 세 사람에게 여러 가지 재주를 시키다가,

"먹어!"

라고 말하면 앞 다투어 과자가 있는 쪽으로 달려갔다.

"아아, 좋은 생각이 났어. 기다려, 기다려."

이렇게 말하고 방 밖으로 나갔던 신이치가 곧 빨간 비단 옷을
입은 진짜 발바리 두 마리를 데리고 와서 우리들 속에 놓고 씹던
떡이네, 코딱지와 침을 묻힌 만주네 하는 것들을 방바닥에 여기
저기 흩뿌리자 개도 발바리도 질 수 없다는 듯 먹을 것 위를 덮쳐
서 이빨을 드러내고 혀를 내밀어 하나의 떡을 나눠먹기도 하고
걸핏하면 서로의 콧등을 핥기도 했다.

과자를 전부 먹어치운 발바리가 신이치의 손가락과 발바닥을
날름날름 핥기 시작했다. 세 사람도 질 수 없다는 기분이 들어

그 흉내를 내기 시작했다.

"아아, 간지러워. 간지러워."

라며 신이치는 난간에 걸터앉아 희고 부드러운 발바닥을 번갈아 우리의 코앞으로 내밀었다.

'사람의 발바닥은 짭짤하고 시큼한 맛이 나는 법이로군. 아름다운 사람은 발가락의 생김새까지 아름다워.'

이런 생각을 하며 나는 열심히 다섯 발가락 사이를 핥았다.

발바리는 더욱 장난기가 발동하여 위를 향해 누운 채 네 발을 허공에 버둥거렸으며 옷자락을 물고 획획 잡아당기기도 했는데, 그러자 신이치도 재미있어하며 발로 얼굴을 쓰다듬기도 하고 배를 문질러주기도 하고 여러 가지 행동을 했다. 나도 그 흉내를 내서 옷깃을 잡아당기자 신이치의 발바닥이 발바리에게 한 것처럼 뺨을 밟기도 하고 이마를 쓰다듬어 주기도 했는데 안구 위를 뒤꿈치에 눌렸을 때와 발바닥의 장심에 입술이 막혔을 때는 조금 괴로웠다.

그런 일들을 하며 그날도 저녁까지 놀다 집으로 왔고, 다음날부터는 매일 같이 하나와의 집으로 갔으며, 늘 수업이 빨리 끝나기를 기다릴 정도가 되었고, 자나 깨나 신이치와 미쓰코의 얼굴이 머릿속에서 떠나질 않았다. 점점 익숙해져감에 따라서 신이치의 방자한 행동은 더욱 깊어졌으며, 나도 센키치와 마찬가지로 완전히 수하가 되어 같이 놀면 반드시 맞기도 하고 묶이기도 했다. 신기하게도 그 기가 센 누나까지 여우퇴치 이후부터는 완전히 고분고분해져서 신이치뿐만 아니라 나와 센키치의 말에도 반대하지 않았으며, 종종 세 사람 곁으로 와서는,

"여우 놀이를 하지 않을래?"

라는 등, 오히려 괴롭힘 당하는 것을 즐기는 것 같은 모습조차 보이기 시작했다.

신이치가 일요일마다 아사쿠사나 닌교초의 장난감가게로 가서 갑옷과 칼을 사와서는 그것을 바로 휘둘러댔기에 미쓰코와 나와 센키치는 몸에 멍이 끊이질 않았다. 점차 연극의 이야깃거리도 떨어지기 시작했기에 예의 광이네 욕실이네 뒤뜰 등을 무대로 여러 가지 궁리를 해서 난폭한 놀이에 빠져들었다. 나와 센키치가 미쓰코의 목을 졸라 죽이고 돈을 훔치면, 신이치가 누나의 원수라며 두 사람을 죽여 목을 베기도 하고, 신이치와 나 두 사람이 악한이 되어 아씨인 미쓰코와 부하인 센키치를 독살하여 시체를 강에 던지기도 하고, 언제나 가장 좋지 않은 역을 맡아 심하게 당하는 것은 미쓰코였다. 심지어 살해당한 자는 붉은색 화장품이나 물감을 몸에 발라 피투성이가 된 모습으로 몸부림치기도 했는데, 신이치는 걸핏하면 진짜 칼을 들고 와서,

"이걸로 조금만 베게 해줘. 아주 살짝, 조금만 벨 테니 그렇게 아프지는 않을 거야."

라고 말하게 되었다. 그러면 세 사람은 고분고분 발아래에 밟히며,

"너무 심하게 베어서는 안 돼."

라고 마치 수술이라도 받는 것처럼 가만히 참았는데, 그러면서도 상처에서 흐르는 피의 색깔을 무섭다는 듯 바라보았고 눈에 눈물을 가득 머금은 채 어깨나 무릎 부근을 조금 베게 했다. 나는 집으로 돌아와 어머니와 함께 매일 목욕을 할 때마다 그 상처를 들키지 않도록 하기 위해 이만저만 고생을 한 것이 아니었다.

그런 식의 놀이가 거의 1달 동안이나 계속되던 어느 날, 평소와 다름없이 하나와의 집에 갔더니 신이치는 치과에 가고 집에 없다며 센키치가 혼자 심심하다는 듯 멍하니 있었다.

"미쓰코짱은?"

"지금 피아노를 배우고 있어. 아가씨가 있는 서양 건물 쪽으로 가볼래?"

이렇게 말하고 센키치는 그 커다란 나무그늘 아래에 있는 낡은 연못 쪽으로 나를 데리고 갔다. 나는 곧 모든 것을 잊고 오래된 느티나무 아래에 앉아 2층 창에서 흘러나오는 음악소리에 가만히 귀를 기울였다.

이 저택을 처음 방문했던 날 역시 낡은 연못가에서 신이치와 함께 들었던 신비한 울림, ……어떨 때는 숲 속 요마의 웃음이 메아리치는 것처럼, 어떨 때는 옛날얘기에 나오는 난쟁이들이 여럿 모여 춤을 추는 것처럼, 수천 가닥 상상의 고운 실로 어린 머리에 미묘한 꿈을 짜나가는 것 같은 신비한 울림이 오늘도 그때와 마찬가지로 2층의 창에서 들려왔다.

"센짱, 너도 저기에는 올라간 적 없어?"

연주가 멈췄을 때, 내가 다시 넘쳐나는 호기심을 억누르지 못하고 센키치에게 물었다.

"응, 아가씨하고 청소를 맡은 도라(寅) 씨 외에는 거의 들어가지 않아. 나뿐만이 아니라 도련님도 모를 거야."

"안은 어떻게 생겼을까?"

"저기에는 도련님의 아버님이 서양에서 사가지고 오신 여러 가지 신기한 물건들이 있대. 언젠가 도라 씨한테 몰래 보여달라고 했었는데 절대로 안 된다며 보여주지 않았어. ―이제 연습은 끝났나본데. 에이짱, 우리 아가씨를 불러볼래?"

두 사람이 목소리를 맞춰,

"미쓰코짱, 같이 놀자."

"아가씨, 같이 놀아요."

라고 2층을 향해 외쳐보았으나 조용하기만 할 뿐 대답은 들려오지 않았다. 지금까지 들려온 그 음악은 사람이 없는 방에서 피아노라는 것이 저절로 움직여 미묘한 소리를 낸 것 아닐까 의심이 들기도 했다.

"어쩔 수 없으니 둘이서 놀자."

센키치 한 사람만이 상대여서는 나도 평소처럼 신이 나지 않아 힘없이 일어섰는데, 갑자기 뒤에서 깔깔 웃는 소리가 들리더니 미쓰코가 어느 틈엔가 거기에 와서 서 있었다.

"지금 우리가 불렀는데 왜 대답을 안 한 거야?"

내가 돌아서서 다그치는 듯한 눈빛을 했다.

"어디서 나를 불렀는데?"

"네가 지금 서양관에서 연습을 할 때 아래서 부른 목소리가 안 들렸단 말이야?"

"나, 서양관에 있지 않았어. 거기는 아무도 못 들어가는 걸."

"하지만 조금 전에 피아노를 쳤잖아."

"몰라. 누군가 다른 사람이겠지."

센키치가 이런 모습을 미심쩍다는 듯한 얼굴로 바라보고 있다가,

"아가씨, 거짓말을 해도 다 알고 있어요. 그러니까 에이짱하고 나를 저기에 몰래 데리고 들어가주세요. 또 고집을 부리며 거짓말을 할 건가요? 솔직하게 말하지 않으면 이렇게 하겠어요."

라고 히죽히죽 음흉한 웃음을 지으며 바로 미쓰코의 팔목을 천천히 꺾기 시작했다.

"어머, 센키치. 제발 부탁이니 용서해줘. 거짓말이 아니라니까."

미쓰코는 애원하는 듯한 모습을 보였으나, 특별히 커다란 소리는 내지 않았으며 달아나려 하지도 않고 센키치가 하는 대로 팔목을 꺾인 채 몸부림쳤다. 화사한 팔의 하얀 피부가 억센 철과 같은 손가락에 덥석 잡혀 있는 두 아이의 보기 좋은 혈색의 대조가 나의 마음을 자극하는 듯했기에,

"미쓰코짱, 솔직하게 말하지 않으면 고문을 하겠어."

이렇게 말하며 나도 한쪽 팔을 꺾고 또 허리띠를 풀어 연못

옆의 떡갈나무 줄기에 묶은 뒤,

"자, 이래도 거짓말을 할 거야?"

하고 두 사람은 평소와 다름없이 꼬집기도 하고 간지럽히기도
하며 괴롭히기에 여념이 없었다.

"아가씨, 도련님이 곧 돌아오시면 더 심하게 괴롭힐 겁니다.
그 전에 빨리 솔직하게 말하세요."

센키치는 미쓰코의 멱살을 잡고 두 손으로 목을 힘껏 누르며,

"자, 점점 더 괴로워질 거예요."

이렇게 말하며 미쓰코가 눈을 회번덕이는 모습을 웃으며 바라
보고 있다가 잠시 후 이번에는 나무에서 풀어 땅바닥에 똑바로
쓰러뜨리고,

"자, 이건 인간 평대입니다!"

라며 나는 무릎 위에 센키치는 얼굴 위에 털썩 앉아 이리저리
몸을 흔들어 미쓰코의 몸을 엉덩이로 짓밟기도 하고 누르기도
했다.

"센키치, 이젠 솔직하게 말할 테니 그만 봐줘."

미쓰코가 센키치의 엉덩이에 입이 막혀 끊어질 듯 가느다란
목소리로 용서를 구했다.

"이번에는 정말 솔직하게 말해야 해요. 조금 전에는 역시 서양
관에 계셨었죠?"

엉덩이를 들어 조금 느슨하게 하며 센키치가 신문했다.

"맞아, 네가 또 데리고 들어가달라고 말할 것 같아서 거짓말을

한 거야. 하지만 너희를 데리고 들어가면 어머니한테 야단을 맞는걸."

이 말을 듣자 센키치는 눈을 부릅떠 위협하듯 하며,

"좋습니다. 데리고 들어가지 않는다면 이렇게 또 괴로워질 겁니다."

"아파, 아파. 그럼 데리고 들어갈게. 데리고 들어갈 테니 그만 봐줘. 그 대신 낮에는 들키니까 밤에 들어가기로 해. 알았지? 그렇게 하면 도라조(寅造)의 방에서 열쇠를 가져다 열어줄 테니. 그리고 에이짱도 가보고 싶으면 밤에 놀러 오지 않을래?"

마침내 말을 듣기 시작했기에 두 사람은 여전히 땅바닥에 짓누른 채 여러 가지로 밤의 일에 대해서 상의했다. 마침 4월 5일이었기에 내가 스이텐구의 축제에 간다고 거짓말을 하고 집에서 뛰쳐나와 어두워졌을 때 대문을 통해서 서양관의 현관 쪽으로 숨어들면 미쓰코가 열쇠를 훔쳐 센키치와 함께 나를 기다리기로 했다. 단, 내가 약속 시간에 늦으면 두 사람 먼저 들어가 2층 계단을 올라선 곳에서 오른쪽으로 2번째에 있는 방에서 기다리기로 했다.

"좋아요. 그렇게 결정되었으니 용서해드릴게요. 자, 일어나세요."

라며 센키치는 마침내 손을 떼었다.

"아아, 괴로웠어. 센키치가 앉으면 숨을 쉴 수가 없어. 머리 아래에 커다란 돌이 있어서 아팠어."

옷의 먼지를 털고 몸 마디마디를 문지르며 일어선 미쓰코는 흥분한 사람처럼 뺨과 눈동자가 붉어져 있었다.

"그런데 2층에는 대체 뭐가 있지?"

일단 집에 갔다 오기로 한 내가 헤어질 때 이렇게 물었다.

"에이짱, 깜짝 놀라서는 안 돼. 거기에는 재미있는 것들이 아주 많으니."

이렇게 말하고 미쓰코는 웃으며 집 안으로 달려들어가 버렸다.

밖으로 나오니 벌써 닌교초 거리 노점상의 휴대용 등불에 슬슬 불이 들어오기 시작했으며 격검 공연을 알리는 나발소리가 뿌우뿌우 저녁하늘에 울려퍼지고, 아리마 집안의 저택 앞에는 검은 산처럼 사람들이 몰려들어 있고 약장수가 여자의 태내 모습을 본뜬 인형을 가리키며 뭔가 커다란 목소리로 열심히 설명을 하고 있었다. 평소에는 늘 즐겨 듣던 음악도, 나가이 헤이스케의 검술도 이때는 전혀 마음이 가지 않았으며, 서둘러 집으로 돌아와 목욕을 마치고 저녁도 허겁지겁 먹은 뒤,

"축제에 다녀올게."

라며 다시 뛰쳐나온 것은 대충 7시 가까운 시간이었으리라. 물처럼 축축한 밤의 파란 공기에 축제의 등불이 스며들었으며, 금청루(金淸楼)의 2층 방에서 난무를 추는 사람의 그림자가 손에 잡힐 듯 비쳐 보였고, 고메야초(米屋町)의 젊은이와 2번가 활터의 여자와 여러 남녀가 양쪽 편을 줄줄이 오가는 등, 지금이 사람들로 가장 붐비는 시간이었다. 나카노하시 다리를 건너 어둡고 외진

하마초 거리에서 뒤를 돌아보니 희미하게 흐려 검은 하늘이 붉은 불빛으로 뿌옇게 물들어 있었다.

어느 틈엔가 나는 하나와의 집 앞에 서서 산처럼 시커멓게 솟아 있는 높다란 기와지붕을 올려다보고 있었다. 오바시(大橋) 쪽에서 쌀쌀한 바람이 축축하게 어둠을 몰고 불어와, 예의 커다란 느티나무 잎이 어딘지도 모를 하늘의 중간에서 바스락바스락 울고 있었다. 가만히 담장 안을 들여다보니 문지기 방의 불빛이 문 틈새를 통해 세로로 길고 가느다란 선을 그리며 흘러나오고 있을 뿐. 대문 옆에 있는 통용문의 차가운 쇠격자에 두 손을 대고 어둠 속으로 밀어 넣듯 하자, 무거운 문이 끼이익 울리며 순순히 움직였다. 나는 셋타가 또각이지 않도록 발소리를 죽이고, 나의 가쁜 호흡과 높다랗게 울리는 고동의 울림을 스스로 들으며 어둠 속에서 빛나고 있는 서양관의 유리창문을 향해 걸어갔다.

서서히 눈이 보이게 되었다. 팔손이나무의 잎과 느티나무의 가지와 석등과 여러 가지로 소년의 마음을 겁먹게 하는 모습을 한 검은 물건들이 조그만 눈동자 속으로 마구 들어왔기에 나는 신당의 돌계단에 앉아 밤기운이 가만히 스며드는 가운데 머리를 숙이고 숨을 죽인 채 기다리고 있었지만 아무래도 두 사람은 오지 않았다. 머리 위로 덮쳐오는 듯한 공포가 온몸을 부들부들 떨게 했으며, 이가 덜덜 떨렸다. 아아, 이렇게 무서운 곳에는 오지 말 걸 그랬어, 라는 생각이 들었고,

"신이시여, 저는 나쁜 짓을 했습니다. 앞으로는 절대로 어머니

께 거짓말을 하거나 몰래 남의 집에 숨어들지 않겠습니다."
라고 정신없이 중얼거리며 합장을 했다.

더없이 후회가 되어 돌아가기로 하고 자리에서 일어섰는데, 순간 현관의 유리문 너머로 한 점 작은 초의 불빛인 듯한 것이 얼핏 보였다.

'어, 두 사람 모두 먼저 들어간 건가?'

이런 생각이 들자 곧 다시 호기심의 노예가 되어 거의 앞뒤 가리지 않고 손잡이를 잡아 휙 돌리니 아주 간단히 열려버렸다.

안으로 들어서니 역시 생각한 대로 정면의 나선계단 가장 아래에, ─아마도 미쓰코가 나를 위해서 놓아두고 간 것이리라, 거의 다 타들어가 촛농이 줄줄 흘러내리고 있는 초가 사방 3자쯤에 희미한 빛을 던지고 있었는데 나와 함께 밖에서 공기가 흘러들어오자 불꽃이 흔들흔들 깜빡여서 니스를 바른 난간의 그림자가 너울너울 흔들렸다.

마른침을 삼키고 도둑처럼 살금살금 나선계단 위로 올라섰는데 2층의 복도는 더욱 어두웠으며 사람이 있는 듯한 기척도 없었고 달그락 소리조차 들려오지 않았다. 약속을 해둔 오른쪽 2번째 방의 문, ─손으로 더듬어 그곳까지 다가가 가만히 귀를 기울여보아도 역시 쥐 죽은 듯 고요했다. 절반은 공포, 절반은 호기심으로 가득해서, 될 대로 되라는 심정으로 나는 상반신을 기대고 문을 힘껏 밀어보았다.

밝은 광선이 한꺼번에 눈동자를 확 찔렀기에 어지러움을 느끼며 눈을 깜빡여 요괴의 정체를 확인하듯 주의 깊게 사방의 벽을 둘러보았으나 아무도 없었다. 중앙에 매달린 커다란 램프의 오색 프리즘으로 장식된 포도색 갓의 그림자가 방의 윗부분을 어둡게 하고 있었으며, 금은으로 아로새긴 테이블과 의자와 거울 등 여러 가지 장식물이 찬란하게 빛나고 있었고, 바닥 가득 깔아놓은 암홍색 융단의 부드러움이 봄철의 초원을 밟는 것처럼 버선을 사이에 두고 나의 발바닥을 기쁘게 해주었다.

'미쓰코짱.'

하고 불러보려 해도 죽어버린 듯한 주위의 적막이 입술을 짓누르고 혓바닥을 굳게 만들어 목소리를 낼 용기가 나지 않았다. 처음에는 깨닫지 못했는데 방의 왼쪽 구석에 옆방으로 이어지는 출구가 있고 묵직한 단자로 된 막이 깊은 주름이 잡힌 채, 나이아가라 폭포를 떠오르게 하는 모습으로 떡하니 걸려 있었다. 그것을 걷어 옆방의 모습을 엿보고 싶었으나 막 너머가 새까만 어둠이었기에 손이 움츠러드는 듯한 느낌이었다. 그때 갑자기 벽난로 위 장식장에 있던 탁상시계가 지, 하고 매미처럼 우는가 싶더니 곧 딩동댕, 하고 높다란 소리로 기묘한 음악을 연주하기 시작했다. 이를 신호로 미쓰코가 나오는 것이 아닐까 막 쪽을 열심히 응시하고 있었지만 2, 3분쯤 지나자 음악도 멈췄고 방 안은 다시 원래의 정적으로 돌아갔으며, 단자의 주름은 꿈쩍도 하지 않고 적막하게 늘어져 있을 뿐이었다.

멍하니 서 있던 나의 시선이 왼쪽 벽에 걸려 있는 유화 초상화

위로 떨어졌기에 나도 모르게 그 액자 앞까지 걸어가 마침 램프의 그림자 때문에 어둑해진 서양 처녀의 상반신상을 올려다보았다. 직사각형의 두툼한 금테두리 안에 묵직하고 어두운 갈색 공기가 맴돌고 있었으며, 가슴을 옥색 옷으로 간신히 덮었을 뿐 알몸인 채로 어깨와 팔에 금과 주옥 팔찌를 장식하고 머리를 아래로 묶은 여자가 꿈을 꾸는 듯한 검은 눈동자를 시원하게 떠서 앞을 바라보고 있었다. 어둠 속에서도 선명하고 뚜렷하게 떠 있는 순백의 피부 빛, 기품이 느껴지는 콧날에서부터 입술, 턱, 두 뺨에 이르기까지 보기 좋고 숭엄하고 가지런하고 단정한 윤곽, —이것이 동화 속에 나오는 천사라는 것 아닐까 생각하며 나는 한동안 넋을 놓고 바라보았는데, 문득 액자에서 3자 정도 아래쪽 벽을 따라 놓인 원탁 위에 뱀 장식물이 있다는 사실을 깨달았기에 그쪽으로 시선을 돌렸다. 이건 또 무엇으로 만들었는지 2번 정도 똬리를 틀고 고사리처럼 대가리를 치켜든 모습도 그렇고, 미끈미끈한 구렁이의 비늘 같은 색도 그렇고 아무리 봐도 진짜처럼 생겼다. 보면 볼수록 더욱 감탄하게 되어 당장에라도 움직일 것 같은 기분이 들었는데, 나는 갑자기 '앗'하며 두어 걸음 뒤로 물러난 채 눈을 둥그렇게 떴다. 그렇게 생각해서 그런지 아무래도 뱀이 진짜로 움직이고 있는 것 같았다. 파충동물이 언제나 그런 것처럼 매우 완만해서 주의해서 보지 않으면 거의 알 수 없을 만큼 느긋한 태도였으나 틀림없이 머리를 전후좌우로 꿈틀거리고 있었다. 나는 온몸에 물을 끼얹은 것처럼 추워졌으며 창

백한 얼굴을 한 채 죽은 듯 멈춰 서버리고 말았다. 그때 단자로
된 막의 주름 사이에서 유화에 그려진 것과 같은 처녀의 얼굴이
다시 하나 불쑥 모습을 드러냈다.

얼굴은 한동안 생글생글 웃고 있었는데 단자의 막이 2개로
갈라졌다가 스르르 미끄러지듯 어깨를 스치고 등 뒤에서 하나가
되자 여자아이가 전신을 드러낸 채 그곳에 서 있었다.

무릎에 간신히 닿는 짧은 옥색 치맛자락 아래로는 양말도 신
지 않은 석고 같은 맨발에 살색 슬리퍼를 신었고, 쏟아질 듯 넘쳐
나는 검은 머리카락을 양쪽 어깨로 늘어뜨렸으며, 유화 속 그림
처럼 팔찌에 목걸이를 하고, 가슴에서부터 허리 부근에 걸쳐서
피부를 꽉 조인 옷 속으로는 부드러운 근육이 섬세하게 움직이고
있는 것이 보였다.

"에이짱."

하고 모란의 꽃잎을 머금은 것처럼 빨간 입술이 움직인 그 순간,
나는 비로소 그 유화가 미쓰코의 초상화임을 깨달았다.

"……아까부터 네가 오기를 기다리고 있었어."

이렇게 말하며 미쓰코가 위협을 가하듯 조금씩 옆으로 다가왔
다. 말로 표현할 수 없을 만큼 달콤한 냄새가 내 마음을 간지럽혔
으며 눈앞에 빨간 안개가 어른거렸다.

"미쓰코 혼자야?"

내가 도움을 구하는 듯한 목소리로 조심조심 물었다. 오늘 밤
에는 왜 유독 양장을 입고 있는지, 새카맣게 어두운 옆방에는

무엇이 있는지, 그 외에도 여러 가지로 묻고 싶은 것이 있었지만 목구멍에 걸려서 쉽게는 입 밖으로 나오지 않았다.

"센키치를 만나게 해줄 테니 나를 따라서 이쪽으로 와."

미쓰코가 손목을 잡자 갑자기 몸을 부들부들 떨며,

"저 뱀, 진짜로 움직이고 있는 거 아니야?"

라고 신경이 쓰여서 견딜 수 없었기에 내가 물었다.

"뭐가 움직인다는 거야. 잘 봐."

이렇게 말하며 미쓰코는 생글생글 웃고 있었다. 아니나 다를까, 그 말을 듣고 보니 아까는 틀림없이 움직이고 있던 그 뱀이 지금은 가만히 똬리를 튼 채 자세를 조금도 바꾸지 않았다.

"저런 거 보지 말고 나를 따라서 이리로 와."

따뜻하고 부드러운 미쓰코의 손바닥이 도저히 뿌리칠 수 없는 마력을 가지고 있는 것처럼 가볍게 나의 팔목을 쥐어 으스스한 옆방 쪽으로 질질 끌고 들어갔기에, 두 사람의 몸이 곧 묵직한 단자의 막 속으로 빨려들어갔다 싶은 순간 새카만 어둠 속으로 들어와 있었다.

"에이짱, 센키치를 보고 싶어?"

"응, 어디에 있어?"

"지금 촛불을 켜면 알 수 있을 테니 기다려봐. —그보다 너한테 재미있는 걸 보여줄게."

미쓰코는 내 팔목을 놓고 어딘가로 사라져버렸는데, 잠시 후 방 정면의 까만 어둠 속에서 빠직빠직 섬뜩한 소리를 올리며 푸르스름하고 가느다란 빛의 실이 무수하게 튀어 흩어지며 유성처럼 흐르기도 하고 파도처럼 물결치기도 하고 원을 그리기도 하고 열십자를 그리기도 하기 시작했다.

"봐, 재미있지? 뭐든 쓸 수 있어."

이런 소리가 들리더니 미쓰코는 다시 내 옆으로 걸어온 듯했다. 지금까지 보였던 빛의 실은 점점 옅어져 어둠 속으로 사라져가고 있었다.

"저건 뭐야?"

"외국에서 온 성냥으로 벽을 그은 거야. 어둠 속에서는 무엇을 긋든 불이 일어나. 에이짱의 옷에 그어볼까?"

"하지 마, 위험하잖아."

나는 깜짝 놀라 달아나려 했다.

"괜찮아. 자, 이걸 좀 봐."

라며 미쓰코가 내 옷의 앞섶을 거칠게 잡아당겨 성냥을 긋자 비단 위를 반딧불이가 기어가듯 파란 불이 번쩍번쩍 하더니 하기하라(ハギハラ)라는 가타카나가 선명하게 그려진 채 한동안 사라지지 않았다.

"그럼, 불을 붙여서 센키치를 볼 수 있게 해줄게."

팟하고 부싯돌을 부딪친 것처럼 불꽃이 튀더니 미쓰코의 손에서 황린성냥이 불타올랐고, 곧 방의 가운데쯤에 있는 촛대로 불이 옮겨졌다.

양초의 빛이 몽롱하게 실내를 비추자 여러 가지 용기와 장식물의 검은 그림자가, 온갖 도깨비가 발호하는 듯한 모습을 사방의 벽에 크고 길게 드리웠다.

"자, 센키치는 여기에 있어."

이렇게 말하며 미쓰코는 촛불 아래를 가리켰다. 그곳을 보니 촛대라고 생각했던 것은, 손발을 묶인 채 양 어깨를 드러낸 모습으로 이마에 초를 얹고 고개를 젖혀 위를 향해 앉아 있는 센키치였다. 얼굴과 머리로 새의 똥처럼 녹아 흘러내린 촛농이 두 눈을 누비고 입술을 막고 턱에서부터 뚝뚝 무릎 위로 떨어졌으며, 7부쯤 타버린 촛불에 눈썹이 당장에라도 타버릴 것처럼 되었는데도 바라문의 수행자처럼 책상다리를 하고 손을 뒤로 묶인 채 얌전히 단정하게 앉아 있었다.

미쓰코와 내가 그 앞에 멈춰 서자 무슨 생각을 한 것인지 초로 굳어버린 얼굴의 근육을 꿈틀꿈틀 움직여 간신히 눈을 반쯤 떠서 원망스럽다는 듯 나를 가만히 노려보았다. 그리고 숨이 막힌다는 듯 절박한 목소리로 엄숙하게 말했다.

"이봐, 너도 그렇고 나도 그렇고, 평소 아가씨를 너무 괴롭혔기에 오늘 밤에 복수를 당하는 거야. 나는 이미 아가씨에게 완전히 항복해버렸어. 너도 얼른 사과를 해버리지 않으면 따끔한 맛을 보게 될 거야. ……"

이렇게 말하는 동안에도 촛농이, 지렁이가 기어가는 것처럼 이마에서 눈썹으로 사정없이 줄줄 흘러내렸기에 센키치는 다시 눈을 감고 몸이 굳어버렸다.

"에이짱, 앞으로는 신짱의 말 같은 거 듣지 말고 나의 하인이 되지 않을래? 싫다고 하면 저기에 있는 인형처럼 네 몸에 뱀을 몇 마리고 감아버릴 거야."

미쓰코는 내내 기분 나쁜 웃음을 지으며 금박 글씨의 양서가 빼곡하게 들어찬 책장 위의 석고상을 가리켰다. 머뭇머뭇 이마를 들고 눈을 치켜떠 어둑한 구석 쪽을 바라보니, 뼈와 근육이 튼튼한 알몸의 거한이 커다란 뱀에 감싸여 끔찍한 모습을 하고 있는 조각 옆에 예의 구렁이가 두어 마리 얌전히 똬리를 튼 채 향로처럼 자리하고 있었는데 두려운 마음이 앞서서 진짜인지 모조품인지조차 구별할 수 없었다.

"뭐든 내 말대로 할 거지?"

"……." 나는 창백한 얼굴로 말없이 고개를 끄덕였다.

"너는 아까 센키치하고 같이 나를 평대로 썼으니, 이번에는 네가 촛대가 되도록 해."

미쓰코는 곧 나의 손을 뒤로 돌려서 묶고 센키치 옆에 책상다리를 하고 앉게 하더니 두 발의 복사뼈를 단단히 묶고,

"초가 떨어지지 않도록 위를 바라봐."

라며 이마 한가운데에 불을 붙였다. 나는 말도 할 수 없었으며, 열심히 촛불을 받친 채 서글픈 눈물을 뚝뚝 흘렸는데 그러는 사이에도 눈물보다 뜨거운 촛농이 미간을 타고 줄줄 흘러내려 눈과 입까지 막아버렸고, 얇은 눈꺼풀의 피부를 통해서 흐릿하게 불이 흔들리는 것이 보였으며, 안구 주위가 붉은 빛으로 뿌옇게 흐려

졌고, 미쓰코의 강한 향수 냄새가 비처럼 얼굴로 쏟아졌다.

"두 사람 모두 그렇게 얌전히 조금만 더 참도록 해. 지금 재미있는 것을 들려줄 테니."

이렇게 말하고 미쓰코는 어딘가로 가버렸는데 잠시 후 갑자기 주위의 적막을 깨고 쥐 죽은 듯 고요했던 옆방에서 그윽한 피아노 소리가 흘러나오기 시작했다.

은쟁반 위를 구슬 모양의 과자가 구르는 듯, 계곡의 맑은 물이 이끼 위로 똑똑 떨어지는 듯, 신비한 울림이 별세계의 소리처럼 내 귀에 들려왔다. 이마의 초가 상당히 짧아졌는지 뜨거운 땀이 촛농에 섞여서 뚝뚝 흘러내렸다. 옆에 앉아 있는 센키치 쪽을 곁눈질로 얼핏 보니, 얼굴 가득 밀가루 같은 하얀 덩어리가 2, 3푼 정도의 두께로 수북이 들러붙어 있어서 우엉 튀김 같은 모습을 하고 있었다. 두 사람은 마치 옛날얘기에 등장하는 인물들처럼 미묘한 악기 소리에 황홀하게 귀를 기울인 채 언제까지고 언제까지고 눈꺼풀 안쪽의 밝은 세계를 바라보며 앉아 있었다.

그 이튿날부터 나와 센키치는 미쓰코 앞에 서면 고양이처럼 얌전해져서 무릎을 꿇었으며, 가끔 신이치가 누나의 말에 거역하려 하면 바로 제지에 나서 아무런 말도 없이 꽁꽁 묶기도 하고 때리기도 했기에 그처럼 오만했던 신이치도 시간이 흐름에 따라서 점점 누나의 하인이 되어 집에 있을 때도 학교에 있을 때와 마찬가지로 완전히 비굴하고 겁 많은 아이로 변해버렸다. 세 사람은 뭔가 신기한 놀이 방법이라도 새로 발견한 양 기뻐했고 미쓰코의 명령에 복종하여, '의자가 돼.'라고 말하면 바로 손발을 짚고 엎드려 등을 댔으며 '재떨이가 돼.'라고 말하면 바로 무릎을 꿇고 앉아 입을 벌렸다. 미쓰코는 점차 거만해져서 세 사람을 노예처럼 부렸는데, 목욕을 마치고 나와서 손발톱을 깎게 하기도 하고, 콧구멍 청소를 시키기도 하고, Urine를 마시게 하기도 하는 등 우리를 늘 옆에 두고 오래도록 그 나라의 여왕이 되었다.

서양관에는 그날 이후로 한 번도 가보지 못했다. 그 구렁이가 과연 진짜였는지 가짜였는지, 지금 생각해봐도 잘 모르겠다.

게사와 모리토오

아쿠타가와 류노스케(芥川竜之介, 1892~1927)

소설가. 도쿄 출생. 출생 직후 어머니가 발광, 외가인 아쿠타가와 가의 양자가 되었다. 도쿄 대학 영문과에 입학, 도요시마 요시오, 기쿠치 간 등과 『신사조』를 창간했다. 1916년에 발표한 「코」로 나쓰메 소세키의 격찬을 받았으며 뒤이어 「참마죽」, 「손수건」도 호평을 얻어 신진작가로서의 지위를 확립했다. 작품의 대부분은 단편으로 왕조 시대, 근대 초기의 기독교문학, 에도 시대의 인물・사건, 메이지 시대의 문명개화기 등 여러 시대의 역사적인 문헌에서 소재를 취해, 스타일과 문체를 달리한 재기 넘치는 다양한 작풍의 단편소설을 발표했는데 전부 소설의 기술적인 세련미와 형식적인 완성미를 추구했다. 예술파를 대표하는 작가로 활약했으며, 후반기에는 자전적인 소재가 많아져 「점귀부」, 「현학산방」 등 우울한 경향이 강해졌다. 1927년에 '나의 장래에 대한 뭔지 모를 그저 희미한 불안'을 안은 채 수면제를 복용하여 자살했다. 향년 35세. 대표작으로는 「라쇼몬」, 「코」, 「참마죽」, 「지옥변」, 「톱니바퀴」 등이 있다.

上

밤, 모리토오가 축대 바깥에서 달빛을 바라보며 떨어진 낙엽을 밟은 채 생각에 잠겨 있다.

그 독백

"벌써 달이 나올 때가 되었군. 평소에는 달이 나오기를 기다리던 나도 오늘만은 밝아지는 것이 왠지 두려워. 지금까지의 나를 하룻밤 사이에 잃고, 내일부터는 살인자가 되어버리는 건가 생각하면 이렇게 가만히 있어도 몸이 떨려와. 이 두 손이 피로 빨갛게 물들었을 때를 상상해보라고. 그때의 나는, 나 자신에게 얼마나 저주스러운 존재로 보일까. 그것도 내가 미워하는 상대를 죽이는 것이라면 나도 이렇게까지 괴로워지는 않을 테지만, 나는 오늘 밤에 내가 미워하지도 않는 사내를 죽여야만 해.

나는 그 사내를 예전부터 알고 있기는 했어. 와타루 사에몬노조(渡左衛門尉)라는 이름은 이번 일 때문에 알게 되었지만, 남자치고는 다정하고 피부가 하얀 얼굴을 본 것이 언제였는지는 기억나지 않아. 그 사람이 게사의 남편이라는 사실을 알게 되었을 때, 내가 일시적으로 질투를 느꼈던 것은 사실이었어. 하지만 그 질투도 지금은 나의 마음속에 아무런 흔적도 남기지 않고 깨끗하게 사라져버렸어. 따라서 내게 와타루는 연적이라고는 하지만 밉지도 않고 원망스럽지도 않아. 아니, 오히려 나는 그 사내에게 동정을 하고 있다고 말해도 좋을 정도야. 고로모가와(衣川)를 통해서 와타루가 게사를 얻기 위해 얼마나 애를 태웠는지를 들었을 때, 나는 실제로 그 사내를 딱한 사람이라고 생각한 적도 있었어. 와타루는 게사를 아내로 삼고 싶다는 일념하에 일부러 노래를 배우러 다니기까지 했다고 하잖아. 나는 그 고지식한 사무라이가 지은 연가(戀歌)를 상상해보면 나도 모르는 사이에 미소가 입술에 번져. 하지만 그것은 와타루를 비웃으려는 미소가 절대로 아니야. 나는 그렇게까지 해서 여자의 환심을 사려 한 그 사내를 귀엽다고 생각하는 거야. 혹은, 내가 사랑하고 있는 여자에게 그렇게까지 해서 환심을 사려 한 그 사내의 정열이 애인인 내게 어떤 종류의 만족감을 주기 때문일지도 몰라.

하지만 그렇게 말할 수 있을 정도로 나는 게사를 사랑하고 있는 걸까? 나와 게사의 연애는 지금과 옛날, 2개의 시기로 나뉘어 있어. 나는 게사가 와타루에게 아직 시집을 가기 전부터 이미 게사를 사랑했었어. 혹은, 사랑하고 있다고 생각했었어. 그러나 이제 와서 생각해보면, 그때 나의 마음속에는 불순한 것도 적잖이 섞여 있었어. 나는 게사에게 무엇을 원하고 있었을까? 동정이었던 무렵의 나는 명백하게 게사의 몸을 원하고 있었어. 만약 얼마간의 과장이 허락된다면, 게사에 대한 나의 사랑이라는 것도 사실은 이 욕망을 아름답게 꾸민, 혹은 감상적인 마음에 지나지 않았던 거야. 그 증거로 게사와의 만남이 끊긴 이후의 3년 동안 물론 나는 틀림없이 그 여자를 잊지 못했지만, 만약 그 이전에 내가 그 여자의 몸을 알았더라도 그래도 역시 잊지 못하고 계속 그리워했을까? 부끄럽지만 그렇다고 분명하게 대답할 용기가 내게는 없어. 그 이후부터의 게사에 대한 나의 애착에는 그 여자의 몸을 알지 못한다는 미련이 상당히 섞여 있었어. 그리고 그 괴로운 심정을 품은 채 나는 마침내 내가 두려워하고 있던, 그러나 내가 기다리고 있던 이번 관계에 들어가버린 거야. 그런데 지금은? 나 자신에게 다시 한 번 묻기로 하자. 나는 과연 게사를 사랑하고 있는 걸까?

그러나 그에 대한 대답을 하기 전에 나는 싫어도 어쩔 수 없이 지금까지의 경위를 다시 한 번 생각해볼 필요가 있어. —와타나베(渡辺)의 다리가 완공되어 공양을 올릴 때, 3년 만에 우연히도 게사를 다시 만나게 된 나는 그로부터 반년 남짓 동안 그 여자와 몰래 만날 기회를 만들기 위해 온갖 수단을 다 동원했어. 그리고 거기에 성공했지. 아니, 성공했을 뿐만 아니라 그때 나는 내가 꿈꾸어오던 대로 게사의 몸을 알게 되었어. 그러나 당시 나를 지배하고 있던 것은 단지 앞서 이야기한, 아직 그 여자의 몸을 모른다는 미련만이 아니었어. 나는 고로모가와의 집에서 게사와 같은 방의 다다미 위에 앉았을 때, 그 미련이 어느 틈엔가 옅어져 있었다는 사실을 깨달았어. 그건 내가 이미 동정이 아니라는 사실도, 그 자리에 임하자 나의 욕망을 약하게 하는 데 도움이 되었을 거야. 그러나 그보다 주요한 원인은, 그 여자의 용색이 쇠했다는 사실이었어. 실제로 지금의 게사는 더 이상 3년 전의 게사가 아니야. 살결은 윤기를 완전히 잃었고 눈 주위에는 거뭇하게 테두리 같은 자국이 생겼어. 뺨 주위와 턱 아래에서도, 예전과 같은 탱탱한 살이 거짓말처럼 사라져버렸어. 간신히 변하지 않은 곳이라고는 그 야무지고 검은 눈동자가 크고 싱싱한 눈뿐이었을까? ─나의 욕망에게 있어서 이러한 변화는 틀림없이 굉장한 타격이었어. 나는 3년 만에 처음으로 그 여자와 마주 앉았을 때, 나도 모르게 시선을 돌리지 않을 수 없었을 만큼 강한 충격에 사로잡혔다는 사실을 지금도 뚜렷하게 기억하고 있어. …….

그렇다면 그러한 미련을 비교적 느끼지 못했던 내가 어째서 그 여자와 관계를 맺었던 것일까? 첫 번째로 나의 속에서 묘한 정복심이 작용을 했어. 게사는 나와 마주 앉자, 자신이 남편인 와타루에 대해서 가지고 있는 애정을 일부러 과장되게 이야기했어. 하지만 나는 거기에서 아무래도 공허한 느낌밖에 받지 못했어. '이 여자는 자신의 남편에 대해서 허영심을 가지고 있다.' ─나는 이렇게 생각했어. '혹은 이것도 나의 연민을 사고 싶지 않다는 반항심의 표현일지도 몰라.' ─나는 또 이렇게도 생각했어. 그리고 그와 함께 그 거짓을 들춰내고 싶다는 마음이 시시각각으로 나를 강하게 자극했어. 그러나 어째서 그것을 거짓말이라고 생각했느냐고 묻는다면, 또 그것을 거짓말이라고 생각한 데에 나 자신의 자만심이 있는 것이라고 말한다면, 애초부터 내게는 항변할 만큼의 이유가 없어. 그럼에도 불구하고 나는 그 거짓말일 것이라는 생각을 믿고 있었어. 지금도 여전히 믿고 있어.

하지만 이 정복심도 역시 당시의 나를 지배하고 있던 전부는 아니었어. 그 외에 ―이렇게 말하는 것만으로도 나의 얼굴이 빨개지는 듯한 기분이 들지만, 나는 그 외에 순수한 정욕에도 지배를 받고 있었어. 그건 그 여자의 몸을 모른다는 미련이 아니었어. 훨씬 더 하등한, 상대방이 반드시 그 여자일 필요는 없는, 욕망을 위한 욕망이었어. 아마 매춘부를 산 남자라도 그때의 나만큼은 비열하지 않았을 거야.

어쨌든 나는 그런 여러 가지 동기로 마침내 게사와 관계를 맺었어. 아니 그보다는 게사를 능욕했어. 이렇게 해서 지금, 내가 처음 던진 질문으로 돌아가자면, ―아니, 내가 게사를 사랑하고 있는지 사랑하고 있지 않은지 하는 문제는, 제 아무리 나 자신에 대해서라도 이제 와서 새삼스럽게 물을 필요는 없어. 나는 오히려 그 여자에게 때로는 증오까지 느끼고 있어. 특히 모든 일이 끝나고 난 뒤 엎드려 울고 있는 그 여자를 억지로 안아 일으켰을 때, 게사는 파렴치한 나보다 훨씬 더 파렴치한 여자로 보였어. 헝클어진 머리카락이 늘어진 모습도 그렇고, 땀이 배어나온 얼굴의 화장도 그렇고, 무엇 하나 그 여자의 몸과 마음의 추함을 드러내지 않는 것은 없었어. 만약 그때까지의 내가 그 여자를 사랑하고 있었다면, 그 사랑은 그날을 마지막으로 영원히 꺼져버린 셈이야. 그리고 만약 그때까지의 내가 그 여자를 사랑하고 있지 않았다면, 그날부터 나의 마음에는 새로운 증오가 생겨난 것이라고 말해도 상관없을 거야. 그런데 아아, 오늘 밤 나는 내가 사랑하고 있지도 않은 그 여자를 위해서 내가 미워하지도 않는 사내를 죽이려 하고 있지 않은가!

그것 역시 그 누구의 잘못도 아니야. 내가 바로 나의 입으로 공공연하게 꺼낸 말이야. '와타루를 죽이기로 하자.' ─내가 그 여자의 귀에 입을 대고 이렇게 속삭였을 때의 일을 생각해보면, 나 스스로도 미쳤었던 것이 아닐까 의심스럽기까지 해. 하지만 나는 그렇게 속삭였어. 속삭이지 않겠다고 생각했지만, 이를 악물기까지 했지만, 속삭였어. 내가 어째서 그 말을 속삭이고 싶어 했는지, 이제 와서 생각해봐도 도무지 잘 이해할 수가 없어. 하지만 그래도 억지로 생각해보자면, 나는 그 여자를 경멸하면 경멸할수록, 밉다고 생각하면 생각할수록 그 여자에게 무엇인가 더욱 능욕을 가하고 싶어져서 견딜 수가 없었어. 그를 위해서는 와타루 사에몬노조를, ─게사가 그 사랑을 자랑했던 남편을 죽이겠다고 말하는 것만큼, 그리고 그 여자가 그것을 승낙하게 만드는 것만큼 목적에 맞는 일도 없었어. 그래서 나는 마치 악몽에 사로잡힌 사람처럼, 하고 싶지도 않은 살인을 그 여자에게 억지로 권했던 거겠지. 그래도 내가 와타루를 죽이자고 말한 동기가 충분하지 않다고 한다면, 나머지는 사람이 알지 못하는 힘(천마파

순[1]이라고 할 만한)이 나의 의지를 유혹하여 사도로 떨어지게 한 것이라고 해석할 수밖에 없을 거야. 어쨌든 나는 끈질기게 같은 말을 몇 번이고 게사의 귀에 거듭 속삭였어.

그러자 게사는 잠시 후 갑자기 얼굴을 들더니, 나의 계획을 승낙하겠다고 순순히 대답했어. 그런데 나는 그 대답이 너무 쉬웠던 것이 뜻밖이었어. 그뿐만 아니라 게사의 그 얼굴을 보았더니 지금까지는 한 번도 본 적이 없었던 이상한 반짝임이 눈에 깃들어 있었어. 간부(姦婦)—그런 느낌이 내게 바로 전해졌어. 그와 동시에 실망과도 같은 마음이 갑자기 내 계획의 섬뜩함을 내 눈앞에 펼쳐 보여주었어. 그러는 사이에도 그 여자의 음란한, 시든 용색의 께름칙함이 끊임없이 나를 괴롭힌 것은 애초부터 일부러 말할 필요도 없는 사실이었어. 만약 가능하다면 그때 나는 나의 약속을 그 자리에서 깨버리고 싶었어. 그렇게 해서 그 부정한 여자를 모든 능욕의 밑바닥으로까지 떨어뜨려버리고 싶었어. 그렇게 했다면 나의 양심은, 설령 그 여자를 가지고 놀았다 할지라도 그나마 그런 의분(義憤) 뒤로 피난할 수 있었을지도 몰라. 하지만 나는 아무래도 그런 여유를 만들 수가 없었어. 마치 나의 마음을 꿰뚫어보기라도 한 듯 갑자기 표정을 바꾼 그 여자가 내 눈을 가만히 바라보았을 때, —그래 솔직히 고백하자. 내가 날짜와 시각을 정해 와타루를 죽이겠다고 약속할 수밖에 없었던

---

1) 天魔波旬. 불교의 사마(四魔) 가운데 하나. 정법의 수행을 방해하는 마왕.

것은 전부, 만약 내가 승낙하지 않을 경우 게사가 내게 가하려한 복수의 공포 때문이었어. 아니 지금도 여전히 그 공포는 끈질기게 내 마음을 사로잡고 있어. 겁쟁이라고 비웃고 싶은 녀석들은 얼마든지 비웃어도 좋아. 그건 그때의 게사를 모르는 녀석들이나 하는 짓이야. '내가 와타루를 죽이지 않으면, 설령 게사 자신은 직접 손을 쓰지 않는다 할지라도 나는 반드시 이 여자에게 살해당하고 말 거야. 그럴 바에는 차라리 내가 와타루를 죽여버리자.' ─눈물 없이 울고 있는 그 여자의 눈을 본 순간, 나는 절망적으로 이렇게 생각했어. 게다가 나의 이 공포는, 내가 약속의 말을 하자 게사가 창백한 얼굴의 한쪽에 보조개를 만들어가며 시선을 내리깔고 웃은 것을 본 순간 증명되지 않았는가.

아아, 나는 그 저주스러운 약속 때문에 더러워질 대로 더러워진 마음에 또 다시 살인죄를 더해야만 해. 만약 오늘 밤에 이르러 그 약속을 깬다면, ─그것 역시 내게는 견딜 수 없는 일이야. 우선은 약속을 했으니 체면도 있어. 그리고 또 하나는, ─나는 복수가 두렵다고 말했어. 그것도 결코 거짓말은 아니야. 하지만 그 외에 뭔가가 더 있어. 그건 뭘까? 나로 하여금, 이 겁 많은 나를 내몰아 죄도 없는 사내를 살해하게 하려는 그 커다란 힘은 뭘까? 나도 모르겠어. 모르겠지만 어쩌면, ─아니 그럴 리는 없어. 나는 그 여자를 경멸하고 있어. 두려워하고 있어. 미워하고 있어. 하지만 그래도 여전히, 그래도 여전히 내가 그 여자를 사랑하고 있기 때문일지도 몰라."

모리토오는 계속해서 배회하며 다시는 입을 열지 않았다. 달 빛. 어딘가에서 현세를 노래하는 소리가 들려왔다.

<참으로 인간의 마음이야말로 빛 없는 어둠과 다르지 않네, 단지 번뇌의 불꽃을 태우다 사라져갈 뿐인 목숨이구나.>

下

밤, 게사가 침실 밖에서 등잔불 쪽으로 등을 향한 채 소매를 씹으며 생각에 잠겨 있다.

그 독백

"그 사람은 오는 걸까, 오지 않는 걸까. 설마 오지 않으리라고는 생각지 않지만, 벌써 달도 그럭저럭 기울어가고 있는데 발소리조차 들리지 않으니, 갑자기 마음이라도 바뀐 것 아닐까. 혹시, 만약에 오지 않는다면, ―아아, 나는 마치 매춘부처럼 이 부끄러운 얼굴을 들고 또 해를 보아야만 해. 그런 뻔뻔스러운 짓을, 부정한 짓을 내가 어떻게 할 수 있겠어. 그때의 나야말로 저 길가에 버려진 시체와 조금도 다를 바 없을 거야. 능욕당하고, 짓밟히고, 심지어는 그 몸의 부끄러움을 뻔뻔스럽게 해 아래에 드러내놓고, 그래도 역시 벙어리처럼 입을 다물고 있어야만 하니. 만일 그렇게 된다면 나는 죽어서도 눈을 감지 못할 거야. 아니, 그 사람은 반드시 올 거야. 나는 지난번에 헤어질 때 그 사람의 눈을 본 순간부터 그렇게 생각하지 않을 수 없었어. 그 사람은 나를 무서워하고 있어. 나를 미워하고, 나를 경멸하면서도, 그래도 역시 나를 무서워하고 있어. 그래, 내가 나 자신을 믿고 있는 거라면 그 사람이 반드시 오리라고는 말할 수 없을지 몰라. 하지만 나는 그 사람을 믿고 있는 거야. 그 사람의 이기심을 믿고 있는 거야. 아니, 이기심이 불러일으키는 비루한 공포를 믿고 있는 거야. 그러니까 나는 이렇게 말할 수 있어. 그 사람은 반드시 숨어들어올 거라고. ……

하지만 나 자신을 믿을 수 없게 된 나는 그 얼마나 비참한 사람인지. 3년 전의 나는 나 자신을, 나의 이 아름다움을 무엇보다도 믿고 있었어. 3년 전이라기보다는 어쩌면 그날까지라고 말하는 편이 더 정확할지도 몰라. 그날, 숙모 댁의 한 방에서 그 사람과 만났을 때 나는 한 번 본 것만으로도 그 사람의 마음속에 비친 나의 추함을 알 수 있었어. 그 사람은 평소와 다를 바 없는 얼굴로 나를 유혹하는 듯한 다정한 말을 여러 가지로 했어. 하지만 일단 자신의 추함을 안 여자의 마음이 어떻게 그런 말로 위로받을 수 있겠어. 나는 그저 분했어. 무서웠어. 슬펐어. 어렸을 때 유모의 품에 안겨서 월식을 봤을 때의 음산함도 그때의 기분에 비하면 얼마나 나은지 모르겠어. 내가 가지고 있던 여러 가지 꿈은 단번에 어딘가로 사라져버렸어. 그 뒤부터는 단지 비가 내리는 새벽녘과 같은 쓸쓸함만이 가만히 내 몸 주위를 감싸고 있을 뿐, ―나는 그 쓸쓸함에 몸을 떨며 죽은 사람과 같은 이 몸을 결국은 그 사람에게 맡겨버렸어. 사랑하고 있지도 않은 그 사람에게, 나를 미워하고 있는, 나를 경멸하고 있는, 색을 좋아하는 그 사람에게. ―나는 나의 추함을 보이고 만 그 쓸쓸함을 견딜 수 없었던 걸까? 그랬기에 그 사람의 가슴에 얼굴을 묻는, 열에 들뜬 듯한 한순간으로 모든 것을 속이려 했던 것일까? 하지만 그것도 아니라면 나 역시도 그 사람처럼 그저 더러운 마음에 몸을 맡긴 것이었을까? 그렇게 생각하는 것만으로도 나는 수치스러워. 수치스러워. 수치스러워. 특히 그 사람의 팔에서 벗어나 다시 자유로운 몸이 되었을 때, 나는 나 자신을 얼마나 천박하게 생각했는지.

나는 화가 나고 쓸쓸했기에 아무리 울지 않겠다고 생각해도 쉴 새 없이 눈물이 흘러나왔어. 하지만 그건 정조가 깨졌다는 사실만이 슬펐던 게 아니야. 정조가 깨졌을 뿐만 아니라 거기에 멸시당하고 있다는 사실이, 마치 비루먹은 개처럼 미움받고 시달리고 있다는 사실이 무엇보다도 내게는 괴로웠어. 그리고 그 다음 나는 대체 무엇을 했던 걸까? 지금 생각해보면 그것도 먼 옛날의 기억처럼 흐릿하게만 떠올라. 그저 훌쩍이며 울고 있을 때, 그 사람의 수염이 내 귀에 닿는가 싶더니 뜨거운 숨결과 함께 낮은 목소리로 '와타루를 죽이기로 하자.'라는 말을 속삭였던 것을 기억하고 있어. 나는 그 말을 들음과 동시에 아직 스스로도 알 수 없는, 신기할 정도로 생기 넘치는 마음이 들었어. 생기 넘치는? 만약 달빛이 밝다고 한다면 그것도 생기 넘치는 기분이겠지. 하지만 그것은 어디까지나 달빛의 밝음과는 또 다른, 생기 넘치는 마음이었어. 그렇다면 나는 역시 그 무시무시한 말에 위로를 받았던 것 아닐까? 아아, 나는, 여자라는 것은, 자신의 남편을 죽이는 한이 있어도 다른 사람에게서 사랑받는 것에서 기쁨을 느끼는 법일까?

나는 그 달밤의 밝음과도 같은, 쓸쓸하고 생기 넘치는 마음으로 한동안 더 계속해서 울었어. 그리고? 그리고? 언제, 나는 그 사람을 인도하여 남편을 찌르게 하겠다는 약속을 맺어버리고 만 걸까? 그런데 그 약속을 맺음과 동시에 나는 처음으로 남편에 대해서 생각했어. 나는 솔직하게, 처음으로, 라고 말하겠어. 그때까지 나의 마음은 오로지 나만을, 능욕당한 나만을 가만히 생각하고 있었어. 그러다 그때, 남편을, 그 내성적인 남편을, —아니, 남편이 아니야. 내게 무슨 말인가 할 때의 미소 짓는 남편의 얼굴을 생생하게 눈앞에 떠올렸어. 나의 계획이 가슴에 문득 떠오른 것도 아마 그 얼굴을 떠올린 순간이었을 거야. 왜냐하면 그때 나는 이미 죽을 각오를 하고 있었으니까. 그리고 또 그렇게 결심할 수 있었다는 사실이 기뻤어. 하지만 울음을 그친 내가 얼굴을 들어 그 사람 쪽을 바라보았을 때, 그리고 거기서 조금 전처럼 그 사람의 마음에 비친 나의 추함을 보았을 때, 나는 나의 기쁨이 단번에 사라져버린 듯한 기분이 들었어. 그것은, —나는 다시 유모와 보았던 월식의 어두움을 떠올려버리고 말았어. 그것은 그 기쁨의 바닥에 숨겨져 있던 온갖 것들의 기이함을 단번에 풀어놓은 듯한 것이었어. 내가 남편을 대신하겠다는 생각은 과연 남편을 사랑하고 있기 때문일까? 아니, 아니, 나는 그런 그럴 듯한 구실을 앞세워 그 사람에게 몸을 맡긴 나의 죄를 갚아야겠다는 마음이 든 거야. 자살할 용기가 없는 나는. 조금이라도 세상의 눈에 나 자신을 좋게 보이고 싶다는 비열한 마음이 있던 나는. 하지만 그건 그나마 관대한 눈으로 봐줄 수도 있겠지. 나는 훨씬 더 천박했어. 훨씬, 훨씬 더 추악했어. 남편 대신 죽겠다는 명목하에 나는 그 사람의 미움에, 그 사람의 경멸에, 그리고 그 사람이 나를 가지고 논 그 부정한 정욕에 앙갚음을 하겠다고 생각하고 있었잖아. 그 증거로 그 사람의 얼굴을 보면 그 달빛 같은 신비한 생기도 사라져버리고, 단지 슬픔만이 곧 나의 마음을 얼어붙게 만들어. 나는 남편을 위해서 죽는 게 아니야. 나는 나를 위해서 죽으려는 거야. 나의 마음에 상처를 입었다는 분함과 나의 몸을 더럽혔다는 원망스러움, 그 두 가지 때문에 죽으려 하는 거야. 아아, 나는 삶의 보람이 없었던 것만이 아니야. 죽는 보람조차 없는 거야.

하지만 그 죽는 보람이 없는 죽음조차 살아 있는 것보다는 얼마나 바람직한지 몰라. 나는 슬프지만 억지로 미소를 지으며 거듭 그 사람과 남편을 죽일 약속을 했어. 눈치가 빠른 그 사람은 그런 나의 말을 통해서, 만약 약속을 지키지 않는다면 내가 어떤 짓을 할지 대충은 짐작을 했을 거야. 그러니 맹세까지 한 그 사람이 몰래 숨어들지 않을 리 없어. ―저건 바람 소리일까? ―그날 이후로 괴로웠던 마음이 오늘 밤에야 비로소 다할 것이라고 생각하면, 역시 마음이 놓이는 듯한 느낌이 들어. 내일의 해는 틀림없이 목이 없는 나의 시체 위에 쌀쌀한 빛을 던질 거야. 그걸 보면 남편은, ―아니, 남편은 생각하지 않겠어. 남편은 나를 사랑하고 있어. 하지만 내게는 그 사랑을 어찌해볼 수 있을 만한 힘도 없어. 옛날부터 나는 오직 한 남자밖에 사랑하지 못했어. 그리고 그 한 남자가 오늘 밤 나를 죽이러 오는 거야. 이 등잔불조차 그런 내게는 너무 화려해. 특히 그 연인에게 한없이 시달리고 있는 내게는."

게사는 등잔불을 불어 꺼버렸다. 잠시 후, 어둠 속에서 희미하게 덧문을 여는 소리. 그와 함께 희미한 달빛이 비추었다.

인간의자

에도가와 란포(江戸川乱歩, 1894~1965)

　　미에 현 출생. 본명은 히라이 다로. 필명은 미국의 작가 에드거 앨런 포에서 따온 것이다. 와세다 대학 졸업. 다채로운 직업을 경험한 후 집필한 「2전짜리 동전」이 『신청년』의 편집장인 모리시타 우손에게 인정을 받아 근대 일본탐정(추리)소설의 선구가 되었다. 완전범죄계획을 정신분석적 방법으로 꿰뚫어보는 「심리시험」 등에서 기발한 트릭을 이용한 본격 단편의 수법을 확립한 후, 「파노라마섬 기담」 등의 장편, 괴이한 분위기로 가득한 「음수」, 스릴과 서스펜스로 가득한 「거미사내」 등 추리소설의 여러 스타일을 개척했다. 또한 아동 소설로도 폭넓은 인기를 얻었다. 제2차 세계대전 후에는 국내외 탐정소설을 소개하고, 연구와 평론을 행하고, 에도가와 란포 상을 창설하는 등 후진 교육에도 힘썼다. 평론집으로는 『추리소설 속 트릭의 비밀』 등이 있다.

요시코(佳子)는 매일 아침 관청으로 출근하는 남편을 배웅하고 나면, 그것은 언제나 10시를 지난 시각인데, 마침내 자신의 몸이 되어 남편과 함께 쓰는 서양관의 서재에 틀어박히는 것이 일상이었다. 거기서 그녀는 지금, K잡지의 이번 여름 증대호에 싣기 위한 긴 창작물에 몰두하고 있었다.

아름다운 규수작가로서의 그녀는 요즘, 외무성 서기관인 남편의 존재감이 희미하게 느껴질 정도로 유명해졌다. 그녀의 집으로는 매일 같이 미지의 숭배자들로부터 편지가 몇 통이고 날아들었다.

오늘 아침에도 그녀는 서재의 책상 앞에 앉아 일을 시작하기 전에 우선 그들, 미지의 사람들로부터 온 편지를 훑어보지 않을 수 없었다.

그것은 하나 같이 틀에 박힌 듯 하찮은 내용들뿐이었으나, 그녀는 여성의 다정한 마음씨에서 어떤 편지라도 자신에게 보내진 것이라면 일단 한 번은 읽어보기로 하고 있었다.

간단한 것부터 시작해서 2통의 편지와 1장의 엽서를 보고 나니, 이제는 두툼한 원고지인 듯한 것이 1통 남았다. 따로 통보를 위한 편지도 없이 이렇게 원고만 다짜고짜 보내온 예는 지금까지도 흔히 있는 일이었다. 그것은 대부분의 경우 장황하고 따분하기 짝이 없는 것이지만 그녀는 어쨌든 제목만이라도 봐두자며 봉투를 잘라 안의 종이뭉치를 꺼내보았다.

생각한 대로 그것은 원고지를 묶은 것이었다. 그러나 어쩐 일인지 제목도 이름도 없고 갑자기 '사모님'이라고 부르는 말부터 시작되고 있었다. 응? 그럼 역시 편지인가 싶어 별 생각도 없이 두어 줄 시선을 옮겨가는 동안 그녀는 거기서 뭔가 이상한, 묘하게 섬뜩한 것을 예감했다. 그리고 타고난 호기심이 그녀로 하여금 점점 뒤를 읽어나가게 했다.

사모님.

사모님께서는 조금도 알지 못하는 사내가 느닷없이 이런 무례한 편지를 올린 허물을 거듭 용서해주시기 바랍니다.

이렇게 말씀드리면 사모님께서는 틀림없이 놀라실 테지만, 저는 지금 당신께 제가 범해온, 참으로 신기한 죄악을 고백하려 하는 것입니다.

저는 지난 몇 개월 동안 인간계에서 완전히 모습을 감추고 참으로 악마와도 같은 생활을 계속해왔습니다. 물론 이 넓은 세상에서도 저의 소행을 알고 있는 사람은 한 명도 없습니다. 만약 아무런 일도 일어나지 않는다면 그대로 영원히 인간계로 되돌아올 일은 없었을지도 모르겠습니다.

그런데 요즘 들어 제 마음속에 어떤 이상한 변화가 일어났습니다. 그리고 저의 이 불행한 몸을 아무래도 참회하지 않을 수 없게 되었습니다. 단지 이렇게만 말씀드리면 여러 가지로 미심쩍다고 생각하실 부분도 있으시겠지만, 어쨌든 제발 이 편지를 끝까지 읽어주시기 바랍니다. 그렇게 하시면 제가 왜 그런 마음이 들었는지, 또 왜 이런 고백을 특히 사모님께 들려드리지 않으면 안 되는 건지, 그러한 것들이 전부 명백해지리라 여겨집니다.

그런데 어디에서부터 시작해야 할지, 너무나도 현실성 없고 기괴하기 짝이 없는 일이기에 이런 인간 세계에서 사용되는 편지라는 방법으로는 어딘가 부끄럽다는 생각이 들어 붓이 더디기만 합니다. 하지만 망설여봐야 뾰족한 수가 없습니다. 일단은 일의 시작부터 순서대로 적어가도록 하겠습니다.

저는 선천적으로 더없이 추한 용모를 가지고 있습니다. 그 사실을 분명히 기억해두시기를 청하겠습니다. 그렇게 하지 않으면 혹시 당신께서 이 무례한 청을 받아들이시어 저를 만나주실 경우, 안 그래도 추한 저의 얼굴이 오랜 세월의 건강하지 못한 생활로 두 번 다시는 쳐다볼 수 없는 처참한 모습이 되어버린 것을 아무런 예비지식도 없이 당신께서 보시게 될 텐데, 저에게 그것은 견딜 수 없는 일이기 때문입니다.

저라는 사내는 그 얼마나 불행한 성격을 가지고 있는지요. 그렇게 추한 용모를 가지고 있으면서도 가슴속으로는 남몰래 더없이 격렬한 정열을 불태우고 있었습니다. 저는 괴물 같은 얼굴을 한, 거기에 매우 가난한 일개 장색에 지나지 않는다는 저의 현실을 망각하고 분에 넘치는, 감미로운, 사치스러운 여러 가지 '꿈'을 동경하고 있었습니다.

제가 만약 좀 더 부유한 가정에서 태어났다면 금전의 힘으로 여러 가지 유희에 빠져, 추한 용모에서 오는 서글픔을 달래볼 수도 있었을 것입니다. 또 혹시 제게 예술적인 자질이 조금 더 주어졌다면, 예를 들어 아름다운 시가로 이 세상의 무료함을 잊을 수 있었을지도 모릅니다. 그러나 불행한 저는 그 어떤 행운도 타고나지 못했으며, 가여운 일개 가구 장색의 아들로 아버지께 배운 일을 해서 하루하루 생계를 꾸려갈 수밖에 없었습니다.

저의 전문은 여러 가지 의자를 만드는 일이었습니다. 제가 만든 의자는 아무리 까다로운 주문자라도 반드시 마음에 들어 한다며, 상회에서도 저를 특별히 인정하여 일도 고급품만을 맡겨주었습니다. 그런 고급품은 등받이나 팔걸이의 조각에 여러 가지 어려운 주문을 하기도 하고, 쿠션의 상태, 각부의 치수 등에 미묘한 취향이 있기도 해서 그것을 만드는 사람에게는 일반 사람들이 얼핏 상상하기 어려운 고심이 필요합니다만, 그러나 고심이 깊으면 깊을수록 완성되었을 때의 유쾌함은 말로 표현할 수 없이 큽니다. 시건방진 소리일지도 모르겠으나, 그런 마음은 예술가가 훌륭한 작품을 완성시켰을 때의 기쁨과도 비교할 수 있지 않을까 싶습니다.

하나의 의자가 완성되면 저는 우선 스스로가 거기에 앉아 느낌을 확인합니다. 그런데 무료한 장색 생활 가운데서도 그때만은 말로 표현하기 어려운 자부심을 느끼게 됩니다. 여기에는 어떤 고귀한 분이, 혹은 얼마나 아름다운 분이 앉으시게 될지. 이렇게 훌륭한 의자를 주문할 정도의 집안이니 거기에는 틀림없이 이 의자에 어울리는 사치스러운 방이 있으리라. 벽에는 틀림없이 유명한 화가의 유화가 걸려 있고 천장에서부터는 커다란 보석 같은 장식전등이 드리워져 있으리라. 바닥에는 고가의 융단이 깔려 있겠지. 그리고 이 의자 앞의 테이블에는 눈이 번쩍 뜨일 정도의 서양화초가 감미로운 향기를 뿜으며 흐드러지게 피어 있으리라. 이런 망상에 빠져 있으면, 왠지 제가 그 훌륭한 방의 주인이라도 된 듯한 기분이 들어 아주 잠깐이기는 하나 뭐라 형용할 수 없는 유쾌한 기분이 들곤 합니다.

저의 과감한 망상은 걷잡을 수 없을 만큼 확대되어 갑니다. 이 가난하고, 추하고, 일개 장색에 지나지 않는 제가 망상의 세계에서는 기품 있는 귀공자가 되어 자신이 만든 훌륭한 의자에 앉아 있습니다. 그리고 그 옆에서는 언제나 저의 꿈에 나오는 아름다운 저의 연인이 화사하게 미소 지으며 저의 이야기에 귀 기울이고 있습니다. 그것뿐만이 아닙니다. 저는 망상 속에서 그 사람과 손을 마주잡고 감미로운 사랑의 속삭임을 주고받기까지 합니다.

그러나 어떤 경우에도 저의 이 부풀어오른 자줏빛 꿈은 곧 동네 아주머니의 요란하게 떠드는 소리나, 히스테릭하게 울부짖는 부근의 병든 아이의 목소리에 방해를 받아, 제 앞에는 다시 추한 현실이 그 잿빛 주검을 드러내고 맙니다. 현실로 돌아온 저는 거기서 꿈속의 귀공자와 닮은 구석이라고는 눈을 씻고 찾아봐도 없는, 가여울 정도로 추한 제 자신의 모습을 발견합니다. 그리고 조금 전, 제게 미소를 지어주었던 그 아름다운 사람은…… 그런 사람이 대체 어디에 있겠습니까? 근처에서 먼지투성이가 되어 놀고 있는 지저분한 아이를 돌보는 여자조차 제게는 눈길도 주지 않습니다. 오직 하나, 제가 만든 의자만이 조금 전 꿈의 흔적처럼 거기에 덩그마니 남아 있을 뿐입니다. 하지만 그 의자는 곧 어디인지도 모를, 저희와는 전혀 다른 세계로 떠나버리고 맙니다.

저는 그렇게 해서 하나하나의 의자를 완성할 때마다 뭐라 표현할 수 없는 무료함에 휩싸이고 맙니다. 그 말로 형용하기 어려운, 지긋지긋하고 또 지긋지긋한 마음은 날이 갈수록 점점 견딜 수 없는 것이 되어가고 있었습니다.

'이런 구더기 같은 생활을 계속할 바에는 차라리 죽어버리는 편이 낫겠다.' 저는 진지하게 이런 생각을 했습니다. 작업장에서 끝도 없이 끌을 써가면서, 못을 박아가면서, 혹은 자극성이 강한 도료를 개면서, 그와 같은 생각을 집요하게 계속했습니다. '아니, 잠깐만. 죽어버릴 바에는, 그 정도의 결심이 가능하다면 좀 더 다른 방법도 있지 않을까? 예를 들자면……' 그렇게 해서 저의 생각은 점점 무시무시한 쪽으로 나아갔습니다.

그 무렵 저는 지금까지 만들어본 적이 없을 정도로 커다란 가죽 안락의자의 제작을 의뢰받은 상태였습니다. 그 의자는 같은 Y시에서 외국인이 운영하고 있는 한 호텔에 납품할 물건으로, 원래는 그의 본국에서 가져올 예정이었으나 제가 일하고 있던 상회가, 일본에도 외국물건에 뒤지지 않는 의자를 만드는 사람이 있다고 운동을 하여 마침내 주문을 따낸 것이었습니다. 그랬기에 저도 침식을 잊고 그 제작에 몰두했습니다. 그야말로 혼을 담아서, 온 신경을 집중해서 작업에 임했습니다.

그렇게 해서 완성된 의자를 보고 저는 예전에 한 번도 맛본 적이 없는 만족감을 맛보았습니다. 그것은 제가 보기에도 황홀할 정도로 훌륭한 완성도였습니다. 저는 평소와 다름없이 4개가 1벌인 그 의자 가운데 하나를 볕이 잘 드는 마루로 가지고 나가 편안하게 앉아보았습니다. 앉은 느낌이 얼마나 좋았는지요. 너무 딱딱하지도 않고 너무 무르지도 않은 쿠션의 폭신함, 일부러 염색된 것을 피하여 본래의 회색 그대로 무두질한 가죽의 감촉, 적당한 경사를 유지하며 가만히 등을 받쳐주는 풍만한 등받이, 섬세한 곡선을 그리며 볼록하게 솟아오른 양쪽 팔걸이, 그 모든 것이 신비한 조화를 이루며 하나가 되어 '안락'이라는 말을 그대로 형상화하고 있는 것처럼 보였습니다.

저는 거기에 깊숙이 몸을 묻은 채 두 손으로 봉긋한 팔걸이를 애무하며 황홀한 기분에 잠겨 있었습니다. 그러자 버릇처럼 끝도 없는 망상이 오색 무지개 같은 눈부신 색채를 뿜으며 차례차례 솟아오르기 시작했습니다. 그런 것을 환상이라고 하는 것일까요? 마음에 생각한 그대로가 너무나도 선명하게 눈앞에 펼쳐졌기에, 저는 혹시 미쳐버리는 것이 아닐까 무서워졌을 정도였습니다.

그렇게 앉아 있자니 저의 머릿속에 문득 굉장한 생각이 떠오르기 시작했습니다. 악마의 속삭임이란 아마도 그런 것을 가리키는 말이 아닐지요. 그것은 꿈처럼 황당무계하고 더 없이 섬뜩한 일이었습니다. 그러나 그 섬뜩함이 말 못할 매력이 되어 저를 자극하는 것이었습니다.

처음에는 단지, 제가 온 정성을 기울여 만든 아름다운 의자를 다른 곳으로 보내고 싶지 않다, 가능하다면 이 의자와 어디까지고 함께 가고 싶다, 그런 단순한 소망이었습니다. 그것이 멍하니 망상의 날개를 펼치고 있는 동안 어느 틈엔가 그 무렵 제 머릿속에서 발효되고 있던 그 무시무시한 생각과 연결되어버리고 만 것입니다. 그리고 저는 이 무슨 미치광이란 말입니까? 그 기괴하기 짝이 없는 망상을 실제로 행해봐야겠다는 생각이 들었습니다.

저는 급하게 서둘러 4개 가운데 가장 잘 만들어졌다고 여겨지는 안락의자를 조각조각 부수었습니다. 그리고 그것을 저의 묘한 계획을 실행하기에 적합하도록 다시 만들었습니다.

그 의자는 매우 커다란 암체어이기 때문에 앉는 부분은 거의 바닥에 닿을 듯한 부분까지 가죽을 씌웠으며, 그 외에 등받이와 팔걸이 모두 아주 두껍게 만들어져서 그 안에 사람 하나가 들어가 숨어도 밖에서는 결코 알 수 없을 만큼 공통된 커다란 공간이 있었습니다. 물론 거기에는 튼튼한 나무틀과 수많은 스프링이 장치되어 있었지만, 저는 그것들을 적당히 손보아 사람이 앉는 부분에 무릎을 넣고 등받이 속에 머리와 몸을 넣어 의자의 모양처럼 앉으면 그 안에 숨을 수 있을 정도의 여유를 만들었습니다.

그런 작업은 손에 익은 것이었기에 아주 그럴 듯하고 편하게 만들었습니다. 예를 들어 호흡을 하거나 바깥의 소리를 듣기 위해서 가죽의 일부에 밖에서는 전혀 알아볼 수 없도록 틈새를 만들기도 하고, 등받이 내부의 머리가 위치하는 곳 바로 옆에 조그만 선반을 달아 무엇인가를 저장할 수 있도록 하기도 하고, 거기에 물통과 군대용 건빵을 넣어두었습니다. 어떤 용도를 위해서 커다란 고무주머니를 갖춰두기도 하고, 그 외에 여러 가지로 고안을 해서 식료품만 있다면 그 안에 이삼일 계속 들어가 있어도 결코 불편을 느끼지 않도록 설비를 갖추었습니다. 말하자면 그 의자가 한 사람의 방이 된 것입니다.

저는 셔츠 바람이 되어 바닥에 만들어놓은 출입구 뚜껑을 열고 의자 안으로 완전히 몸을 감추었습니다. 그것은 참으로 이상한 기분이었습니다. 새카만 어둠, 숨 막힘, 마치 무덤 속에 들어와 있는 것 같다는 이상한 느낌이 들었습니다. 생각해보면 무덤과 다를 바 없었습니다. 의자 안으로 들어가면 그와 동시에 마치 투명망토라도 두른 것처럼 이 인간 세상에서 모습을 감춰버리고 마는 셈이니.

얼마 지나지 않아 4개의 의자를 가지러 상회에서 커다란 짐차를 가지고 사람들이 찾아왔습니다. 제가 데리고 있는 제자가 (저는 그 사내와 단둘이서 살고 있었습니다.) 아무것도 모른 채 상회에서 온 사람들을 상대했습니다. 차에 실을 때 인부 가운데 한 사람이 "이놈은 굉장히 무거운데."라고 외쳤기에 의자 속에 있던 저는 깜짝 놀라고 말았으나, 안락의자라는 건 원래부터 아주 무거운 것이기에 특별히 의심받는 일도 없이 마침내 덜컹덜컹 짐차의 진동이 저의 몸까지 어떤 이상한 감촉을 전하기 시작했습니다.

매우 걱정을 했지만 제가 들어간 안락의자는 결국 아무런 일도 없이 그날 오후에는 이미 호텔의 한 방에 떡하니 놓여 있었습니다. 나중에 안 사실인데 그곳은 개인이 사용하는 방이 아니라 사람을 기다리거나 신문을 읽거나 담배를 피우거나, 여러 사람들이 빈번하게 드나드는 라운지와 같은 방이었습니다.

이미 눈치 채셨을 테지만 이 기묘한 제 행동의 첫 번째 목적은 사람이 없는 시간을 가늠해 의자 안에서 빠져나와 호텔을 돌아다니며 도둑질을 하는 것이었습니다. 의자 안에 사람이 숨어 있으리라고, 그런 말도 안 되는 일을 누가 상상이나 하겠습니까? 저는 그림자처럼 자유자재로 이 방 저 방 마음껏 돌아다닐 수 있게 되었습니다. 그리고 사람들이 소란을 피우기 시작할 때쯤이면 의자 안의 은신처로 피해 숨을 죽이고 그들의 얼간이 같은 수색을 구경하고 있으면 됩니다. 당신께서는 해안의 물가 등에 '소라게'라는 게가 살고 있다는 사실을 알고 계시겠지요? 커다란 거미처럼 생겼는데 사람이 없을 때는 그 부근을 제 세상을 만난 것처럼 마음껏 돌아다니지만, 조금이라도 사람의 발소리가 들려오면 굉장한 속도록 달아나 소라껍데기 속으로 숨습니다. 그리고 털투성이 기분 나쁜 앞발을 소라껍데기 밖으로 살짝 내밀어 적의 동정을 살핍니다. 저는 바로 그 '소라게'였습니다. 소라껍데기 대신 의자를 은거지로 삼아, 해안이 아닌 호텔 안을 제 세상이라도 만난 양 마음껏 돌아다녔습니다.

저의 이 기발한 계획은 그것이 기발한 계획이었던 만큼 사람들의 의표를 찔러 멋지게 성공을 거두었습니다. 호텔에 도착한 지 3일째 되던 날에는 벌써 한바탕 일을 한껏 했을 정도였습니다. 도둑질을 할 때의 조마조마하고도 짜릿한 기분, 멋지게 성공을 거두었을 때의 말로 표현할 수 없는 기쁨, 그리고 사람들이 바로 제 코앞에서 이쪽으로 도망쳤다, 저쪽으로 도망쳤다 하며 난리법석을 피우는 모습을 가만히 지켜보고 있는 우스움. 그것이 그 얼마나 신비한 매력으로 저를 즐겁게 해주었는지요.

하지만 안타깝게도 저는 지금 그것을 자세히 이야기할 여유가 없습니다. 저는 거기서 그런 도둑질 따위보다 10배고 20배고 저를 더 즐겁게 해주는 기괴하기 짝이 없는 쾌락을 발견했습니다. 그리고 사실은 그 일에 대해서 고백하는 것이 이 편지의 참된 목적입니다.

이야기를 앞으로 되돌려 저의 의자가 호텔의 라운지에 놓인 순간부터 다시 시작하지 않으면 안 됩니다.

의자가 도착하자 호텔의 주인 들이 한바탕 의자에 앉아보기도 하고 돌아갔는데, 이후부터는 조용해져서 숨소리 하나 들려오지 않았습니다. 방에는 아무도 없는 듯했습니다. 그러나 도착하자마자 의자에서 나오자니 무서워서 도저히 그럴 수 없었습니다. 저는 매우 오랜 시간(단지 그렇게 느꼈던 것뿐일지도 모릅니다.) 어떤 소리도 놓치지 않겠다며 온 신경을 귀에 집중해서 가만히 주위의 상황을 살폈습니다.

한동안을 그렇게 있자니, 아마 복도 쪽이었을 것이라 여겨지는데 뚜벅뚜벅 묵직한 발소리가 들려왔습니다. 그것이 4, 5m쯤 떨어진 곳까지 가까워졌다가 방에 깔린 융단 때문에 거의 들리지 않을 정도의 작은 소리로 바뀌었는데 곧 남자의 거친 콧김 소리가 들리더니 앗 싶은 순간 서양인인 듯한 커다란 몸이 제 무릎 위에 털썩 올라앉았고 두어 번 몸을 들썩거렸습니다. 저의 허벅지와 그 사내의 다부지고 커다란 엉덩이가 무두질한 얇은 가죽한 장을 사이에 두고 온기까지 느껴질 정도로 밀착되어 있었습니다. 널따란 그의 어깨는 바로 저의 가슴 부근에 기대어져 있었으며, 묵직한 두 팔은 가죽을 사이에 두고 저의 손과 겹쳐져 있었습니다. 그리고 사내가 시가라도 피우는 거겠지요. 남성적이고 풍미 가득한 냄새가 가죽 사이를 통해서 스며들기 시작했습니다.

사모님 가령 당신이 저의 위치에 있다고 생각하시고 그곳의 모습을 상상해보시기 바랍니다. 그것은 그 얼마나 신기하기 짝이 없는 정경인지요. 저는 너무나도 커다란 두려움에 의자 속의 새카만 어둠 속에서 몸을 한껏 웅크렸으며, 겨드랑이에서는 식은땀이 줄줄 흘렀고, 사고력이고 뭐고 전부 잃어버려 그저 멍하니 있을 수밖에 없었습니다.

그 남자를 시작으로 그날 하루, 제 무릎 위에는 수많은 사람들이 번갈아가며 앉았습니다. 그러나 누구 하나, 제가 거기에 있다는 사실을—그들이 푹신한 쿠션이라고 믿어 의심치 않는 것이 사실은 사람의 피가 통하는 저의 허벅지라는 사실을— 조금도 눈치 채지 못했습니다.

새카만 어둠 속에서 꼼짝달싹도 하지 못하는 가죽 속의 천지. 그것은 얼마나 기이하고 매력적인 세계인지요. 거기서는 인간이라는 것이, 평소 눈으로 보고 있는 그 인간과는 전혀 다른 신기한 생물로 느껴집니다. 그들은 목소리와 숨결과 발소리와 옷자락 소리와, 그리고 동글동글하고 탄력 넘치는 몇 개의 고깃덩어리에 지나지 않습니다. 저는 그들 한 사람 한 사람을 그 용모대신 피부의 감촉으로 식별할 수 있습니다. 어떤 사람은 뚱뚱하게 살이 쪄서 썩은 생선 같은 감촉을 줍니다. 그와는 정반대로 어떤 사람은 딱딱하게 바싹 말라서 해골과 같은 느낌이 듭니다. 그 외에도 척추가 굽은 정도, 어깨뼈가 벌어진 정도, 팔의 길이, 허벅지의 굵기, 혹은 꼬리뼈의 길이 등과 같은 모든 점을 종합해보면 아무리 비슷한 키와 몸을 가진 사람이라 할지라도 어딘가 다른 부분이 있습니다. 인간은 용모나 지문 외에 이와 같은 전체적인 감촉으로도 완전히 식별이 가능합니다.

이성에 대해서도 같은 말을 할 수 있습니다. 보통의 경우는 주로 용모의 미추에 따라서 그것을 비판하는 법입니다만, 이 의자 속의 세계에서 그러한 것은 전혀 문제가 되지 않습니다. 거기에는 알몸의 육체와 목소리와 냄새만이 있을 뿐입니다.

사모님, 너무나도 노골적인 저의 기술에 모쪼록 마음 상하는 일이 없기를 바랍니다. 저는 거기서 한 여성의 육체에 (그녀는 저의 의자에 앉은 첫 번째 여성입니다.) 뜨거운 애착을 느끼게 되었습니다.

목소리로 상상해보건대 그녀는 매우 젊은 이국의 아가씨입니다. 그때 방 안에는 마침 아무도 없었는데 그녀는 뭔가 즐거운 일이라도 있었는지 작은 목소리로 신비한 노래를 부르며 춤을 추는 듯한 발걸음으로 그곳에 들어왔습니다. 그리고 제가 숨어 있는 안락의자 앞까지 왔는가 싶더니 갑자기 풍만한, 그러면서도 매우 부드러운 육체를 제 위로 던졌습니다. 게다가 그녀는 뭔가 그리 우스운지 갑자기 하하 웃기 시작했고 팔다리를 흔들며 그물 속의 물고기처럼 팔딱팔딱 튀어올랐습니다.

그로부터 거의 30분쯤이나 그녀는 제 무릎 위에서 때때로 노래를 부르며 그 노래에 장단을 맞추기라도 하듯 꿈틀꿈틀 묵직한 몸을 움직였습니다.

제게 있어서 그것은 전혀 예상하지 못했던, 그야말로 경천동지할 만한 커다란 사건이었습니다. 여자는 신성한 것, 아니 오히려 두려운 존재로, 얼굴을 보는 것조차 망설이던 저였습니다. 그런 제가 지금, 낯선 이국의 아가씨와 같은 방에, 같은 의자에, 아니 그 정도가 아닙니다. 무두질한 얇은 가죽 한 장을 사이에 두고 피부의 온기가 느껴질 정도로 밀착되어 있는 것입니다. 그럼에도 불구하고 그녀는 아무런 불안도 없이 전신의 무게를 제게 맡긴 채, 보는 사람이 없다는 데서 오는 편안함으로 마음껏 분방한 자세를 취하고 있었습니다. 저는 의자 안에서 그녀를 끌어안는 듯한 흉내를 낼 수도 있었습니다. 가죽 너머에서 그 풍만한 목덜미에 입맞춤을 할 수도 있었습니다. 그 외에 무슨 짓을 하든 자유자재였습니다.

이 놀라운 발견을 한 뒤부터 저의 첫 번째 목적이었던 도둑질 따위는 관심 밖으로 밀려났으며, 오로지 그 신비한 감촉의 세계에 빠져버리게 되었습니다. 저는 생각했습니다. 이곳이야말로, 이 의자 속의 세계야말로 제게 주어진 참된 거처가 아닐까 하고. 저처럼 추한, 그리고 마음이 약한 사내는 밝은 빛의 세계에서는 언제나 열등감을 느끼며 수치스럽고 비참한 생활을 해나가는 것 외에 달리 방법이 없는 몸입니다. 그런데 일단 사는 세계를 바꾸어, 이렇게 의자 속에서 갑갑함을 참기만 하면 밝은 세계에서는 말을 거는 것은 물론 곁에 다가가는 것조차 용납되지 않았던 아름다운 사람에게 접근하여 그 목소리를 듣고 피부에 닿을 수도 있는 것입니다.

의자 속에서의 사랑(!) 그것이 얼마나 신비한 도취적 매력을 가지고 있는지 실제로 의자 속에 들어가본 사람이 아니고서는 이해할 수 없을 것입니다. 그것은 오로지 촉각과 청각과 그리고 희미한 후각만의 사랑입니다. 어둠 속 세계의 사랑입니다. 결코 이 세상의 것이 아닙니다. 그것이야말로 악마의 나라의 애욕 아닐까요. 생각해보면 사람의 눈에 띄지 않는 이 세계의 구석구석에서는 어떤 이상하고 무서운 일들이 행해지고 있을지 참으로 상상조차 못할 일입니다.

물론 처음 예정으로는 도둑질의 목적을 달성하고 나면 당장 호텔에서 달아날 생각이었으나, 기괴하기 짝이 없는 기쁨에 푹 빠져버린 저는 달아나기는커녕 언제까지고 언제까지고 의자 속을 영원한 거처로 삼아 그 생활을 계속하고 있었습니다.

밤마다 하는 외출에는 주의에 주의를 기울여 소리를 조금도 내지 않았으며, 또 사람들의 눈에 띄지 않도록 했기에 당연히 위험은 없었습니다만, 그래도 몇 개월이라는 긴 세월을 그렇게 조금도 들키지 않고 의자 속에서 생활했다는 것은 제가 생각하기에도 실로 놀라운 일이었습니다.

거의 하루 종일을 의자 속의 비좁은 장소에서 팔을 구부린 채 무릎을 접고 있었기에 몸 전체가 굳어버린 것처럼 되어 결국에는 음식점이나 화장실을 오갈 때 앉은뱅이처럼 기어서 다닐 정도였습니다. 저는 얼마나 미치광이 같은 사람이었는지요. 그 정도의 고통을 인내하면서까지 신비한 감촉의 세계를 버릴 마음은 들지 않았습니다.

개중에는 1개월이고 2개월이고 그곳을 주거지처럼 삼아 계속

묵는 사람도 있었습니다만, 호텔이라는 특성상 끊임없이 손님이 바뀌었습니다. 따라서 저의 기묘한 사랑도 시간과 함께 상대가 바뀌는 것은 어쩔 수 없는 일이었습니다. 그리고 그 신비한 여러 연인들에 대한 기억은, 보통의 경우처럼 용모에 의한 것이 아니라 주로 몸의 상태에 따라서 제 마음에 새겨져 있습니다.

어떤 사람은 망아지처럼 다부지고 늘씬하고 탄탄한 몸을 가지고 있으며, 어떤 사람은 뱀처럼 요염하고 꿈틀꿈틀 자재로 움직이는 육체를 가지고 있고, 어떤 사람은 고무공처럼 살이 쪄서 지방과 탄력이 넘쳐나는 몸을 가지고 있고, 또 어떤 사람은 그리스의 조각상처럼 딴딴하고 힘에 넘치며 골고루 잘 발달된 육체를 가지고 있었습니다. 그 외에도 모든 여자의 육체에는 한 사람 한 사람, 각자의 특징이 있고 매력이 있었습니다.

그렇게 여자에서 여자로 옮겨가는 동안, 저는 그것과는 또 다른 신기한 경험도 맛보았습니다.

그 가운데 하나는, 어느 날 유럽에 속한 한 강국의 대사가 (일본인 보이의 말을 듣고 알게 된 사실입니다.) 그 커다란 몸을 제 무릎 위에 얹은 일입니다. 그는 정치가로서보다 세계적인 시인으로 한층 더 잘 알려진 인물인데, 그런 만큼 저는 그 위인의 피부를 알게 되었다는 사실이 가슴 두근거릴 정도로 자랑스럽게 여겨졌습니다. 그는 제 위에서 두어 명의 같은 나라 사람들을 상대로 10분쯤 이야기를 나눈 뒤 그대로 떠나갔습니다. 물론 무슨 이야기를 나눈 것인지, 저로서는 전혀 알 길이 없었지만 제스

처를 할 때마다 꿈틀꿈틀 움직이는, 다른 사람들보다는 조금 따뜻한 듯 여겨지는 육체의 간질이는 듯한 감촉이 제게 말로 표현할 수 없는 어떤 자극을 주었습니다.

그때 저는 문득 이런 상상을 했습니다. 만약! 이 가죽 뒤에서 날카로운 나이프로 그의 심장을 가늠하여 푹 찌른다면 어떤 결과를 가져오게 될까? 물론 그것은 그에게 다시는 일어설 수 없는 치명상을 입힐 것임에 틀림없습니다. 그의 본국은 물론 일본의 정치계에도 그 일 때문에 얼마나 커다란 파문이 일지. 신문은 얼마나 격정적인 기사를 실을지. 그 일은 일본과 그의 본국 사이의 외교관계에도 커다란 영향을 줄 것이며, 또 예술적 입장에서 봐도 그의 죽음은 세계의 커다란 손실임에 틀림없으리라. 그런 커다란 사건이 저의 손 하나에 의해 간단히 실현될 수 있는 것입니다. 그런 생각이 들자 저는 신기한 자부심을 느끼지 않을 수 없었습니다.

또 하나는 어떤 나라의 유명한 댄서가 일본에 왔을 때 우연히도 그녀는 그 호텔에서 숙박했는데, 딱 한 번이기는 하나 저의 의자에 앉은 적이 있었습니다. 그때도 저는 대사가 앉았을 때와 비슷한 감명을 받았으며, 게다가 그녀는 제게 지금까지 한 번도 경험한 적이 없는 이상적인 육체미의 감촉을 전해주었습니다. 저는 그 완벽한 아름다움에 음란한 생각 따위는 할 겨를도 없었으며, 단지 예술품을 대할 때와 같은 경건한 마음으로 그녀를 찬미했습니다.

그 외에도 저는 여러 가지 진귀한, 신기한, 혹은 기분 나쁜 수많은 경험을 했습니다만, 그것을 여기에 상세히 기술하는 것은 이 편지의 목적이 아니며, 또 상당히 길어지기도 할 테니 서둘러 중요한 부분으로 이야기를 진척시켜나가겠습니다.

그런데 제가 호텔로 들어간 지 몇 개월이 지났을 때, 저의 신상에 하나의 변화가 일어났습니다. 어떤 변화인가 하면, 호텔의 경영자가 어떤 이유로 귀국하게 되었기에 그 호텔을 통째로 한 일본인 회사에 양도한 것입니다. 그러자 일본인 회사는 종전의 호화로운 영업방침을 바꾸어 좀 더 일반적인 여관으로 꾸며 유리한 경영을 꾀하기로 했습니다. 그로 인해 필요 없어진 물건들은 한 커다란 가구상에 위탁하여 경매에 붙여지게 되었는데 그 경매 목록에 저의 의자도 들어가 있었습니다.

그 사실을 알고 저는 한때 실망했습니다. 그리고 그 일을 계기로 다시 한 번 일반 세상으로 돌아가 새로운 생활을 시작할까도 생각했을 정도였습니다. 그때는 훔쳐 모은 돈이 상당한 액수에 이르렀기에 설령 세상에 나간다 할지라도 예전처럼 비참한 생활을 할 염려는 없었습니다. 그러나 다시 한 번 생각해보니, 외국인의 호텔에서 나간다는 것은 한편으로는 매우 실망스러운 일이기는 합니다만, 다른 한편으로는 하나의 새로운 희망을 의미하는 일이기도 했습니다. 왜냐하면 저는 수개월 동안이나 그처럼 여러 이성을 사랑했음에도 불구하고 상대가 전부 이국인이었기에 그녀가 제아무리 훌륭하고 탐스러운 육체를 가지고 있다 해도 정신적으로는 묘하게 아쉬움을 느끼지 않을 수 없었기 때문이었습니다. 일본인은 역시 같은 일본인이 아니면 참된 사랑을 느끼지 못하는 것 아닐까. 저는 점점 그런 식으로 생각하게 되었습니다. 마침 그러한 때에 저의 의자가 경매에 넘겨졌습니다. 이번에는 어쩌면 일본인이 사들일지도 모른다, 그리고 일본인 가정에 놓이게 될지도 모른다. 그것이 저의 새로운 희망이었습니다. 저는 어쨌든 조금 더 의자 속의 생활을 이어나가기로 했습니다.

가구점의 가게 앞에서 이삼일 동안 커다란 괴로움을 맛보았으나, 그래도 경매가 시작되자 다행스럽게도 저의 의자는 바로 매수자가 나타났습니다. 낡기는 했지만 사람들의 시선을 끌기에 충분할 만큼 훌륭한 의자였기 때문이었겠지요.

매수자는 Y시에서 그리 멀지 않은 대도회지에 살고 있는 한 관리였습니다. 가구점에서 그 사람의 집까지 몇 십 리나 되는 길을 진동이 매우 심한 트럭에 실려 옮겨질 때 저는 의자 속에서 죽을 정도의 괴로움을 맛보았으나, 그래도 매수자가 제 희망대로 일본인이라는 사실에서 오는 기쁨에 비하자면 그런 괴로움은 아무것도 아니었습니다.

매수자인 관리는 상당히 훌륭한 저택을 가지고 있었는데 저의 의자는 그 서양관의 널따란 서재에 놓이게 되었습니다만, 저에게는 매우 만족스러운 일이었던 것이, 그 서재는 남편보다 오히려 그 집의 젊고 아름다운 부인이 더 자주 사용하는 곳이기 때문이었습니다. 그로부터 약 1개월 동안 부인과 함께 있었습니다. 부인이 식사와 취침을 하는 시간을 제외하면 부인의 탄력적인 몸은 늘 제 위에 있었습니다. 그도 그럴 것이 부인은 그 기간 동안에 서재에 들어앉아 어떤 저작에 몰두하고 계셨기 때문입니다.

제가 그녀를 얼마나 사랑했는지, 그것은 여기에 줄줄이 늘어놓을 필요도 없을 것입니다. 그녀는 제가 처음으로 접한 일본인이자, 또 충분히 아름다운 육체를 가진 사람이었습니다. 저는 그때 처음으로 참된 사랑을 느꼈습니다. 그에 비하자면 호텔에서의 수많은 경험 따위는 결코 사랑이라 부를 수 있을 만한 것이 아니었습니다. 지금까지는 단 한 번도 그런 느낌을 받은 적이 없었는데, 그 부인에 대해서만은 그저 비밀스러운 애무를 즐기는 것만으로는 만족하지 못하고 어떻게 해서든 저의 존재를 알리기 위해 여러 가지 고심을 했다는 점만으로도 그 사실을 분명히 알 수 있습니다.

저는 가능하다면 부인 쪽에서도 의자 속의 저를 의식해주기를 바랐던 것입니다. 그리고 염치없는 얘깁니다만, 저를 사랑해주었으면 좋겠다고 생각했습니다. 그 신호를 어떻게 보낼까? 거기에 사람이 숨어 있다는 사실을 사실 그대로 전하면 그녀는 틀림없이 깜짝 놀라서 남편이나 하인들에게 그 사실을 알릴 것이 뻔했습니다. 그렇게 되면 모든 일을 그르치게 될 뿐만 아니라 저는 끔찍한 죄명을 쓰고 법률상의 형벌까지도 받게 될 것입니다.

따라서 저는 하다못해 부인에게 저의 의자를 더없이 편안하게 느끼도록 하여 그것에 애착하게 만들기 위해 노력했습니다. 예술가인 그녀는 틀림없이 평범한 사람 이상으로 미묘한 감각을 가지고 있을 것이다. 만약 그녀가 저의 의자에서 생명을 느껴준다면, 단지 물질로서가 아니라 하나의 생명체로서 애착을 느껴준다면 그것만으로도 저는 충분히 만족할 수 있을 듯했습니다.

저는 그녀가 제 위에 몸을 던질 때면 가능한 한 푹신하고 부드럽게 받아들일 수 있도록 신경 썼습니다. 그녀가 제 위에서 피곤을 느낄 때는 눈치 채지 못할 정도로 살살 무릎을 움직여서 그녀 몸의 위치가 바뀌도록 했습니다. 그리고 그녀가 꾸벅꾸벅 졸기라도 시작한 경우에는 아주 조금씩 조금씩 무릎을 흔들어 요람 같은 역할을 수행했습니다.

그렇게 마음을 쓴 덕분인지, 아니면 단지 제 마음의 혼란 때문인지, 요즘에는 부인이 왠지 저의 의자를 사랑하고 있는 것처럼 여겨지기 시작했습니다. 그녀는 마치 아기가 어머니의 품에 안긴 때처럼, 혹은 처녀가 연인의 포옹에 응할 때처럼 달콤하고 다정한 모습으로 저의 의자에 몸을 묻었습니다. 그리고 저의 무릎 위에서 몸을 움직이는 모습까지가 참으로 사랑스럽게 보였습니다.

그렇게 해서 저의 정열은 하루하루 뜨겁게 불타올랐습니다. 그리고 마침내는, 아아, 사모님, 마침내 저는 제 주제도 모르고 터무니없는 소망을 품게 되었습니다. 단 한 번만이라도 제 연인의 얼굴을 보며 이야기를 나눌 수만 있다면, 그대로 죽어버려도 상관없다고까지 저는 생각하게 되었습니다.

사모님, 당신은 물론 벌써부터 깨달으셨겠지요. 저의 그 연인은, 너무나도 커다란 실례를 용서해주시기 바랍니다. 사실은 바로 당신입니다. 당신의 남편이 그 Y시의 가구점에서 저의 의자를 사들인 이후부터, 저는 당신께 이루지 못할 사랑을 바친 가엾은 사내입니다.

  사모님, 평생의 소원입니다. 딱 한 번만 저를 만나주실 수 없으시겠습니까? 그리고 딱 한마디라도 이 가엾고 추한 사내에게 위로의 말씀을 해주실 수 없겠습니까? 저는 결코 그 이상은 바라지 않겠습니다. 그런 것을 바라기에는 너무나도 추하고 더러워진 저입니다. 부디부디 세상에서 더없이 불행한 사내의 간절한 소망을 들어주시기 바랍니다.

  저는 어젯밤에 이 편지를 쓰기 위해 댁에서 빠져나왔습니다. 얼굴을 직접 뵙고 이런 부탁을 드린다는 것은 참으로 위험한 일이며, 또 제게는 도저히 불가능한 일입니다.

  그리고 지금, 당신께서 이 편지를 읽고 계실 무렵이면 저는 근심 때문에 새파랗게 질린 얼굴로 댁 주변을 배회하고 있을 것입니다.

  혹시 무례하기 짝이 없는 이 소망을 들어주실 생각이라면 서재의 창에 있는 패랭이 화분에 당신의 손수건을 걸어주시기 바랍니다. 그것을 신호로 저는 평범한 한 사람의 방문자가 되어 댁의 현관을 찾아가도록 하겠습니다.

그리고 그 기묘한 편지는 열렬하게 기원하는 말들로 끝을 맺었다.

요시코는 편지의 절반 정도까지 읽었을 때 이미 섬뜩한 예감이 들어 새파랗게 질려버리고 말았다.

그리고 무의식적으로 자리에서 일어나 기분 나쁜 안락의자가 놓여 있는 서재에서 빠져나와 일본식으로 지어진 건물의 거실로 와 있었다. 편지의 나머지 부분은 차라리 읽지 말고 찢어버릴까도 싶었으나 두려움을 억누르며 거실의 작은 책상 위에서 어쨌든 간신히 읽어 나갔다.

그녀의 예감은 역시 적중했다.

그건 또 얼마나 무시무시한 사실이란 말인가. 그녀가 매일 앉아 있던 그 안락의자에 낯선 남자가 하나 들어 있었던 것이다.

"아아, 기분 나빠라."

그녀는 등에 찬물을 끼얹은 것 같은 오한을 느꼈다. 그리고 언제까지고 이상한 떨림이 멈추지 않았다.

그녀는 너무나도 놀라운 사실에 머리가 멍해져서 이 일을 어떻게 처리해야 좋을지 전혀 짐작할 수 없었다. 의자를 살펴봐야 하나(?) 어떻게, 어떻게 그런 섬뜩한 일을 할 수 있겠어. 설령 거기에 더 이상 사람은 없다 할지라도 음식물이나 그 외에 그에게 부속되었던 더러운 것들은 아직 남아 있을 것이 틀림없었다.

"사모님, 편지가 왔습니다."

깜짝 놀라 돌아보니 하녀 하나가 지금 막 도착한 편지를 가지고 들어왔다.

요시코는 무의식적으로 그것을 받아 뜯어보려 하다, 문득 봉투에 적힌 글씨를 보고 자신도 모르게 편지를 떨어뜨렸을 정도로 커다란 놀라움에 사로잡혔다. 거기에는 조금 전의 기분 나쁜 편지와 조금도 다르지 않은 필적으로 그녀의 이름이 적혀 있었다.

그녀는 오랜 시간 그것을 뜯어야 할지 말아야 할지 망설였다. 그러나 마지막에는 결국 그것을 뜯어 두려운 마음으로 내용을 읽어나갔다. 편지는 매우 짧은 것이었으나 거기에는 그녀를 다시 한 번 깜짝 놀라게 한 기묘한 글이 적혀 있었다.

갑자기 편지를 올린 무례를 거듭 용서해주시기 바랍니다. 저는 평소 선생님의 작품을 애독하고 있는 자입니다. 따로 보내드린 것은 저의 볼품없는 창작물입니다. 한번 읽어보신 후 비평을 해주신다면 그보다 더 행복한 일도 없을 것입니다. 어떤 이유가 있어서 원고는 이 편지를 쓰기 전에 투함했으니 이미 읽으셨으리라 생각합니다. 어떻게 읽으셨는지요? 만약 저의 졸작이 얼마간이라도 선생님께 감명을 주었다면 그보다 더 기쁜 일도 없을 것입니다.

원고에는 일부러 적지 않았습니다만 제목은 '인간의자'라고 붙일 생각입니다.

그럼 실례를 무릅쓰고 청을 드리겠습니다. 총총

밀짚모자

호리 다쓰오(堀辰雄, 1904~1953)

도쿄 출신으로 관동대진재 때 어머니를 잃었다. 아쿠타가와 류노스케에
게 사사했으며 도쿄 제국대학 국문과에 진학한 이듬해인 1926년에 동인지
『당나귀』를 창간, 좌경화되어가는 동인들 속에서 콕도, 아폴리네르 등의
번역을 축으로 하여 예술 자체의 혁신을 지향했다. 아쿠타가와의 자살에
충격을 받았으며 숙환인 늑막염에 시달리면서도 처녀 단편집을 출간했고,
심리해부가 돋보이는 작품 「성가족」으로 이 시기 예술파를 대표하는 작가
로 평가받게 되었다. 이후 소설의 형식과 방법을 끊임없이 탐구했는데 특히
1938년에 약혼녀의 죽음을 계기로 태어난 「바람이 분다」는 릴케에게서
섭취한 운명 이상의 삶의 사상을 지성과 서정이 융합된 문장으로 기술하여
산문예술의 극치를 보여주었다. 전쟁 말기에 시골로 피난했고, 그곳에서
병마와 싸우며 전후의 문학 활동에 힘을 쏟았으나 1953년에 세상을 떠나고
말았다. 대표작으로는 「성가족」, 「아름다운 마을」, 「바람이 분다」, 「나오
코」 등이 있다.

나는 15살이었다. 그리고 너는 13살이었다.

나는 너희 오빠들과 하얀 클로버 꽃이 빽빽하게 피어 있는 들판에서 야구연습을 하고 있었다. 너는 너의 어린 남동생과 함께 멀리서 우리들의 연습을 보고 있었다. 그 하얀 꽃을 따서는 그것으로 화환을 만들며. 공이 솟아올랐다. 나는 열심히 달렸다. 공이 글러브에 닿았다. 발이 미끄러졌다. 나의 몸이 공중제비를 돌더니 들판에서 논바닥으로 떨어졌다. 나는 시궁쥐처럼 되어버리고 말았다.

나를 근처 농가의 우물가로 데리고 갔다. 나는 거기서 알몸이 되었다. 너의 이름이 불려졌다. 너는 두 손으로 소중하다는 듯 화환을 받쳐든 채, 달려왔다. 알몸이 되고나면 세상을 보는 눈이 얼마나 크게 바뀌는지! 지금까지 어린 계집아이라고만 생각했던 네가 갑자기 한 명의 어엿한 아가씨가 되어 내 눈앞에 모습을 드러냈다. 알몸이 되었던 나는 순간 당황해서 나의 글러브로 나의 성(섹스)을 간신히 숨기고 있었다.

거기에 부끄러워하는 나와 너, 두 사람만을 남겨둔 채 다른 사람들은 다시 야구연습을 하러 가버렸다. 그리고 나를 위해서 네가 진흙투성이 바지를 빨아주는 동안 나는 부끄러움을 숨기기

위해서 일부러 익살스럽게 너를 위해 들고 있던 화환을 나의 모
자 대신 써보이곤 했다. 그리고 마치 고대의 조각상처럼 거기에
부동자세로 나는 서 있었다. 얼굴을 새빨갛게 물들인 채……

*
**

여름방학이 왔다.

기숙사에서, 그해 봄 막 입사한 어린 학생들이 한 무리의 호박
벌처럼 웅성거리며 둥지를 떠나갔다. 각자의 들장미를 향해
서……

그러나 나는 어찌하면 좋단 말인가! 내게는 나의 시골이 없었
다. 내가 태어난 집은 도회의 한가운데에 있었으니. 게다가 나는
외동아들로 겁쟁이였다. 그랬기에 아직은 부모 품을 떠나서 혼자
여행하는 재주도 피워보일 수 없었다. 그러나 이번에는 지금까지
와는 사정이 조금 바뀌어서, 하나 위의 학교에 들어왔기에 이번
여름방학에는 이런 방학숙제가 있었다. 시골로 가서 소녀 한 명
을 찾아올 것.

그 시골에 혼자서는 가지 못하고 나는 도회 한가운데서 하나
의 기적이 일어나기를 기다리고 있었다. 그것은 헛된 일이 아니
었다. C현의 한 해안으로 여름을 보내기 위해 가 있던 너희 오빠
에게서 뜻밖에도 초대 편지가 온 것이었다.

오오, 그리운 나의 어린 시절 벗이여! 나는 내 추억 속을 뒤져보

았다. 새하얀 운동복을 입은, 두 사람 모두 나보다 조금 나이가 많은 너희 오빠들의 모습이 먼저 떠올랐다. 매일처럼 나는 그들과 야구연습을 했다. 어느 날 나는 논바닥으로 떨어졌다. 화환을 손에 들고 있던 네 옆에서 나는 알몸이 되었다. 나는 새빨갛게 되어버리고 말았다. ……얼마 후 그들은 두 사람 모두 지방의 고등학교에 들어갔다. 그럭저럭 벌써 삼사 년이 지났다. 그때부터는 그들과 놀 기회도 거의 사라지고 말았다. 그 동안 나는 너하고만은 가끔 거리에서 스쳐 지났다. 아무런 말도 하지 않고 그저 얼굴을 붉힌 채 서로 인사만 나누었다. 너는 여학교 제복을 입고 있었다. 스쳐 지나며 너의 조그만 구두가 울리는 소리를 나는 들었다. …….

나는 그 해안으로 가겠다고 부모님을 졸랐다. 그렇게 해서 간신히 일주일 동안의 체류를 허락받았다. 나는 수영복과 글러브로 가득한 바스켓을 힘겹게 들고 심장을 두근거리며 출발했다.

그것은 T……라는, 이름처럼 조그만 마을이었다. 너희들은 한 농가의 아담한, 여러 화초로 주위를 감싼 별채를 빌려 지내고 있었다. 내가 도착했을 때 너희들은 해안에 나가 있었다. 그 집에는 너희 어머니와 나는 잘 모르는 너희 언니, 두 사람이 남아 있었다.

나는 해안으로 가는 길을 듣자마자 바로 맨발이 되어 솔숲 속의 그 오솔길을 달려갔다. 뜨거워진 모래에서 마치 빵이 타는 것과 같은 좋은 냄새가 났다.

해안에는 눈이 부실 정도로 광선이 가득하게 넘쳐나고 있어서 아무것도 보이지 않을 지경이었다. 그리고 그 광선 속으로는 하나의 요정이라도 되지 않으면 들어갈 수 없을 것처럼 보였다. 나는 시력을 잃은 사람처럼 손으로 더듬으며 그 속으로 머뭇머뭇 발걸음을 들여놓았다.

어린 아이들이 열심히 모래 속에 묻고 있는 반나체의 소녀 하나가 희미하게 내 눈에 들어왔다. 너일까 싶어 나는 가까이 다가갔다. ……그러자 커다란 해수욕 모자 아래서 내가 모르는 검고 조그만 얼굴이 나를 힐끗 내다보았다. 그리고 낯선 얼굴이라는 듯 아까처럼 그 조그만 얼굴을 모자 안으로 다시 푹 집어넣었다. ……그것이 나의 발을 움직이지 못하게 했다.

나는 모래에 발이 빠져가며 바다 쪽을 향해 마구 외쳤다. "헬로!" ……하고. 눈이 부셔서 내게는 조금도 보이지 않는 그 바다 속에서 거기에 응해 "헬로! 헬로!"

나는 서둘러 옷을 벗었다. 그리고 수영복만 입은 몸으로 장님처럼 그 목소리 쪽으로 뛰어들려 자세를 취했다.

그 순간, 나의 바로 발아래서도 "헬로! ……." ―나는 돌아보았다. 조금 전의 소녀가 모래 속에서 상반신을 일으켜 빙그레 웃고 있는 모습이, 이번에는 내게도 잘 보였다.

"뭐야, 너였어?"

"못 알아보셨나요?"

수영복이 아무래도 수상했다. 나는 그것 하나만 걸친 몸이 되자마자 바로 요정들의 친구가 되었다. 나는 몸이 가벼워졌으며 지금까지 조금도 보이지 않았던 것들이 순간 보이기 시작했다. ⋯⋯.

도회에서는 어려운 것처럼 보이는 사랑의 방법도 지극히 간단한 것이면 충분하다는 사실을 가르쳐주는 시골생활이여! 한 소녀의 마음에 들기 위해서는 그녀 가족들의 스타일을 받아들이면 되었다. 그리고 그것은 너희 가족들과 함께 생활하고 있는 덕분에 내게는 쉬운 일이었다. 네 마음에 가장 든 젊은이는 너희 오빠들이라는 사실을 나는 간단히 체득했다. 그들은 스포츠를 매우좋아했다. 그랬기에 나도 가능한 한 스포티브 해지려 했다. 그리고 그들은 너와 친밀했으며 동시에 짓궂게 굴었다. 나도 그들을 따라서 너를 온갖 유희에서 제외시켰다.

바다에서 헤엄을 치고 있으면 물이 너무나도 깨끗해서 우리들이 헤엄치는 그림자가 물고기의 그림자와 함께 바닥에 비쳤다. 그 때문에 하늘에 그것과 아주 닮은 구름이 떠 있을 때면, 그것도 역시 하늘에 비치는 우리들의 그림자가 아닐까 여겨지기까지 했다. ⋯⋯.

우리들의 시골생활은 1전짜리 동전의 앞면과 뒷면처럼, 여러 가축들의 축사와 등을 마주대고 있었다. 종종 가축들이 교미를 했다. 그때의 비명이 우리들이 있는 곳까지 들려왔다. 뒷문을 나서면 거기에 조그만 목장이 있었다. 언제나 소 부부가 풀을 뜯고 있었다. 저녁이 되면 그들은 어딘가로 모습을 감추었다. 그러고 나면 우리는 언제나 캐치볼을 했다. 그러면 너는 어떨 때는 너희 언니와, 어떨 때는 너의 어린 동생과 그곳까지 놀러 왔다. 언제였던가처럼 멀리서 꽃을 꺾기도 하고, 네가 막 배운 찬미가를 부르기도 하며. 가끔 네가 노래에 막히면 너희 언니가 작은 소리로 그것을 계속해주었다. ―아직 8살밖에 되지 않은 너의 어린 동생은 하루 종일 네 곁을 떠나지 않았다. 그는 우리와 놀기에는 너무 어렸다. 그런 어린 동생에게 매일 한 번씩 입맞춤을 해주는 것이 너의 일과 가운데 하나였다. "오늘은 아직 한 번도 해주지 않았지……." 이렇게 말하며 너는 그 어린 동생을 끌어안고 우리가 있는 앞에서 아무렇지도 않게 그와 입맞춤을 했다.

나는 언제까지고 투구 모션을 계속하면서 그것을 곁눈질하여 보았다.

그 목장 너머는 보리밭이었다. 그 보리밭과 보리밭 사이를 작은 강이 흐르고 있었다. 그곳으로 낚시를 하러 가곤 했었다. 너는 잠자리채를 어깨에 걸친 어린 동생과 함께 어롱을 들고 우리들 뒤를 따라왔다. 나는 지렁이가 징그러웠기에 너희 오빠들이 그것을 낚싯바늘에 끼워주었다. 하지만 나는 그것을 바로 물고기에게 빼앗기고 말았다. 그러면 그들은 마침내 그것을 귀찮아하여 옆에서 보고 있는 네게 그 역할을 떠맡겼다. 너는 나처럼 지렁이를 징그러워하지 않았기에. 너는 그것을 나의 낚싯바늘에 끼워주기 위해서 내 쪽을 향해 몸을 웅크렸다. 너는 나들이용, 빨간 버찌 장식이 달린 밀짚모자를 쓰고 있었다. 그 부드러운 모자챙이 나의 뺨을 가만히 문질렀다. 나는 네가 눈치 채지 못하도록 심호흡을 했다. 하지만 네게서는 아무런 냄새도 나지 않았다. 단지 밀짚모자의 희미하게 탄 듯한 냄새가 날 뿐. ……나는 뭔가 아쉬워, 왠지 네게 속고 있는 것 같다는 기분까지 들었다.

아직 그렇게 개발되지 않은 그 T마을에 피서객처럼 보이는 사람은 우리들 외에 한 무리도 보이지 않을 정도였다. 우리는 그 작은 마을에서 인기를 끌었다. 해안 같은 데 있으면 어느 틈엔가 우리 주위로 사람들이 모여들 정도였다. 그리고 마을의 선량한 사람들은 나를 너의 오빠로 착각하고 있었다. 그것이 나를 더욱 우쭐하게 만들었다.

뿐만 아니라 우리 어머니처럼 아이들이 귀찮아할 만한 사랑의 방법을 보이지 않는 너희 어머니는, 나까지도 당신의 아이들만큼이나 매우 무심하게 대했다. 그것이 내게, 나는 그녀의 마음에도 든 것이라고 믿게 해주었다.

예정 된 일주일은 벌써 지나 있었다. 그러나 나는 도회로 돌아가려 하지 않았다.

아아, 너희 오빠들처럼 네게 짓궂은 짓만 했다면 나는 이런 실수는 하지 않았을 텐데! 나는 홀연 무엇인가에 씌운 것이다. 나는 딱 한 번만이라도 좋으니 너와 단둘이서 놀고 싶어서 견딜 수가 없었다.

"너, 테니스 칠 줄 알아?" 어느 날 네가 내게 말했다.

"응, 조금은……."

"그럼 나랑 거의 비슷한 실력이려나? ……한번 쳐보지 않을래?"

"하지만 라켓도 없이 대체 어디서 치자는 거지?"

"소학교에 가면 전부 빌려줘."

그것이 너와 단둘이서 놀 수 있는 절호의 기회라고 생각했기에 나는 그것을 놓치지 않기 위해 금방 들통 날 거짓말을 한 것이었다. 나는 아직 한 번도 라켓을 손에 쥐어본 적이 없었다. 그러나 소녀를 상대하는 것이라면, 그 정도는 금방 익힐 수 있을 것 같았다. 너희 오빠들이 언제나, 테니스 따위! 라며 경멸했기에. 그런데 그들도 우리가 같이 가자고 하자 소학교로 함께 갔다. 거기에 가면 투포환을 할 수 있기에.

소학교의 정원에는 협죽도가 한창 피어 있었다. 그들은 그 나무그늘에서 곧 투포환을 시작했다. 너와 나는 그곳에서 조금 떨어져 백묵으로 선을 긋고 네트를 친 다음 라켓을 쥐고 서로 진지하게 마주섰다. 그런데 막상 해보니 네가 치는 공이 생각보다 세서, 내가 받아친 공은 대부분 네트에 걸려버리고 말았다. 대여섯 번 치더니 너는 화난 얼굴로 라켓을 내던졌다.

"이제 그만 하자."

"왜?" 나는 약간 머뭇거렸다.

"조금도 진지하게 치지 않잖아……. 재미없어."

그렇다면 나의 거짓말이 들켜버린 것은 아니었다. 그러나 너의 그런 오해가 나를 괴롭힌 것은 그 이상이었다. 그런 매정한 녀석이 되기보다는 오히려 거짓말쟁이가 되는 편이 더 나았다.

나는 뾰로통해서 아무 말도 하지 않은 채 땀을 닦았다. 아무래도 아까부터 저 협죽도의 연붉은색 꽃이 눈에 거슬려서 견딜 수가 없었다.

지난 이삼일, 너는 헐렁헐렁한 회색 수영복을 입고 있었다. 너는 그것을 입기 싫어했다. 지금까지 네가 입던 수영복에는 어떻게 된 일인지 가슴 부근에 커다란 심장 모양의 구멍이 뚫려버리고 말았다. 그랬기에 너는 급한 대로, 바다에는 거의 들어가지 않는 너희 언니의 수영복을 빌려 입은 것이었다. 그 마을에서 새 수영복 같은 건 손에 넣을 수 없었다. 10리쯤 떨어진, 역이 있는 마을까지 사러 나가지 않는 한. ─그랬기에 어느 날, 나는 테니스로 맛본 실패를 만회하기 위해서 스스로 그 심부름꾼이 되기로 했다.

"어디 자전거 빌릴 데 없을까?"

"이발점에서라면……."

나는 커다란 해수욕 모자를 쓰고 뙤약볕 아래를, 그 이발점의 낡은 자전거에 올라 출발했다.

그 거리에서 나는 몇 채인가의 양품점을 찾아 돌아다녔다. 소녀용 수영복을 사는 일이 나의 마음을 얼마나 앗아갔는지! 나는 너에게 어울릴 만한 수영복을 이미 찾아놓은 뒤에도, 단지 나 자신을 만족시키기 위해서 언제까지고 그것을 고르는 것처럼 보였다. 그리고 나는 우편국에서 우리 어머니에게 전보를 쳤다. <봉봉을 보내줘>

그런 다음 나는 땀범벅이 되어 결승점에 다가갈 때의 선수 흉내를 내서 죽을힘을 다하는 듯한 모습으로 페달을 밟아 마을로 돌아왔다.

그로부터 이삼일이 지났다. 어느 날의 일, 해안에서 우리는 순서대로 누워 서로를 모래 안에 묻는 놀이를 하고 있었다. 나의 차례였다. 나는 전신을 생매장당한 채 나의 얼굴만 간신히 모래 속에서 내밀고 있었다. 네가 그 세부(디테일)를 완성하고 있었다. 나는 네가 하는 대로 가만히 내버려둔 채 아까부터 맞은편의 커다란 소나무 아래서 우리들을 보고 웃으며 이야기를 나누는 두 여인이 있다는 사실을 어렴풋이 깨닫고 있었다. 그 가운데 해수욕 모자를 쓴 사람은 너희 어머니인 듯했다. 다른 한 사람은 이 마을에서는 한 번도 본 적이 없는 여인처럼 보였다. 검은 파라솔을 쓰고 있었다.

"어머, 너희 어머니셔." 너는 수영복의 모래를 털며 몸을 일으켰다.

"그래……?" 나는 별 관심 없다는 듯 대답했다. 그리고 모두가 일어났으나 나 혼자만은 언제까지고 모래 속에 묻혀 있었다. 나는 심장이 두근거렸다. 내가 숨기고 있던 일이 당장에라도 들통날 것 같아서. 그리고 그것이 모래 속에서 내밀고 있는 나의 얼굴을 아주 이상하게 만들고 있는 듯했다. 나는 차라리 그런 얼굴도 모래 속에 묻어버리고 싶었다! 왜냐하면 나는 시골에서 우리 어머니 앞으로 일부러 슬픈 듯한 편지만을 보내고 있었다. 그러는 편이 그녀에게는 더 마음에 들리라 싶어서……. 그녀에게서 멀리 떨어져 있는 탓에 내가 그렇게도 슬퍼하는 것을 보고, 우리 어머니는 감동하여 나를 데리러 온 것일까? ……그럼에도 불구하고 나는 그녀에게 숨기고 있던 한 소녀 때문에, 지금 이렇게 행복 속에 생매장당하고 있었다!

응? 잠깐만. 조금 전의 모습을 보면, 너는 아무래도 우리 어머니를 알고 있는 것 같았어! 그럴 리가 없을 텐데? ……라고 생각하며 나는 모래 속에서 가만히 모두의 모습을 지켜보고 있었다. 아무래도 우리 어머니와 너희 가족은 훨씬 전부터 알고 있었던 듯했다. 나는 그것을 도저히 이해할 수가 없었다. 이래서는 속이려 했던 내가 오히려 우리 어머니에게 허를 찔린 것이나 다를 바 없었다. 나는 갑자기 모래를 훑어내고 몸을 일으켰다. 이번에는 어머니가 숨기고 있는 사실을 반대로 내가 밝혀내리라! …… 그래서 나는 너를 가만히 떠보았다. 모두의 뒤에 서서 집으로 돌아가면서. …….

"우리 어머니를 어떻게 알고 있는 거지?", "그야 너희 어머님은 운동회 때마다 늘 오셨잖아? 그리고 우리 어머니랑 늘 나란히 지켜보고 계셨는걸." 나는 그런 사실은 전혀 알지 못했다. 왜냐하면 그 소학생 시절부터 나는 모두의 앞에서 우리 어머니가 내게 말을 거는 것조차 굉장히 부끄러워했으니까. 그리고 나는 우리 어머니에게서 숨으려고만 했으니까. …….

—그리고 지금도 마찬가지였다. 우물가에서 모두가 몸을 씻고 난 뒤에도 나는 언제까지고 거기서 우물쭈물하고 있었다. 단지 우리 어머니에게서 숨어 있고 싶어서…… 우물가에 웅크리고 있으면 나의 키만큼 자란 달리아 덕분에 별채에서는 내가 조금도 보이지 않았다. 그렇지만 저쪽에서 나누는 이야기는 아주 뚜렷하게 들려왔다. 내가 보낸 봉봉전보에 대해서 이야기를 나누고 있었다. 모두가, 너까지가 한꺼번에 웃었다. 나는 부끄럽다는 듯, 귀에 꽂고 있던 담배를 피우기 시작했다. 나는 몇 번이고 그 연기에 목이 메었다. 그리고 그것이 나의 수치심을 잊게 해주었다.

누군가 내 쪽으로 다가오는 발소리가 들렸다. 그건 너였다.

"뭐 하고 있는 거야? ……이제 어머님이 돌아가실 테니, 얼른 오라니까?"

"이걸 한 대 피우고 나서……."

"어머!" 너는 나와 눈을 마주보고 싱긋 웃었다. 그 순간 우리에게는 별채 쪽이 갑자기 조용해진 듯한 느낌이 들었다.

봉봉인지 뭔지를 기껏 가져다 주었건만 자신에게는 제대로 말도 걸어주지 않는 아들의 모습을 그 어머니는 인력거 위에서 몇 번이고 되돌아보며 돌아가셨다. 그것이 역시 그녀의 진짜 아들인가 아닌가 확인이라도 하려는 듯. 그런 어머니의 모습이 완전히 보이지 않게 되어버리자, 아들은 그제야 간신히, 하지만 자기 자신에게도 들리지 않도록 하려는 듯 입 안에서 "어머니, 죄송해요."라고 혼자 중얼거렸다.

바다는 날이 갈수록 거칠어져가고 있었다. 매일 아침, 물가로 밀려 올라오는 표류물의 양이 갑자기 늘기 시작했다. 우리는 바다에 들어가면 바로 해파리에 쏘였다. 그런 날이면 우리는 바다에서 수영을 하지 않고 해변에 흩어져 있는 여러 가지 아름다운 조개껍데기를 멀리까지 주우러 갔다. 그 조개껍데기가 벌써 꽤나 쌓였다.

출발 며칠 전, 내가 캐치볼로 더러워진 손을 씻기 위해 우물가로 가고 있자니 거기서 네가 너희 어머니에게 야단을 맞고 있었다. 나는 그것이 나와 관계된 일 때문이라는 느낌을 받았다. 그것을 엿듣기에는 용기가 약간 필요했다. 소심한 나는 완전히 풀이 죽어 거기서 발걸음을 돌렸다. ―나는 나중에 혼자서 조용히 그 우물가로 가보았다. 그리고 그곳의 한 구석에 나의 수영복이 둥글게 뭉쳐진 채 내던져져 있는 것을 보았다. 나는 아차 싶었다. 평소에는 나의 수영복을 거기에 벗어놓으면 오빠들 것과 함께 네가 헹구어 말려놓아 주었다. 그것 때문에 너는 조금 전에 너희 어머니에게 야단을 맞은 것인 듯했다. 나는 그 수영복의 물기를 소리 없이 가만히 짜서 평소처럼 빨랫줄에 널어두었다.

이튿날 아침, 나는 그 모래로 꺼끌꺼끌한 수영복을 입고 아무렇지도 않은 얼굴을 했다. 그렇게 생각해서인지 너는 조금 우울한 듯 보였다.

마침내 여름방학이 끝났다.

나는 너희 가족들과 함께 돌아왔다. 기차 안에는 피서지에서 돌아가는 새카만 얼굴의 소녀들이 몇 명이나 타고 있었다. 너는 그 소녀들 한 사람 한 사람과 검은빛을 비교했다. 그리고 네가 누구보다 가장 피부가 검었기에 너는 자랑스러워하는 듯했다. 나는 조금 실망했다. 하지만 네가 살짝 비스듬히 쓰고 있는, 빨간 버찌 장식이 달린 너의 밀짚모자는 너의 그런 검고 천진난만한 얼굴에 아주 잘 어울렸다. 그랬기에 나는 그것을 그렇게 슬퍼하지는 않았다. 만약 기차 안에서의 내가 참으로 슬픈 것처럼 보였다면, 그것은 내가 내 숙제의 마지막 부분이 조금 미흡하다는 사실을 생각하고 있었기 때문이었다. 나는 문득, 이 다음 역에 도착하면 샌드위치라도 사올까, 하며 너희 어머니가 너희 오빠들과 상의하는 소리를 들었다. 나는 꽤 예민해져 있었다. 그리고 나만이 거기서 따돌림 당하는 것 아닐까 걱정했다. 그 다음 역에 도착하자 나는 누구보다 먼저 플랫폼으로 뛰어내려 혼자서 샌드

위치를 여러 개 사가지고 왔다. 그리고 나는 그것을 너희들에게 나누어주었다.

*
**

가을 학기가 시작되었다. 너희 오빠들은 지방의 학교로 돌아 갔다. 나는 다시 기숙사로 들어갔다.

나는 일요일마다 우리 집으로 돌아갔다. 그리고 우리 어머니 를 만났다. 이 무렵부터 나와 어머니의 관계는 조금씩 비극적인 성질을 띠기 시작했다. 서로 사랑하고 있는 자들이 늘 균형을 유지하기 위해서는 양쪽 모두가 함께 성장할 필요가 있다. 그러 나 어머니와 아들의 경우에는 그것이 어려운 법이다.

기숙사에서 나는 어머니에 대해서는 거의 생각하지 않았다. 나는 어머니가 언제까지고 예전 그대로의 어머니일 것이라고 믿 을 수 있었기에. 그러나 그 사이 어머니는 나에 대해서 늘 불안을 느끼고 있었다. 그 일주일 사이에 내가 갑자기 성장해서 그녀가 전혀 모르는 청년이 되어버리지나 않을까 걱정이 되어. 따라서 내가 기숙사에서 돌아오면 그녀는 내 안에서 옛날 그대로의 어린 아이다움을 발견하기까지는 조금도 차분하게 있질 못했다. 그리 고 그녀는 그것을 인공배양했다.

만약 내가 그런 아이다움이 어울리지 않는 나이가 되었는데도 여전히 그런 아이다움을 가지고 있어서 불행한 사람이 되어버린다면, 어머니, 그건 전부 당신 때문입니다. …….

어느 일요일, 내가 기숙사에서 집으로 돌아가보니, 어머니는 평소와 달리 머리를 틀어 올려 묶지 않고 트레머리를 한 낯선 모습이었다. 그것을 본 나는 약간 걱정스럽다는 듯 어머니에게 말했다.

"어머니에게 그런 머리, 조금도 어울리지 않아……."

그 이후, 우리 어머니는 그런 머리를 하지 않았다.

그럼에도 기숙사에서 나는 매일 어른이 되기 위한 연습을 했다. 나는 어머니 말씀도 듣지 않고 머리를 기르기 시작했다. 그것으로 나의 아이다움을 숨길 수 있기라도 하다는 듯. 그리고 나는 어머니를 애써 잊기 위해 내가 싫어하는 담배연기로 스스로를 일부러 괴롭혔다. 나와 같은 방을 쓰는 사람들에게는 종종 여자 글씨체가 적힌 익명의 편지가 왔다. 모두가 그들 주위에 둥글게 모였다. 그들은 얼굴을 붉히며 절반쯤은 거짓말을 섞어 번갈아 그 익명의 소녀에 대해서 이야기했다. 나도 그들 사이에 끼고 싶어서 매일 안달복달하며 혹시 네가 익명으로 내게 보낼지도 모를 편지, 그렇게 올 리도 없는 편지를 기다렸다.

어느 날, 내가 교실에서 돌아오니 내 책상 위에 여성스러운 작은 봉투가 놓여 있었다. 내가 심장을 두근거리며 그 편지를 집어보니, 그것은 너희 언니가 보낸 편지였다. 내가 얼마 전에 그에 대한 답장을 받고 싶어서, 여학교를 졸업한 뒤에도 영어

공부를 하고 있는 너희 언니에게 양서를 두어 권 보냈는데 그에 대한 고맙다는 말이었다. 그러나 착실한 너희 언니는 누구나 바로 알 수 있도록 자신의 이름을 적어서 보냈다. 그랬기에 누구의 호기심도 불러일으키지 못한 듯했다. 나는 그 편지에 대해서 아주 간단히 놀림을 받았을 뿐이었다.

나는 그런 편지라도 좋으니 받고 싶었기에 그 이후로도 종종 너희 언니에게 여러 가지 책을 보내주었다. 그러면 너희 언니는 반드시 내게 답장을 보내주었다. 아아, 그 편지에 착실하게 적힌 이름만 없었다면 얼마나 좋았을지! …….

내게 익명의 편지는 언제까지고 오지 않았다.

그러는 사이에 또 한 번의 여름이 찾아왔다.

나는 너희들에게 초대를 받아 다시 T마을을 찾았다. 나는 작년 그대로의 아름다운, 아담한 마을을, 그리고 그 마을의 어느 구석에나 가득 들어차 있는, 작년에 우리가 놀던 추억을 다시 발견했다. 그러나 나 자신은 작년에 비해 얼마간 변해서 특히 너희 가족들의 나에 대한 태도에는 상당히 신경질적이 되어 있었다.

그런데 그 1년도 되지 않는 사이에 너는 얼마나 많이 변해 있었는지! 얼굴 생김새도 몰라볼 정도로 멜랑콜리하게 변해 있었다. 그리고 내게 더는 작년처럼 친하게 말을 걸어주지도 않았다. 예전의 너를 그렇게도 천진하게 해주었던 빨간 버찌가 달린 밀짚 모자도 쓰지 않았고, 젊은 아가씨처럼 머리를 포도송이 같은 모양으로 많았다. 회색 수영복을 입고 해안에 나오기는 했으나 작년처럼 우리들에게 따돌림을 당해도 우리를 귀찮게 따라다니지는 않았으며 그저 어린 동생의 놀이상대가 되어줄 뿐이었다. 나는 왠지 너에게 배신을 당한 듯한 느낌이 들어 견딜 수가 없었다.

일요일마다 너는 너희 언니와 함께 마을의 조그만 교회로 갔다. 그러고 보니 너는 어딘가 너희 언니를 갑자기 닮아가고 있는 것처럼 보였다. 너희 언니는 나와 동갑이었다. 언제나 머리를 막 감고 난 것 같은 이상한 냄새를 풍겼다. 그러나 참으로 마음씨 고운, 조심스러운 모습을 하고 있었다. 그리고 하루 종일 영어를 공부했다.

그런 언니의 영향이, 네가 나이를 들어감에 따라서 갑자기 이전까지의 오빠들의 영향을 대신하게 된 것일까? 그야 어찌 됐든 네가 걸핏하면 나를 피하려 하는 것처럼 보인 것은 어째서였을까? 나는 그것을 이해할 수 없었다. 혹시 그 언니가 나를 은밀하게 마음에 품고 있기라도 하고, 그리고 그것을 네가 알고 있어서 너 스스로 희생이 되려 하고 있는 것은 아닐까? 이런 생각까지 들었고, 나는 문득 너희 언니와 두어 번 주고받은 편지를 얼굴을 붉히며 떠올렸다⋯⋯.

너희들이 교회에 있으면 마을의 젊은이들이 지나는 길에 곧잘 더러운 말로 떠들어대다 간다며 너희들은 그것을 싫어했다.

어느 일요일, 너희들이 찬미가 연습을 하는 동안 나는 너희 오빠들과 함께 그 교회의 구석에 숨어서 저마다 야구방망이를 손에 들고 그 마을의 못된 놈들을 기다리고 있었다. 그들은 아무 것도 모른 채 언제나처럼 하얀 이를 드러내며 너희들을 놀리러 왔다. 너희 오빠들이 느닷없이 창문을 열고 무시무시한 얼굴로 그들에게 고함을 질렀다. 나도 그들을 따라했다. ……뜻밖의 공격을 받은 그들은 당황해서 한달음에 달아나버리고 말았다.

나는 마치 혼자서 그들을 내쫓기라도 한 것처럼 자랑스러웠다. 나는 너의 칭찬을 기대하듯 네 쪽을 돌아보았다. 그런데 혈색이 좋지 않고 삐쩍 마른 청년 하나가 너와 어깨를 맞붙이듯 하여 나란히 서 있는 것이 내 눈에 들어왔다. 그는 겁을 먹은 듯한 눈빛으로 우리를 바라보고 있었다. 나는 왠지 불길함으로 가슴이 두근거렸다.

내게 그 청년을 소개해주었다. 나는 일부러 냉담함을 가장하여 머리를 살짝 숙였을 뿐이었다.

그는 이 마을에 있는 포목상의 아들이었다. 그는 병에 걸려서 중학교를 중간에 그만두고 이런 시골로 들어와 강의록 등에 의지하여 독학을 하고 있었다. 그리고 그보다 나이가 훨씬 어린 내게, 나의 학교생활 등을 여러 가지로 듣고 싶어 했다.

그 청년이 너희 오빠들보다 내게 호의를 보이고 있는 듯하다는 사실은 나도 바로 눈치 챌 수 있었지만, 나는 아무래도 그가 별로 마음에 들지 않았다. 만약 그가 나의 경쟁자로 나타난 것이 아니었다면 나는 그에게 눈길조차 주지 않았으리라. 그러나 그가 너의 마음에 든 듯하다는 사실을 누구보다 먼저 눈치 챈 것도 바로 나였다.

그 청년의 출현이 약품처럼 나를 어려지게 했다. 그 무렵 약간 슬프다는 듯한 표정만 짓고 있던 나는 다시 예전처럼 쾌활한 소년이 되어 너희 오빠들과 헤엄을 치기도 하고 캐치볼도 하기 시작했다. 사실은 그렇게 하는 것이 자신의 고통을 잊기 위함임을 스스로도 잘 이해하면서. 그해로 9살이 된 너의 어린 동생도 그 무렵에는 우리와 함께 놀기 시작했다. 그리고 그까지가 우리를 따라서 너를 보이콧했다. 그것이 한 그루 커다란 소나무 아래에 너를 혼자 남겨두게 했다. 언제나 그 청년과 함께!

나는 그 커다란 소나무 그늘 아래에 너희들을 폴과 비르지니처럼 남겨둔 채 어느 날 혼자서 먼저 그 마을을 떠났다.

나는 출발 이삼일 전에 혼자서 특별히 까불어댔다. 내가 떠나고 나면 너희들의 시골 생활이 얼마나 쓸쓸한 것이 될지 가능한 너희들에게 알려주고 싶다는 어리석은 생각에서. ……그리고 그것 때문에 나는 완전히 녹초가 되어, 남몰래 울며 출발했다.

가을로 접어들었을 때, 그 청년이 갑자기 내게 장문의 편지를 보내왔다. 나는 그 편지를 읽으며 뾰로통한 얼굴을 했다. 그 편지의 마지막 부분에, 네가 출발할 때 인력거 위에서 그를 바라보며 당장에라도 울 것 같은 얼굴을 했다는 내용이, 마치 전원소설의 에필로그처럼 적혀 있었기에. 하지만 나는 그 소설의 감상적인 주인공들을 남몰래 부러워했다. 그런데 그는 어째서 내게, 너에 대한 사랑을 밝힌 것일까? 그도 아니면 그것을 나에 대한 도전장이라고 생각한 것일까? 그런 것이었다면 그 편지는 틀림없이 효과적이었다.

그 편지가 내게 최후의 타격을 주었다. 나는 괴로웠다. 그러나 그 괴로움이 나를 더 없이 매료시켰을 만큼 그때는 나도 아직 어린아이였다. 나는 흔쾌히 너를 포기했다.

나는 그 무렵부터 배가 고픈 사람처럼 닥치는 대로 시와 소설을 읽기 시작했다. 나는 모든 스포츠에서 멀어졌다. 나는 몰라볼 정도로 멜랑콜릭한 소년이 되었다. 우리 어머니가 마침내 그것을 걱정하기 시작했다. 그녀는 나의 마음속을 넌지시 떠보았다. 그리고 거기서 두 소녀의 영향을 찾아냈다. 그러나 아아, 어머니가 오는 것은 언제나 너무 늦었다!

나는 어느 날 갑자기, 내가 들어가기로 되어 있던 의과를 그만두고 문과에 들어가고 싶다고 어머니에게 말했다. 어머니는 그것을 들으며 그저 어리둥절한 모습이었다.

그것이 그 가을의 마지막 날이 아니었을까 여겨지던 어느 날의 일이었다. 나는 한 친구와 학교 뒤편의 좁은 언덕길을 오르고 있었다. 그때 나는 언덕 위쪽에서 가을 햇살을 받으며 두 여학생이 내려오는 것을 보았다. 우리는 공기처럼 스쳐 지났다. 그 가운데 한 사람이 아무래도 너인 듯했다. 스쳐 지나며 나는 문득 그 소녀의 아무렇게나 땋은 머리에 눈길을 주었다. 그것이 가을 햇살에 희미한 냄새를 풍겼다. 나는 그 희미한 햇살의 냄새에서, 언젠가 맡았던 밀짚모자의 냄새를 떠올렸다. 나는 심하게 숨을 헐떡였다.

"왜 그래?"

"아니, 잠깐 아는 사람인 줄 알고……. 하지만 역시 아니었어."

＊
＊＊

다음 여름방학에 나는, 그보다 조금 앞서 알게 된 어떤 유명한 시인을 따라 한 고원으로 갔다.

그 고원으로 매해 여름이면 모여드는 피서객은 대부분 외국인이나 상류사회 사람들뿐이었다. 호텔의 테라스에서는 언제나 외국인들이 영자신문을 읽거나 체스를 두고 있었다. 낙엽송 숲 속을 걷고 있으면 갑자기 뒤에서 말발굽 소리가 들려오곤 했다. 테니스코트 부근은 매일 떠들썩해서 마치 야외무도회가 열리고 있는 것 같았다. 그 바로 뒤편의 교회에서는 피아노 소리가 끊임없이 들려오고…….

매해 여름을 그 고원에서 지내는 그 시인은, 따라서 여러 소녀들과도 알고 지내는 사이인 듯했다. 나는 길을 가다 그 시인에게 인사를 하는 몇몇 소녀 가운데 한 명이 언젠가 나의 연인이 되기를 남몰래 꿈꿨다. 그리고 그 꿈을 실현시키기 위해서는 나도 얼른 유명한 시인이 되는 것 외에 방법이 없다고 생각하기도 했다.

어느 날의 일이었다. 나는 평소와 다름없이 그 시인과 그 거리의 메인스트리트를 나란히 산책하고 있었다. 그때 맞은편에서 어떤 이는 라켓을 들고, 어떤 이는 자전거를 두 손으로 끌고, 6명 정도의 소녀들이 재잘재잘 이야기를 나누며 우리 쪽으로 다가오고 있는 것을 만났다. 그 소녀들은 잠깐 멈춰 서서 우리를 위해 길을 비켜주었고, 그리고 그 가운데 몇 명인가는 나와 함께 있던 시인에게 인사를 했다. 그는 그녀들과 한동안 서서 무엇인가 이야기를 나누었다. ……나는 그때 이미, 나 자신도 모르게 거기서 몇 걸음 떨어진 곳까지 가 있었다. 그리고 거기에 선 채 당장에라도 그 시인이 나의 이름을 불러 그 소녀들에게 소개해주는 것이 아닐까 하는 기대로 가슴을 두근거리며, 그러나 그런 마음은 전혀 드러내지 않은 채, 닭고기 가게 앞에서 기르고 있는 칠면조를 보고 있었다. …….

그러나 내 쪽은 돌아보지도 않고 다시 재잘재잘 이야기를 나누며 소녀들은 그 시인에게서 멀어져갔다. 나도 가능한 한 그쪽으로는 시선을 돌리지 않았다.

그런 다음 나는 그 시인과 다시 나란히 걸으며 조금 전에 만났던 소녀들의 이름을 차례차례로 열심히, 그러나 별 관심은 없다는 듯 물었다. 지금까지 내게 무심했던 들판의 꽃이 그 이름을 내가 안 것만으로도 갑자기 꽃 쪽에서 나를 살갑게 대해주듯, 그 소녀들도 그 이름을 내가 알기만 하면 소녀들 쪽에서 먼저 내게 다가오고 싶어 하기라도 할 것처럼.

그렇게 3주일쯤 머물다 나는 혼자 한 발 앞서 그 고원을 떠났다.

내가 집에 돌아오자 우리 어머니는 비로소 그녀의 진짜 아들이 돌아온 것처럼 행복해 보였다. 내가 예전처럼 활기찬 아들로 완전히 되돌아와 있었기에. 그러나 내가 활기를 되찾은 것은 그 고원에서 만나고 온 수많은 소녀들을 매혹시키기 위해서, 그리고 그것만을 위해서 얼른 유명한 시인이 되고 싶다는 어린아이다운 야심으로 불타오르고 있었기 때문이었다. 어머니는 그런 나의 야심 같은 것은 깨닫지도 못한 채, 단지 내 속에서 되살아난 어린아이다움 때문에 모든 것을 잊고 나를 사랑했다.

그 고원에서 돌아온 지 얼마 지나지 않아, 나는 T마을에서 너희 오빠들이 친 전보 한 통을 받았다. 그것은 일종의 암호전보였다. ─<봉봉을 보내줘.>

이번에는 아무런 희망도 품지 못한 채, 단지 나약한 마음에서 너희 오빠들의 초대를 거절할 수 없었기에 나는 T마을을 세 번째로 방문했다. 이번을 마지막으로 아마도 평생 볼 일이 없을지도 모를, 나의 소년기의 추억으로 가득한 그 마을의 바다와, 작은 강과, 목장과, 보리밭과, 낡은 교회를 잠깐이라도 좋으니 다시

한 번 봐두고 싶다는 기분도 있었기에. 그리고 무엇보다 역시, 그날 이후의 너의 모습도 궁금했기에.

내가 지금까지 그처럼 아름답게, 마치 하나의 커다란 조개껍데기처럼 생각했던 그 바닷가 마을이 이제는 내 눈에 얼마나 초라하고 답답하게 보였는지! 예전에는 그처럼 천진하게 여겨졌던 나의 옛 연인이 지금은 나의 눈에 얼마나 쌀쌀맞고 편벽한 한 명의 아가씨로 보였는지! ……그리고 작년보다 얼굴색도 훨씬 나빠지고 삐쩍 말라버린 나의 경쟁자를 보았을 때, 나는 왠지 가엾다는 생각조차 들기 시작했다. 그랬기에 나는 그를 더욱 피하려 했다. 그는 때때로 슬프다는 듯한 눈빛으로 나를 바라보았다. ……나는 그 무엇인가를 말하고 싶어 하는 듯한, 그러나 작년과는 전혀 다른 눈빛 속에서 그의 고통을 꿰뚫어본 듯한 느낌이 들었다. 그러나 나 자신은 이번의 나날들이 내 소년기의 마지막 날들이 될 것이라 생각하고 있었던 탓인지 매우 쾌활하게 너희 오빠들과 놀며 장난을 칠 수 있었다.

그 포목상의 아들은 올해 막 지은 조그만 별장에서 혼자 살고 있었다. 그는 그 새 별장을 그해 여름에 너희 일가를 맞아들이기 위해서 지은 것인 듯했다. 그러나 그의 병이 그것을 허락하지 않았다. 너희들은 작년에 지냈던 농가의 별채에서 여자들끼리서만 묵고 있었다. 너희 오빠들과 나만이 그 청년의 집에 묵으러 갔다.

어느 이른 아침이었다. 나는 화장실에 있었다. 그 조그만 창에서는 우물가의 광경이 그대로 보였다. 누군가가 세수를 하러 왔다. 내가 별 생각 없이 그 창을 통해서 내다보고 있자니 청년이 좋지 않은 혈색으로 이를 닦고 있었다. 그의 입가에는 피가 조금 번져 있었다. 그는 그것을 깨닫지 못한 듯했다. 나도 그것이 잇몸에서 나는 것이라고만 생각하고 있었다. 갑자기 그가 사레들린 듯하더니 고개를 숙였다. 그리고 그 우물가에 한 덩이의 피를 뱉어냈다. …….

그날 오후, 누구에게도 그 말은 하지 않은 채, 나는 갑자기 T마을을 떠났다.

에필로그

　지진! 그것은 사랑의 질서까지 뒤엎어버리는 모양이다.

　나는 기숙사에서 모자도 쓰지 않고 짚신을 신은 채 우리 집으로 달려갔다. 우리 집은 벌써 불에 타고 있었다. 나는 우리 부모님의 행방을 알 수가 없었다. 어쩌면 그곳으로 갔을지도 모르겠다 싶어, 아버지의 친척집이 있는 교외의 Y마을을 향해 피난자들 무리에 섞여 나는 언제부턴가 맨발로 걷고 있었다.

　그 피난자들 무리 속에서 뜻밖에도 너희 일가의 모습이 내 눈에 들어왔다. 우리는 흥분하여 아플 만큼 서로의 어깨를 두드렸다. 너희들은 걷기에 완전히 지쳐 있었다. 나는 바로 근처에 있는 Y마을까지 가면 하룻밤 정도는 어떻게든 될 것이라며 너희들을 억지로 끌고 갔다.

　Y마을에는 들판 한가운데 커다란 천막이 쳐져 있었다. 모닥불이 피워져 있었다. 그리고 늦은 밤부터 밥을 짓기 시작했다. 그때가 되어서도 우리 부모님은 모습을 드러내지 않았다. 그러나 나는 그런 주위의 활기 찬 광경 덕분에 마치 너희들과 캠프 생활이라도 하고 있는 것처럼 혼자서 마음이 들떠 있었다.

나는 너희들과 함께 그 천막의 구석에 한 덩어리로 뭉쳐서 누웠다. 몸을 뒤척이면 나의 머리는 반드시 누군가의 머리에 부딪쳤다. 그리고 우리는 언제까지고 잠들지 못했다. 때때로 상당히 강한 여진이 있었다. 그런가 싶으면 누군가가 갑자기 웃음을 터뜨린 것 같은 울음소리를 내기 시작했다. ……그러다 깜빡 잠이 들었는데 문득 눈을 떠보니 누군지는 모르겠으나 잠결에 흐트러진 여자의 머리카락이 내 뺨에 닿아 있다는 사실을 깨달았다. 나는 비몽사몽간에 그 희미한 향기를 맡았다. 그 향기는 나의 코 앞에 있는 머리카락에서가 아니라, 나의 기억 속에서 희미하게 떠오르고 있는 것처럼 여겨졌다. 그것은 냄새가 나지 않는 너의 냄새였다. 태양의 냄새였다. 밀짚모자의 냄새였다. ……나는 잠을 자는 척하며 그 머리카락 속에 나의 뺨을 묻고 있었다. 너는 가만히 움직이지 않았다. 너도 자는 척을 하고 있었던 것일까?

　이른 아침, 우리 아버지가 도착했다는 사실이 나를 깨웠다. 우리 어머니는 우리 아버지와 함께 오지 않았다. 언제부턴가 가만히 눈물을 흘리고 있는 자신을 깨달았다. 그러나 그것은 우리 어머니의 죽음을 슬퍼했기 때문이 아니었다. 그 슬픔은, 내가 그것을 위해서 이렇게 바로 울기에는 너무나도 커다란 것이었다! 나는 단지 눈을 뜨고 나서 문득 어젯밤의, 내가 이제는 사랑하지 않는다고 생각했던 너, 너도 더는 나를 사랑하고 있지 않다고 생각했던 너, 그런 너와의 생각지도 못했던 신비한 애무가 떠올라, 그 때문에 눈물을 흘렸던 것이다. ……

그날 정오 무렵, 너희는 2대의 짐마차를 빌려 모두가 함께 그 위에 가축처럼 올라 덜컹덜컹 흔들리며 내가 알지 못하는 어딘가의 시골을 향해 출발했다.

나는 마을 끝자락까지 너희들을 배웅하러 나갔다. 짐마차는 지독한 먼지를 피워올렸다. 그것이 나의 눈에 들어갈 것 같았다. 나는 눈을 감으며,

"아아, 네가 나를 돌아보고 있는지 누군가 가르쳐줬으면 좋겠는데……."

라고 입 속에서 중얼거렸다. 그러나 스스로 그것을 확인하기는 어딘가 두렵다는 듯, 먼지는 아까부터 이미 사라지고 없었으나 그 후에도 언제까지고 그대로 눈을 감고 있었다.

K의 승천
—혹은 K의 익사

가지이 모토지로(梶井基次郎, 1901~1932)

　소설가. 오사카 출생. 도쿄 제국대학 영문과 중퇴. 제3고등학교 입학 후, 나카타니 다카오, 도노무라 시게루 등과 친분을 맺어 문학에 깊은 관심을 갖게 되었으며 퇴폐적인 생활을 하다 폐결핵에 걸렸으나 작가의 길에 뜻을 둔다. 도쿄 제국대학 입학 이듬해에 나카타니, 도노무라 등과 잡지 『아오조라』를 창간하여 「레몬」, 「성이 있는 마을에서」 등 훗날 가지이의 대표작이라 평가받은 가작을 발표했으나 문단의 주목은 받지 못했다. 1926년부터 이즈의 유노시마 온천에서 요양, 그 사이에 「겨울날」, 「겨울의 파리」 등 자신과 외계에 대한 깊은 인식을 보인 작품을 집필했다. 사후 점점 좋은 평을 얻어 지금은 일본 근대문학에서도 중요한 자리를 차지하게 되었다.

편지에 의하면 당신은 K군의 익사에 대해서 그것이 과실이었는지, 자살이었는지, 자살이었다면 그 원인은 무엇인지, 혹은 불치의 병을 비관해서 목숨을 끊은 것은 아닐지, 여러 가지 생각에 시달리고 계신 듯합니다. 그 때문에 겨우 1개월쯤 그 요양지인 N해안에서 우연히도 K군과 알고 지냈을 뿐인, 일면식도 없는 제게 편지를 쓰시게 된 것이라 생각합니다. 저는 당신의 편지를 통해서 처음으로 K군이 그곳에서 익사했다는 사실을 알게 되었습니다. 저는 매우 놀랐습니다. 그와 동시에 'K군은 마침내 달나라로 갔구나.'라고 생각했습니다. 제가 어째서 그런 기이한 생각을 하게 된 것인지, 저는 그것을 지금 여기서 말씀드려야겠다고 생각하고 있습니다. 그것이 어쩌면 K군의 죽음에 대한 수수께끼를 푸는 하나의 열쇠일지도 모르겠다고 생각했기 때문입니다.

그건 언제쯤이었는지, 제가 N에 가서 처음으로 맞은 보름밤이었습니다. 그 무렵 저는 병 때문에 밤이면 도무지 잠을 잘 수가 없었습니다. 그날 밤에도 결국에는 침상에서 일어나버리고 말았으며, 마침 다행스럽게도 달이 밝기도 했기에 여관에서 나와 어지러운 소나무 그림자를 밟으며 해변의 모래사장으로 나갔습니다. 뭍으로 끌어올려진 어선과 후릿그물을 끌어올리는 도르래

등이 하얀 모래에 선명하게 그림자를 드리우고 있는 것 외에 모래밭에는 어떤 사람의 그림자도 없었습니다. 간조 때였기에 거친 파도가 달빛에 부서지며 우르르 밀려왔습니다. 저는 담배에 불을 붙이며 어선 아래에 앉아 바다를 바라보고 있었습니다. 밤은 이미 꽤 깊어 있었습니다.

잠시 후, 제가 눈을 모래밭 쪽으로 돌렸을 때, 저는 모래밭에서 저 이외의 다른 한 사람을 발견했습니다. 그것이 K군이었습니다. 그러나 그때 저는 K군이라는 사람을 아직 모르고 있었습니다. 그날 밤, 그 이후 처음으로 우리는 서로의 이름을 밝혔으니.

저는 때때로 그 사람 쪽을 돌아보았습니다. 그러는 동안에 저는 점점 이상하다는 생각이 들기 시작했습니다. 그도 그럴 것이 그 사람—K군—은 저와 삼사십 걸음쯤 떨어져 있었는데, 바다를 보는 것도 아니고 제게 완전히 등을 향한 채 모래밭을 앞으로 나아갔다가 뒤로 물러났다가, 그런가 싶으면 멈춰 섰다가, 그런 행동만 되풀이했기 때문입니다. 저는 그 사람이 무엇인가 물건을 떨어뜨려 찾고 있는 것 아닐까 생각했습니다. 모래 위를 바라보고 있는 듯 머리가 앞으로 숙여져 있었기에. 그러나 그렇다고 보기에는 웅크려 앉지도 않았으며 발로 모래를 헤집으며 살펴보는 일도 하지 않았습니다. 보름으로 상당히 밝기는 했으나 불을 켜고 보려는 모습도 보이지 않았습니다.

저는 바다를 바라보며 중간 중간에 그 사람에게 주의를 기울이기 시작했습니다. 이상하다는 생각이 더욱 더 깊어졌습니다.

그러다 그 사람이 단 한 번도 내 쪽으로는 돌아보지 않고 내게 등을 돌린 채 행동한다는 사실을 알았기에 마침내는 가만히 그 사람을 계속 바라보기 시작했습니다. 이상한 전율이 저를 꿰뚫고 지나갔습니다. 그 사람의 무엇인가에 홀린 것 같은 모습이 제게 느껴진 것이었습니다. 저는 다시 바다 쪽을 바라보며 휘파람을 불기 시작했습니다. 처음 그것은 무의식적으로 한 행동이었으나, 어쩌면 그 사람에게 어떤 효과를 줄 수 있을지도 모르겠다고 생각하게 되었고, 그것은 의식적이 되었습니다. 저는 처음에는 슈베르트의 '바닷가에서'를 불렀습니다. 물론 알고 계실 테지만 그것은 하이네의 시에 곡을 붙인 것으로 제가 좋아하는 노래 가운데 하나입니다. 그 다음에는, 역시 하이네의 시인 '도플갱어'. 이는 '이중인격'이라고 해야 하는 걸까요? 그것도 제가 좋아하는 노래입니다. 휘파람을 불자 저는 마음이 가라앉기 시작했습니다. 역시 무엇인가를 떨어뜨린 것이라고 생각했습니다. 그렇게 생각하는 것 외에 그 기이한 사람의 동작을 어떻게 상상할 수 있었겠습니까? 그리고 저는 생각했습니다. 저 사람은 담배를 피우지 않기 때문에 성냥을 가지고 있지 않은 것이다. 나는 그것을 가지고 있다. 어쨌든 뭔가 아주 소중한 것을 잃어버린 것이리라. 저는 성냥을 손에 쥐었습니다. 그리고 그 사람 쪽으로 걸어가기 시작했습니다. 그 사람에게 저의 휘파람은 아무런 효과도 없었던 것입니다. 변함없이 앞으로 나아갔다가 뒤로 물러났다가 멈춰 섰다가, 그 동작을 계속하고 있었습니다. 다가가는 저의 발소리도 들리지 않는 모양이었습니다. 순간 저는 흠칫했습니다. 저 사람은 그림자를 밟고 있다. 만약 떨어뜨린 물건을 찾는 것이라면 그림자를 등지고 이쪽을 바라보며 찾을 것이다.

중천에서 약간 벗어난 달이 제가 걸어가고 있는 모래 위에도 1자 정도의 그림자를 만들고 있었습니다. 저는 틀림없이 '그거다.'라고 생각하기는 했으나, 그래도 역시 그 사람 쪽으로 걸어갔습니다. 그리고 2, 3간 앞에서 과감하게,

"뭐, 잃어버린 물건이라도 있으십니까?"

라고 꽤 커다란 목소리로 말을 걸어보았습니다. 손에 든 성냥을 내보이듯 하며.

'뭔가를 찾으시는 거라면 성냥이 있습니다.'

다음에는 이렇게 말할 생각이었습니다. 그러나 물건을 찾는 것이 아니라는 사실을 깨달은 이상, 그 말은 그 사람에게 말을 걸기 위한 저의 수단에 지나지 않았습니다.

첫 번째 말에 그 사람은 저를 돌아보았습니다. '몽달귀신' 부지불식간에 그런 생각들을 하고 있었기에 제게 있어서 그것은 상당히 섬뜩한 순간이었습니다.

달빛이 그 사람의 높은 코를 타고 흘러내렸습니다. 저는 그 사람의 깊은 눈동자를 보았습니다. 그런데 그 얼굴이 뭔가 멋쩍다는 듯한 표정으로 바뀌어갔습니다.

"별일 아닙니다."

맑은 목소리였습니다. 그리고 미소가 그 입가에 떠올랐습니다.

저와 K군이 이야기를 나누게 된 것은 이런 기이한 사건이 그 발단이었습니다. 그리고 저희는 그날 밤부터 친한 사이가 되었습니다.

잠시 후, 저희는 제가 앉아 있던 어선 밑으로 다시 돌아왔습니다. 그리고,

"솔직히 대체 무엇을 하고 계셨던 겁니까?"

라는 질문으로 시작하여, K군은 주섬주섬 그 일에 대해서 설명을 해주었습니다. 물론 처음에는 뭔가 망설이는 듯한 모습이었습니다만.

K군은 자신의 그림자를 보고 있었다, 라고 말했습니다. 그리고 그것은 아편과 같다고 말했습니다.

이 말은 당신에게도 엉뚱하게 들리겠지만, 제게도 참으로 엉뚱하게 들렸습니다.

야광충이 아름답게 빛나는 바다를 앞에 두고 K군은 그 신기한 이유를 천천히 이야기해주었습니다.

그림자만큼 신비한 것도 없다고 K군은 말했습니다. 당신도 해보면 틀림없이 경험할 수 있을 것이다. 그림자를 가만히 바라보고 있으면 그 안에서 점점 생물의 모습이 나타나기 시작한다. 다름 아닌 자기 자신의 모습이지만. 그건 전등의 광선과 같은 것으로는 안 된다. 달빛이 가장 좋다. 어째서 그런지는 말하지 않겠지만. —말하지 않는 이유는 스스로의 경험을 통해서 저는 그렇게 믿게 되었기에, 혹은 저 자신에게만 그런 것에 지나지

않을지도 모르기에. 또 그것이 객관적으로 최상의 것이라 할지라도 어떤 근거에서 그런 것인지, 그것은 매우 심원한 것이라 생각합니다. 인간의 머리로 어찌 그것을 알 수 있겠습니까. ─K군은 이런 식으로 말을 했습니다. 무엇보다 K군은 자신의 감각에 의지하고 있으나, 그 감각의 원인을 설명하지 못하는 신비함 속에 놓여 있었습니다.

그런데 달빛에 의한 자신의 그림자를 바라보고 있으면 그 안에서 생물의 기운이 나타난다. 물론 달빛은 평행광선이기에 모래에 비친 그림자가 자신의 모습과 똑같다는 점이 있기는 하나, 그것은 누구나 잘 알고 있는 사실이다. 그 그림자도 짧은 것이 좋다. 1자나 2자 정도 되는 것이 좋다. 그리고 정지해 있는 편이 정신이 통일되어 좋지만, 그림자는 조금 흔들리며 움직이는 편이 좋다. 자신이 왔다갔다 하기도 하고 멈춰 서기도 한 것은 그 때문이다. 잡곡을 파는 집에서 팥을 쟁반 위에 올려놓고 파치를 찾을 때처럼 그림자를 흔들어보시기 바랍니다. 그리고 그것을 가만히 바라보고 있으면 그 안에서 자신의 모습이 점점 보이기 시작합니다. 그렇습니다. 그것이 '기운'의 영역을 넘어 '보이는 것'의 영역으로 들어가기 시작하는 것입니다. ─K군은 이렇게 말했습니다. 그리고,

"당신은 조금 전에 슈베르트의 '도플갱어'를 휘파람으로 불지 않으셨습니까?"

"네. 불었습니다."

라고 저는 대답했습니다. 역시 들렸던 것이라고 저는 생각했습니다.

"그림자와 '도플갱어'. 저는 이 두 가지에, 달밤이 되면 이끌려 버립니다. 이 세상의 것이 아닌, 그런 것을 봤을 때의 느낌. ─그 느낌에 익숙해지면 현실 세계가 몸에 전혀 어울리지 않는 것처럼 여겨집니다. 따라서 낮에는 아편 흡연자처럼 권태로워집니다." 라고 K군은 말했습니다.

자신의 모습이 보이기 시작한다. 신비한 것은 그것뿐만이 아니다. 점점 모습이 나타남에 따라서 그림자 자신은 그 자신의 인격을 갖게 되고, 그에 따라서 본인 자신은 점점 감각이 아득해져서 어떤 순간부터 달을 향해 슥슥 올라가기 시작한다. 그것은 감각이어서 뭐라고 말할 수는 없지만, 글쎄요, 영혼이라고 말하는 것일까요? 그것이 달에서 쏟아지는 광선을 거슬러 올라, 어떻게 표현해야 좋을지 모를 감각으로, 승천해 갑니다.

K군은 이 부분을 이야기할 때 그 눈동자로 저의 눈동자를 가만히 바라보았는데, 매우 긴장한 듯한 모습이었습니다. 그리고 그때 무엇인가를 떠올린 듯 미소로 그 긴장감을 누그러뜨렸습니다.

"시라노가 달에 가는 방법을 늘어놓은 내용이 있지요? 이것은 그 가운데 하나의 방법입니다. 그러나 쥘 라포르그의 시에 있는 것처럼,

<가엾구나, 이카로스가 몇 명이고 와서는 떨어지네.>

저도 몇 번을 해봐도 떨어지고 맙니다."

이렇게 말하고 K군은 웃었습니다.

그 기이한 첫 대면의 밤 이후 저희는 매일 서로를 방문하기도 하고 함께 산책하기도 하는 사이가 되었습니다. 달이 일그러져감에 따라서 K군도 그런 깊은 밤에 바다로는 나가지 않게 되었습니다.

어느 날 아침, 저는 일출을 보기 위해서 해변으로 나간 적이 있었습니다. 그날은 K군도 일찍 일어난 것인지, 역시 해변으로 나왔습니다. 그리고 마침 태양 빛의 반사 속으로 저어 들어간 배를 보더니,

"저 역광선 속의 배는 완전히 실루엣 아닙니까?"

라며 제게 갑자기 반문했습니다. K군의 마음에서는 그 배의 실체가 반대로 실루엣처럼 보이는 것이, 그림자가 실체로 보이는 것의 역설적 증명이 되는 것이라고 생각한 것이겠지요.

"열심이시네요."

라고 내가 말했더니 K군은 웃었습니다.

K군은 또 아침 바다의 정면에서 떠오르는 태양의 빛으로 만든 것이라고 하는 실물 크기의 실루엣을 몇 장인가 가지고 있었습니다.

그리고 이런 이야기를 했습니다.

"제가 고등학교 기숙사에 있었을 때, 다른 방이었습니다만 한 미소년이 있었는데, 그가 책상에 앉아 있는 모습을 누가 그린 것인지 방의 벽에, 전등에 비친 실루엣이었습니다만, 그 위를 먹

으로 칠해서 그랬습니다. 그것이 굉장히 생생해서 말이죠, 저는 그 방에 곧잘 가곤 했습니다."

이렇게까지 말한 K군이었습니다. 자세히 물어보지는 않았지만 어쩌면 그것이 시작이었을지도 모르겠습니다.

제가 당신의 편지에서 K군의 익사를 읽었을 때, 가장 먼저 제 심상에 떠오른 것은 그 첫날밤에 본 K군의 기이한 뒷모습이었습니다. 그리고 저는 곧,

'K군은 달로 올라가버린 것이다.'

라고 느꼈습니다. 게다가 K군의 시체가 해변으로 밀려올라온 그 전날은 틀림없이 보름 아니었습니까? 저는 지금 달력을 펼쳐 그것을 확인했습니다.

제가 K군과 함께 보냈던 1개월쯤 되는 기간 동안, 그 외에 자살할 만한 이렇다 할 원인을 저는 느끼지 못했습니다. 그런데 그 1개월쯤 되는 기간 동안 저는 약간 건강을 되찾아 이쪽으로 돌아올 결심이 선 데 반해서, K군의 병은 서서히 진행되고 있었던 듯합니다. K군의 눈동자는 점점 깊고 맑아졌으며, 뺨이 점점 수척해져 그 높은 콧대가 눈에 띌 정도로 곧고 오똑해진 것처럼 보였습니다.

K군은, 그림자는 아편과 같은 것이라고 말했습니다. 만약 제 직감이 정곡을 찌른 것이라면, 그림자가 K군을 앗아간 것입니다. 그러나 저는 그 직감을 고집하지는 않겠습니다. 저 자신에게도 그 직감은 참고에 지나지 않습니다. 참된 사인, 그것은 제게도

오리무중입니다.

그래도 저는 그 직감을 바탕으로 그 불행했던 보름밤의 일을 가상으로나마 재구성해보겠습니다.

그날 밤의 월령은 15.2였습니다. 월출은 6시 30분. 11시 47분이 달이 남중하는 시각이라고 달력에는 기재되어 있습니다. 저는 K군이 바다로 들어간 것은 이 시각 전후쯤이 아니었을까 생각합니다. 제가 처음으로 K군의 뒷모습을 그 보름밤에 모래밭에서 본 것도 거의 남중하는 시각이었으니. 그리고 상상을 한 걸음 더 진전시켜보자면, 달이 서쪽으로 약간 기울기 시작했을 무렵이라 여겨집니다. 만약 그렇다면 K군의 이른바 1자, 내지 2자쯤되는 그림자는 북쪽이기는 하나 동쪽으로 살짝 기울어진 방향으로 생기게 되니, K군은 그 그림자를 따라서 해안선을 비스듬히 바다로 들어간 셈이 됩니다.

K군은 병이 진행됨에 따라 정신이 날카롭게 곤두서, 그날 밤에는 그림자가 정말로 '보이는 것'이 된 것이라 여겨집니다. 어깨가 드러나고, 목이 나타나고, 희미한 현기증과 같은 것을 느낌과 동시에 '감각' 속에서 마침내 머리가 보이기 시작하고, 그리고 어떤 순간이 지나자 K군의 영혼은 달빛의 흐름을 거슬러 올라 서서히 달 쪽으로 올라갔습니다. K군의 몸은 점점 의식의 지배를 잃었으며, 무의식적인 발걸음으로 한 걸음 한 걸음 바다 쪽으로 다가갔습니다. 그림자 쪽의 그는 마침내 하나의 인격을 갖게 되

었습니다. K군의 영혼은 더욱 높이 승천해갔습니다. 그리고 그 형해는 그림자 쪽의 그에게 이끌려 기계인형처럼 바다로 들어간 것 아닐까요? 그리고 간조 때의 높은 파도가 K군을 바다 속에 쓰러뜨렸습니다. 만약 그때 형해에 감각이 되돌아왔다면 영혼은 그와 함께 원래대로 되돌아왔을 것입니다.

　가엾구나, 이카로스가 몇 명이고 와서는 떨어지네.

　K군은 그것을 추락이라고 말했습니다. 만약 이번에도 추락한 것이라고 한다면, 수영을 할 줄 아는 K군입니다. 익사했을 리가 없습니다.

　K군의 몸은 쓰러짐과 동시에 바다 쪽으로 휩쓸려갔습니다. 감각은 아직 되살아나지 않았습니다. 다음 파도가 해변으로 끌어올렸습니다. 감각은 아직 되돌아오지 않았습니다. 다시 바다 쪽으로 밀려갔다가, 다시 해변에 내던져졌습니다. 그래도 영혼은 달로 승천해간 것입니다.

　육체는 끝끝내 감각을 되찾지 못했습니다. 간조는 11시 56분이라고 기재되어 있습니다. 형해는 그 시각의 격랑이 농락하는 대로 그냥 내버려둔 채, K군의 영혼은 달로, 달로 비상해버린 것입니다.

◎ 옮긴이의 말

유미주의, 혹은 심미주의와 같은 뜻으로 쓰이는 탐미주의는, 넓은 의미에서 보자면 에피쿠로스의 말과 함께 오랜 역사를 가진 철학용어다. 이 개념은 일종의 세계관, 또는 인생관으로 미적 향수 및 형성에 최고의 가치를 둔 사고를 말한다. 예술에서의 탐미주의는 도덕이나 공리성이 아닌 미의 창조를 예술의 유일한 지상 목적으로 추구하는 창작태도를 말하는데 일반적으로는 '예술을 위한 예술(예술지상주의)'의 한 갈래로 19세기 후반에 프랑스 · 영국을 중심으로 일어났으며, 생활을 예술화하여 관능의 향락을 추구했다.

일본 근대문학에서의 탐미주의는 시마자키 도손의 「파계」에서 시작된 자연주의 문학운동이 정점에 달했던 1909년 무렵부터 시작되었는데 같은 해 1월에 창간된 잡지 『스바루』가 커다란 계기가 되었다. 모리 오가이, 우에다 빈 등이 주도한 『스바루』는 기타하라 하쿠슈, 기노시타 모쿠타로, 다카무라 고타로 등의 작가들을 배출했으며, 그 이듬해(1910)에는 나가이 가후를 중심으로 『미타문학』이 창간되었고, 같은 해 9월에는 다니자키 준이치로, 와쓰지 데쓰로 등에 의해서 제2차 『신사조』가 창간되어 이들 잡지가 탐미파의 거점이 되었다.

일본 탐미주의에 이론적 기초를 부여한 것은 우에다 빈과 나가이 가후로 두 사람 모두 탐미파 작가의 모임인 '빵의 모임'에 참가했다. 그 가운데 탐미파의 대두를 두드러지게 부각시킨 작가는 다니자키 준이치로로, 그의 문단 등장에 결정적인 역할을 한 사람이 바로 나가이 가후였다. 다니자키 준이치로의 등장 이후 향락주의에서 쾌락주의로 옮겨간 탐미파 문학의 전개는 여러 비판에 직면하게 되었으나, 예술지상주의의 한 갈래로서의 탐미파는 아쿠타가와 류노스케, 가와바타 야스나리, 다자이 오사무, 미시마 유키오 등이 그 흐름을 이어받았다.

이번 책에는 이러한 일본 탐미주의 소설 가운데서도 주요 작가들의 작품을 하나씩 선정하여 소개해놓았다. 그런데 솔직히 말하자면 이번에 선정한 작품에는 역자 자신도 약간의 불만을 품고 있다. 이는 탐미주의가 포괄하고 있는 영역이 너무 넓어서 어떤 작가의 어떤 작품을 선정해야 좋을지 오랜 시간 고민했으나, 그러한 고민이 완전한 결정을 맺기 전에 너무 서둘러 작업을 시작한 것 아닐까 하는 생각이 자꾸만 들었기 때문이다. 작품 선정에 대해서는 물론 여러 가지 기준과 의견이 있을 테니 다음에 기회를 만들어 더욱 심도 있게 작가와 작품을 선정하고, 또 여러분의 의견이 내게 다다른다면 그것도 적극 반영하여 다시 선집을 꾸리도록 하겠다. 의견이 있으신 분은 주저 마시고 목소리를 들려주시기 바란다.

2022년 8월.

패전 전후의 일본을
치열하게 살았던 무뢰파 작가들

*수록작
1. 사카구치 안고
   요나가 아씨와 미미오 /
   전쟁과 한 여자
2. 다카미 준
   신경 / 인간
3. 다자이 오사무
   후지 백경 / 비용의 아내
4. 다나카 히데미쓰
   사요나라 / 여우
5. 오다 사쿠노스케
   비 / 속취

   인간의 일생은 지옥이어서, 촌선척마(寸善尺魔), 라는 건,
참으로 옳은 말입니다. 1치의 행복에는 1자의 요사스러운 일이
따라옵니다. 인간 365일, 아무런 걱정도 없는 날이, 하루, 아니,
한나절 있다면, 그건 행복한 사람입니다. ─「비용의 아내」중에
서

   일본 무뢰파 단편소설선(13,000원)

나쓰메 소세키의 중단편소설을
제대로 읽는 유일한 방법!

*수록작

1. 편지
2. 문조
3. 환청에 들리는 거문고 소리
4. 취미의 유전
5. 이백십일
6. 하룻밤
7. 몽십야
8. 런던탑
9. 환영의 방패
10. 해로행

쓸데없이 체면을 차리다 좋은 기회를 놓쳐버리다니 정말 아깝다. 원래부터 품위를 너무 지나치게 중히 여기거나, 너무 고상하게 굴면 자칫 이런 꼴을 당하기 쉬운 법이다. 사람에게는 어딘가에 도둑놈 근성이 있어야만 성공할 수 있다. ― 「취미의 유전」 중에서

나쓰메 소세키 단편소설 전집(13,000원)

문호 나쓰메 소세키가
진솔하게 밝히는 마음속 맨얼굴

*수록작

1. 영일소품

새해 / 뱀 / 도둑 / 감 / 화로 /
하숙 / 과거의 향기 / 고양이의
무덤 / 따뜻한 꿈 / 인상 / 인간 /
꿩 / 모나리자 / 화재 / 안개 /
족자 / 기원절 / 돈구멍 / 행렬 /
옛날 / 목소리 / 돈 / 마음 /
변화 / 크레이그 선생

2. 생각나는 것들

3. 유리문 안

　지금의 나는 바보 같아서 타인에게 속거나, 혹은 의심이 많아
서 사람을 받아들이지 못하거나, 이 두 가지밖에 없는 것 같다
는 기분이 든다. 불안과 불투명함과 불유쾌함으로 가득하다.
만약 그것이 평생 계속된다면 인간이란 얼마나 불행한 것일까.
─「유리문 안」 제33장 중에서

일본 무뢰파 단편소설선(13,000원)

다자이 오사무의 『인간실격』을
가장 완벽하게 이해할 수 있는 책!

1. 추억
2. 도쿄 팔경
3. 15년간
4. 고뇌의 연감
5. 인간실격
6. 나의 반생을 말하다
7. 유서
8. 다자이 오사무 연보

그럼, 이만…… 다자이 오사무였습니다.

(12,000원)

다자이 오사무를 향한 한 여인의
죽음마저도 두려워하지 않은 지독한 사랑

1. 야마자키 도미에 일기
2. 유서
3. 다자이 오사무와의 하루
4. 이부세 마스지는 악인이라는 설
5. 다자이의 죽음
6. 다자이 오사무 정사고
7. 불량소년과 그리스도
8. 생명의 과실

그럼, 안녕히…… 야마자키 도미에였습니다.

(13,000원)

옮긴이 **박현석**

대학 졸업 후 일본으로 건너가 유학 및 직장 생활을 하다 지금은 전문번역가로 활동 중이며 우리나라에 아직 소개되지 않은 유명 작가들의 작품을 소개하기 위해서 출판을 시작했다. 일본 중단 편소설 선집으로는 『이별 그리고 사랑』, 『일본 무뢰파 단편소설 선』, 『간단한 죽음』을 엮은 바 있으며, 그 외에도 다자이 오사무, 나쓰메 소세키, 나카니시 이노스케 등의 작품 다수를 번역하여 출판했다. 그리고 야마모토 슈고로의 작품(『붉은 수염 진료담』, 『계절이 없는 거리』, 『사부』)과 와시오 우코의 역사소설(『젊은 날의 도쿠가와 이에야스』, 『아케치 미쓰히데』, 『다케다 신겐』)을 국내 최초로 번역하여 소개했다.

일본 탐미주의 단편소설선집

1판 1쇄 인쇄 2022년 8월 10일
1판 1쇄 발행 2022년 8월 15일

지은이 무로우 사이세이 외
옮긴이 박현석
펴낸이 박현석
펴낸곳 현 인

등 록 제 2010-12호
주 소 서울시 도봉구 덕릉로 62길 13, 103-608호
전 화 010-2012-3751
팩 스 0505-977-3750
이메일 gensang@naver.com

ISBN 979-11-90156-36-3